龍馬行

司馬遼太郎

7

李美惠 譯

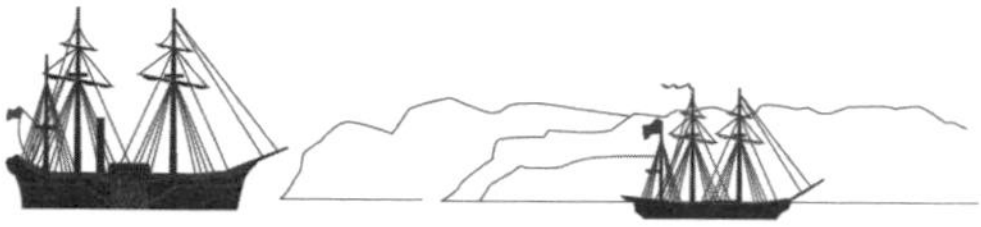

目錄

嚴島

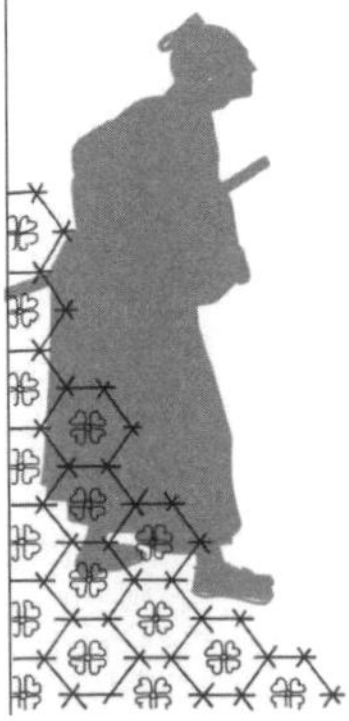

幕府必須有首腦。要阻止這回幕府垮台危機，必須有相當程度的首腦人物。

勝海舟因將軍直接下令而再度受到起用，已於六月二十二日自江戶上大坂來。

自江戶出發時，堪稱幕府大藏大臣的勘定奉行小栗上野介忠順私下將勝召進江戶城內一室，對他說：「閣下將上大坂去。到那裡之後，我想將軍大人恐將問及幕府中興之方策。其實，關於此事有些秘密想先讓您知道。且聽我道來。」

小栗忠順與勝並稱幕府二大秀，政治見解卻有著根本上的不同。勝是為「日本」著想，相對地，小栗卻始終只以幕府為考量。這點兩人立場可謂完全兩極，自然關係也不好。勝稱小栗為「大邪」，小栗則認為勝是「與薩長土激進份子為伍而企圖自內部顛覆幕府之奸人」。

勝以龍馬為神戶海軍塾之塾頭辦校，小栗便以此看法懷疑勝。最後把勝踹落政壇、害他在江戶自宅蟄居閉門思過的幕後黑手，正是小栗忠順。

話說，小栗私下吐露的「秘密」著實令人吃驚。

「為征討長州，幕府打算向法國皇帝拿破崙三世借貸六百萬兩軍費及七艘軍艦。目前已獲對方私下允諾，即將逐步實現。」

勝為之愕然。這正是歐洲列強將亞洲殖民地化的慣用伎倆，借貸金錢及軍隊給衰弱的政府助其出兵討伐叛軍，趁機換取特權。小栗似乎已準備在橫濱創辦日法共營的大規模製鐵工業並出租北海道全區，算是給法國的回禮。

小栗進一步道：

「消滅長州後，我打算繼續以法國兵力及資金討伐薩摩、土佐及越前等對幕府持反對立場的諸侯，以武力鎮壓之後再一舉廢除三百大名，改行郡縣制度，使德川家之威權恢復以往家康公時代的盛況。」

勝什麼也沒說就與小栗道別了。勝心想，當小栗的計畫實現時，就是日本滅亡、淪為法國殖民地之日吧。

「別說日本，連幕府也會葬送在這傢伙手裡！」

勝氣憤不已。

但小栗的大構想已是幕閣中的公開秘密，內容也已洩漏出去，理應「被消滅」的越前、薩摩、長州及土州等諸侯全都聽到風聲了。幕末，這些諸侯及志士之所以看破而背棄幕府，小栗此構想可說是最大契機之一。

關於小栗的構想，在此稍做介紹。

據說，這個實際上形同將幕府賣給法國的構想，起初是由法國公使雷恩・洛許和法國策士蒙布朗向外國奉行池田筑後守提出的。小栗忠順大表贊同且十分熱中，四處說服幕府官僚，最後終於取得老中板倉勝靜及小笠原長行之允諾而逐步付諸實行。

最早知道此秘密的，是曾任幕府政事總裁職的越前藩主松平春嶽，春嶽再透露給土佐的山內容堂等人。至於薩摩藩則經由其他管道得知。

他們是從英國人那邊聽來的。萬一法國掌控幕府而獨占貿易，受到最大打擊的就是英國。故英國有意阻撓法國接近幕府。

對英國來說最幸運的是，橫濱的公使館有位不僅能說日語還能讀懂書簡、公文的年輕翻譯官薩道義（Ernest Mason Satow）。聰明伶俐的薩道義周遊各地，接觸許多人物，對日本之情勢及未來的看法甚至較日本人更為明確。

第一，幕府壽命不長了。第二，日本政局接下來將由透過雄藩之手建立的天皇政權主持。此即其推測。

英國根據其推測開始對薩長示好，甚至遠較對幕府熱絡。他們自然也漸漸透露有利的情報給薩長。

其中之一，即為上述的「小栗構想」。

如此一來，以薩長立場而言，「再不採取行動將會被幕府消滅」的危機感自是油然而生。尤其薩摩藩之所以全藩正式改採侮幕及倒幕方針，此衝擊可說即為最大關鍵。

話說，勝海舟已自江戶上大坂來。

他立即登上大坂城謁見老中板倉勝靜，當面反對小栗構想。

「關於廢除封建制改行郡縣制之案，幕府似乎將此當成秘密，但其實早已天下皆知。關西諸國中也有暗中遣使駐巴黎者，他們已透過巴黎報紙及其他管道得知此事，並已通報母藩。關西諸大名私下皆怨恨此案，甚至有急速向英國靠攏並企圖結成諸侯聯盟以對抗幕府之趨勢。總之，欲消滅三百諸侯而將天下據為德川氏獨占之舉，已非關政治而純屬私欲，且為此私欲還將日本當成餌食拋向餓虎般的歐洲列強，簡直豈有此理。」

他提出如此論辯。

幕閣卻未接受勝的論調。

此時代之最大奇觀，恐怕就是名為勝海舟的這位男子了。他像座巨大的孤峰，雖身為幕臣，但身處如此亂世卻仍維持中正不阿之立場，以一種預言者似的存在屹立於時勢之中。

他雖身為幕府高級官僚「軍艦奉行」，卻絕不採官僚式的圓滑處世方法。

也不喜結黨以行使權力，故亦無所謂的政治勢力。他貼身隨從一向只有新谷道太郎一人。

真是位特別的人物。

他可謂不世出之評論家，靠一張嘴對抗全天下；又堪稱身處亂世卻清楚望見彼岸的日本唯一先知。

「勝已至大坂。」

一接獲此情報，大久保一藏立刻策馬衝出京都薩摩藩邸到此徵詢其意見，佐幕先鋒會津藩的志士也登門造訪。

唯獨幕府最高首腦這邊對勝心懷恐懼，同時故意貶低其過度睿智的理論，並未給予什麼高度評價。

「勝又在吹牛啦。」

即便如將軍輔佐役慶喜這位有才之人也常蹙起眉頭如此道。

對勝為人之器量及其對德川家之赤誠，幕府中僅有一人如實給予應得的評價。

那就是將軍家茂。

安政五年（一八五八）以十三歲之齡繼承將軍職，至今約已九個年頭，這年輕人就活在德川幕府創立以來首見的動亂期。

家茂不僅生來聰明伶俐，還與生具有異於常人的無私之心。他早年即患有結核病，似乎了悟自己已不久人世，而一向以如此豁達心境看待自己的閣僚人員及時勢。

家茂一有事就滿口「安房、安房」地徵求勝的意見。

勝原本遭罷官閉門思過之罰而蟄居於江戶，卻突然受到起用，其實就是家茂破例直接下令。此事他並未徵詢閣僚意見，因為即便徵詢他們也定將委婉反對吧。

勝到了大坂。

他理應即刻登城拜謁家茂，但根據其側近暗中洩漏的消息，這四個月來將軍一直處於病危狀態。

勝就在大坂的宿舍靜候家茂恢復健康，不料七月十二日早上，與勝頗有交情的將軍御醫松本良順卻私下來報：

「玉體病篤。」

言下之意是指將軍已過世。勝大受打擊甚至感覺眼前發黑，但仍連夜摸黑登城，抵達時發現將軍府內鴉雀無聲，人人連大氣也不敢喘，感覺就像走進森林般寂靜。勝是個善感之人，他甚至在其〈斷腸之記〉中寫下：

「德川氏今日亡矣。」

可見他認為家茂的死極為重大又是如何悲傷。

次任將軍為慶喜。這是自然演變的結果，卻不免有些混亂。

慶喜是個辯才無礙的政治活動者，也因此在幕閣中並不受歡迎，在江戶的大奧（譯註：將軍之後宮）及旗本間也不受歡迎，在京都勤王派的公卿之間更是如此。

聰敏的慶喜也知自己不受歡迎。他發現即使克服不受歡迎之窘狀而當上將軍，也無法順利有所作為。

「在下既無鎮壓混亂時勢之自信，也無洞察之力。」

他堅辭將軍職，說什麼都不肯接受，反而博得另類人望，連反慶喜派人士也努力說服他就任將軍。

慶喜只得接受。

「但我只繼承德川家。繼任將軍一事我還要再考慮一陣子。」

總之，這位水戶家出身的稀世之才，就開始以「代理將軍」形式代表幕府。

甫就任，他便亟欲打響名氣似地推出「大舉進攻長州」的政策。

慶喜逢人便如此大聲疾呼。他畢竟享有家康以來第一謀略家之譽，又具備即使家康也無的無礙辯才、教養及海外知識。他那模樣似乎有意獨自擬定政策，獨自宣傳，獨自實施。

「大舉進攻！」

這誇大的語氣中頗有慶喜之風，且似乎若不使用如此帶勁的語氣，便無法挽救幕府因屢戰屢敗而喪失內外信任的現狀。

慶喜緊急改變作戰方式。

以往作戰是以幕軍為輔，諸藩之兵為主，他卻決定改以幕軍為主力。

此消息傳至江戶，許多江戶旗本深恐被徵召，連忙呈請退隱。故二十多歲的當主宣布退隱改由五、六歲幼童繼任堂堂將軍直屬家臣的事例層出不窮。

這些旗本已因兩百多年來的無為徒食而淪為窩囊廢，慶喜當然也沒對他們抱持太大的期望。相較之下，他反而對由農民及町人選出的自願制「步兵」更懷有挽回頹勢的期望。

慶喜平素喜食豬肉，又是身穿拿破崙三世所贈之皇帝軍服且騎著洋馬四處跑的洋化主義者，故最清楚洋式步兵及洋式砲兵之效用。

目前駐於大坂本營中的洋式幕軍有十三大隊的步兵，慶喜卻宣稱要另行徵募，將此洋式幕軍增至二十隊，大砲也加到八十門。

慶喜還曾經打算親自指揮野戰，並已備妥行軍用品。這不比從前的將軍出巡行列，故隨身只帶三只背包，其中一只裝露營用的毛毯，一只裝換洗的襯衫，另一只裝時鐘及其他隨身物品。

某日，一直高喊「大舉進攻」而弄得沸沸揚揚的慶喜突然默不作聲了。

因為慶喜得知小倉城淪陷了。

小倉城於八月一日淪陷，戰敗消息要等到十日後有內海蒸汽船船班的八月十一日才傳進大坂城。由消息通報之遲緩，亦可看出幕軍前線鬆懈至極。

「淪陷了？沒弄錯嗎？」

慶喜高聲反問。一旦確定消息正確無誤，他沮喪到簡直失神落魄。

這就是慶喜的個性。在興頭上，就敢做些豪邁而大膽之事，行動及口才即如車輪般流暢。可一旦受挫，就失望得猶如墜入地獄，一心只想逃避。

「取消大舉進攻。」

他宣布。此決定讓閣老以下眾臣十分吃驚。就在剛剛還意氣風發高喊進攻，也取得朝廷首肯，且已拜領官軍總督之象徵，亦即皇室代代相傳的御劍「真守」做為節刀（譯註：天皇賜給將軍做為代行天皇權力象徵之物）。不僅如此，本已預定翌日八月十二日就要進駐廣島的本陣了。

「將軍大人精神錯亂了嗎？」

人人一時如此懷疑。但慶喜的個性就是變化無常，而只要改變了就固執到底，毫無轉圜餘地。且其稀世之辯才也會盡一切可能為此改變冠上理由，終能使之正當化。

後來曾有人以「百才獨缺一誠」一針見血點出慶喜如此奇特的個性，這回情況也是如此。

慶喜已發布軍令，甚至命江戶的勘定奉行準備發放票據做為軍費之用，自己還準備了三只軍用背包，兵士也都在大坂宿舍待命並已做好明日出發的準備。不過是區區小倉一城淪陷的敗績，其實只要有「一誠」的攻擊精神，也許能立刻將之奪回吧。

慶喜卻改變了心意。

「朝廷方面如何交代？」

就連慶喜對此也拿不定主意。慶喜一人駁倒薩摩藩主及其他眾多止戰說法，強要朝廷頒發出戰的「聖旨」。朝廷基於其威信，如今也下不了台了吧。

「私下去拜託二條關白，請求撤回聖旨。」

他要心腹原市之進先上京都，自己也於十三日上京多方奔走，鼓動三寸不爛之舌說服關白及以下公卿，懇請中止自己前日百般懇求、好不容易獲得的聖旨。

「實在聰明過頭了。」

諸公卿也傻眼，喧囂的反對意見隨之四起，但最後仍不得不如此。

最後果真中止了戰爭。

朝廷方面這樣就鎮住了。但敵人是長州，要向打了戰仗而驕傲不已的敵人提出停戰要求，該找誰當使者較恰當呢？

「停戰之使者除勝爺之外別無其他人選。」

向慶喜提出如此意見的是心腹策謀家原市之進。原雖極討厭勝此人卻挺身推薦他，是因勝平素與天下過激志士多有往來，在長州也有許多熟人。他就是相中勝這點。

「若是勝爺，即便被敵所殺，對德川家而言也不足為惜。」

連這種話都說得出口。一向討厭勝的慶喜聞言也點頭道：

「那就派勝去吧。」

或許這就是為何向來都有「政治乃惡人勾當」的說法吧。

慶喜人在京都。

勝奉召趕緊搭乘快轎自淀川堤北上，到慶喜在京都下榻的行館。慶喜上朝去，故由原代為說明事由。

「這可是閣下的光榮啊！」

他給勝戴高帽子。勝叼著菸管不屑地撇過頭去。

「到底想說什麼呀！」

也不答話。

勝本就反對出兵討伐長州，慶喜及這名原市之進，還有老中小笠原長行等人則為主戰論者，其中小笠原已棄小倉戰場自海上逃亡。

「壹岐爺（小笠原）也實在不像話，主戰論者老是那樣。」

他對眼前這名與小笠原志同道合的原沉痛而猛烈諷刺道。勝就是因為這樣才為人不喜吧。

這時慶喜回來了。他接見勝，並費盡唇舌要勝答應擔任使節。

勝也總算下定決心：

「那麼臣即接下此任，不過屬下有自己的談判方式，請全權交給屬下。」

「當然是全權交給你啦！」

慶喜開心道。

「到時可別不滿啊。」

勝委婉表明此意，慶喜立即用力點頭道：「絕對不會！」

「實在令人懷疑。」

勝暗想，但既將深入敵陣，就得抱著必死覺悟。

「一個月內，勝將談妥回來向您報告。若否，您就知勝已在長州人刀下身首異處了。」

「果然是勝一向的誇大語氣。」

慶喜心想，也因討厭勝如此囂張模樣而別開視線，有口無心道：

「那就拜託了。」

接著，慶喜又說，勝既為幕府全權使節就應準備相應的排場，要勝帶一隊旗本隨行。勝聞言苦笑並拒絕道：

「我一人就夠了。」

事實上，勝連自己的手下都要他們留在大坂，隻身前往廣島。

服裝也不似幕府高官，身上穿的是棉質紋服，實在粗糙。如此造型及舉止可說頗符合勝之作風。

勝於八月二十一日循海路抵達廣島，請藝州藩（淺野家）代向長州提出會見要求。

勝下榻於宮島。

宮島是嚴島明神神社之領，雖屬藝州藩領，卻處於一種中立地帶。

「因此長州之斥候也已潛入此地。」

晚年勝曾如此道。長州的斥候隊穿著洋服，扛著洋槍，每自海上抵達後，就在勝下榻的旅館附近走來走去，唸出門口關札（譯註：載明某日某人投宿於此的木牌）上的文字。

「勝安房守嗎？雖說是幕使，來這裡肯定不是為了什麼好事，看情況把他做了吧！」

他們大聲嚷嚷，有時還開槍。當然，許多民眾都以為旅館附近就要發生槍戰而揹著家財逃往廣島方面去了。

「我住的旅館也是如此。」

日後勝如此道：

「大家全逃光了，只剩一位老婆婆。」

老婆婆獨自照顧這位將軍代理人的起居。若在幕府全盛時代，根本不可能出現如此光景。

勝已有必死覺悟，因此要這位老婆婆為他準備許多襯衣及兜襠布，每天換新。老婆婆壓根不知勝究竟為何方神聖，便問道：

「大爺是何方貴人?」

勝呵呵大笑道：

「我是江戶的說書人啦。」

長州使節遲遲不來。等著等著已進入九月。

九月一日，藝州藩家老辻將曹來訪，他坐在外廊上，朝屋裡的勝道：

「長州來函，說明天九月二日，使者將抵達本地。關於雙方會面之場所，在下已將距此不遠的大願寺準備妥當。」

說著平伏為禮。

旅館老婆婆見此情形大吃一驚，這才知道勝恐怕不是什麼說書人。

天亮了。

勝好整以暇走出旅館，身上依然穿著棉質紋服及小倉褲，他就以這身粗陋的打扮再拿把扇子，走進大願寺的山門。

大願寺是此島上最大的寺院，屬真言宗，為嚴島明神之神宮寺，因而香火鼎盛。

勝到書院中坐下。

這時長州軍使來了，正使是長州藩政務官廣澤兵助（維新後改名真臣，任參議，明治四年〔一八七一〕遭刺客暗殺身亡），另有井上聞多、太田市之進、長松幹、河瀨定四郎，計五人。

即使在他藩並不出名，廣澤的政治能力卻是長州藩屈指可數的權威，此時已滿三十二歲，高頭大馬，膚色白皙，且肥得不像話。

「頗知進退禮儀。」

日後勝曾如此寫道，更讚許他「不愧是廣澤」。廣澤尊重勝的頭銜，故未敢進到房內，只坐在外廊。

副使井上聞多貼著滿臉膏藥，也是靜坐不動。他臉上被藩內佐幕派刺客亂砍的傷尚未痊癒。

勝生來就喜英雄傳說，對古代英雄的逸話及事蹟如數家珍。

「以外交來說，就屬當時尚為羽柴筑前守之秀吉的做法最優。」

他一向如此認為。秀吉這人老是赤裸裸地投入對方懷中，此即其作風。這就是所謂的「推心置腹」吧。

秀吉還是筑前守時，曾於山崎攻打明智光秀，在近江賤岳打退柴田勝家，又進一步攻入越前，直逼該藩的府中（今武生）城城外。府中城城主為前田利家，與秀吉從小就是朋友，卻偶然成了柴田勝家之與力大名，故此時也成為秀吉之敵。秀吉有意藉外交手段將此人納入己方陣營。

秀吉未帶隨從，單騎行至府中城之城門，朝瞄準自己的步槍群道：

「別開槍！別開槍！」

接著舉起白扇又道：

「我是筑前呀，又左（利家）在嗎？我是想來找他聊聊呀。」

只用眼角瞄了下驚愕的城兵就逕自走進城門，終於和利家會面，且不戰就降伏了利家。

勝就是打算仿效此傳說，這才單槍匹馬到宮島來的。只是他和秀吉之間有個不同點：秀吉是勝利者，勝卻是敗方幕府之代表。除非有相當的個人魅力，恐怕很難與長州人達成和解吧。

長州代表廣澤兵助等人的態度依然十分恭敬，根本不敢離開外廊。

「請到房裡來，在那邊說話很不方便，請進來吧。」

勝也苦口婆心地邀請，但他們清楚知道自己的身分故仍一動也不動。最後勝竟站起身來道：

「那麼就由在下到那邊去了。」

說著擠到狹隘的外廊來，長州使節拿他沒辦法，只得說：

「那麼請恕我們失禮了。」

眾人於是笑著走進房裡。勝平易近人的態度及幽默，大大緩和了長州人對他的印象。

「真是百聞不如一見的高手。」

長州人個個如此暗想。勝仿效秀吉之做法可謂十分成功。

不僅如此，長州人早知勝這幾年來都對己方抱持同情態度，對幕府的征長論也始終堅決反對。

勝是個充滿奇想的辯論家。

他突然舉了印度的例子：

「印度就是在國內諸侯相爭之際，被坐收漁翁之利的英國輕易併吞了國土。如今列強正磨著毒牙圍著日本虎視眈眈，當此之際絕不可再兄弟鬩牆。這時更要為日本萬世而收兵息戰呀，不是嗎？」

長州的廣澤兵助全身都是白皙的贅肉。

他絕不感情用事。凡事依利及理考量，絕不是會聽信對方花言巧語的個性。

廣澤表面上恭敬聽著勝這席話，最後才開口道：

「您說的很有道理，不過……」

廣澤一一舉出實例攻擊幕府以往狡猾而陰險的作風，然後道：

「我們相信勝老師，卻無法信任幕府。」

他如水般冷靜道。

勝也不是簡單之人，他用力點頭道：

「的確如此。」

勝突然轉換成江戶仔的語氣，自己貶損起幕閣之無能及其無節操之舉措，又道：

「這些傢伙實在不配讓諸位認真對待。但這算是國家之幸吧，這回由一橋慶喜公繼承德川家，由他來處理眼前的難關。正如各位所知，慶喜公以英明果斷聞名，故應不會發生以往之事。」

「可是……」

廣澤說還是無法相信幕府。勝終究忍不住笑道：

「幕軍都已經戰敗了呀。長州已因用兵巧妙及將士勇敢而致勝。諸位乃是勝者，而我則是敗將之一。自古至今沒聽過勝者向敗者訴苦的。且適時饒過幕府吧。」

勝之所以說得如此難聽，是因他認為幕府連形式上之威信也無，而以眼前情況，若不這麼說，終將無法達成停戰之目的。

「饒過幕府吧。」

廣澤等人聽到此言都是一驚，皆噤聲並瞪大眼睛。截至目前為止，自己雖瞧不起幕府，但仍因其為日本之支配者而存有敬畏之心，沒想到幕府使者卻說出「饒過幕府」的話來。

「原來我們真是勝利者。」

他們終於有此真實感，同時也為勝的虛心而感嘆不已。

「您所言我們皆了解。」

冷靜如廣澤也感動得脹紅臉，同時點頭答應停戰。

接下來就剩下撤兵的相關具體協定，這也只花幾分鐘便談妥了。

「廣島的幕軍就由我來……」

勝道：

「撤離當地，並拆除營帳，不過長州應不會以要向朝廷陳情之類的藉口自後追擊撤退中的幕軍吧。」

「不會。」

「那我就放心了。」

勝神情愉快道。如此一來，幕府既不致失了面子，長州也不會有損名譽，是個難能可貴的圓滿結局。

勝總是有股孤獨的陰翳。

——終於完成使命了。

即使如此，身邊卻無同僚與之共喜，甚至連個隨從都沒帶。這天夜裡根本沒什麼酒量的他，就在旅館老婆婆的獨自陪伴下喝了些酒。

「婆婆呀，我醉啦。」

這讓老婆婆吃了一驚。才喝了三杯，這名身材矮小的男人就已滿臉通紅。

翌日早晨，他心想難得到宮島來，於是便前往嚴島明神參拜。

「真不愧是西海的大神社呀。」

他心中嘆道，同時信步在神社境內四處參觀。其間發現一件事。

「自古以來，嚴島就有許多武將奉獻之供品。」

自源平時代以來一直到戰國期間，諸國武將總會派人到此神社祈求戰勝，若戰勝就會獻上甲冑、刀劍做為供品。

收藏在寶物殿裡的武具中，光說主要之物就有源義家的甲冑、平清盛的法華經唐櫃、足利尊氏的短刀、豐臣秀吉的太刀、毛利元就的矛、毛利輝元的太刀及短刀等，不勝枚舉。

「我以德川幕府代理人之身分來此且順利完成使命，故也應獻上一點東西吧。」

勝心想。幸好他懷中有一把短刀，此刀之鍛造者不詳卻是把非比尋常的名刀，據說是南朝護良親王御用之物。勝自認以此刀做為供神之物並不寒酸，於是就到神社正殿旁的神官室去。

「我想拿這把刀供神。」

說著突然遞上。

神官只是狐疑地仔細打量勝的裝束，無意接過那刀。身穿棉服及小倉褲，連個隨從都沒帶，如此武士應不是什麼像樣階級的人。他似乎如此推測。

「哎呀，本神社只接受名門之物，不必供神也無所謂。」
「不，此刀確為名門之物，是護良親王御用之刀。」
「既然您如此說，敢問您究竟為何方大德？」
「我姓勝。」
「請問是哪位勝爺？」
「江戶的勝。」
由此即可看出勝為何被視為個性乖僻，其實只要報上幕府軍艦奉行從五位下安房守之名，即便是神官也要驚倒吧。他卻偏不這麼做。不過，說不定即使他如此自稱，神官也不相信眼前這名穿著粗服的矮小男人竟是如此身分吧。
因神官不接受，勝十分無奈，於是從懷中掏出十兩錢來和刀一起遞了出去。神官這才接受並道：
「真是殊堪嘉許。」
說著輕輕點了下頭。
維新後勝曾描述此事：

「當時神官似乎也以為我是不知打哪來的阿貓阿狗，遲遲不接受。直到我拿出十兩錢，他才答應讓我獻刀供神。不過聽說如今已妥善珍藏。」
勝生性樂天，事業卻老是帶著悲劇性色彩。
他完成重大使命循海路返回大坂後，立即上京都向慶喜覆命。但出發之際那樣殷切說服勝的慶喜本人，如今卻連見都不想見他。
勝提出拜謁申請後就一直在旅館候傳，直到第三天才獲准。
勝向慶喜報告。
慶喜卻一直沉默不語。勝報告完畢後，慶喜竟連句「辛苦了」都沒說，就起身離席走進內宅。
「究竟怎麼回事呀？」
勝內心十分不悅。自己可是辛辛苦苦冒著生命危險完成使命歸來的，這究竟怎麼回事呀？
後來聽側近說，慶喜生氣是因勝無條件談和而歸。

——全權交給你。

出發之際慶喜明明這麼說的，如今卻不滿勝的處理方式。站在慶喜的立場，他是希望除與長州達成停戰協定外，還能懲罰長州，以保住幕府顏面。

「真會打如意算盤。」

勝也對慶喜十分不滿。敗得一塌糊塗的幕府既想向連戰皆捷的長州求和，一方面又想加以處罰，這樣根本不可能談成。

更何況慶喜出賣了勝。

他派勝為停戰使者出發後，又改變心意提出其他的停戰政策。去求朝廷以「敕命」的形式向長州發出高姿態的命令：

「將軍辭世上下同哀之際，不宜興戰，應暫協商停戰。關於此，長州藩應自侵略之土地撤兵。」

長州藩大怒。這不是與當初和勝的約定完全兩樣嗎？

不僅如此。幕府又假借「敕命」之名命戰勝的長州休戰，且文中的「協商停戰」不也可解讀為「待將軍喪滿將再度進攻長州」之意嗎？

基於上述理由，長州藩拒絕接受此敕命，依然維持戰爭狀態，僅將兵士撤回領內。

勝的差事簡直成了跑腿的孩童。被慶喜漠視，最後還變成背叛長州，既然如此也無法繼續當官了，於是就向老中板倉勝靜提出辭呈。此時距他再度被任命為軍艦奉行不過三個月。連板倉也深表同情。

「哎呀，別那麼生氣吧。」

他如此慰留勝，並為他在江戶安排了一個閒職。那是負責軍艦操練所事務的職位，對勝而言根本是大材小用。

勝要離京之際曾慨歎當官之苦，並對從者兼門人的新谷道太郎道：

「如今已非我的時代。我的志業應由龍馬那種無包袱者繼續奮鬥吧。但不知龍馬如今身在何處？」

眾男子漢

當秋日氣息開始一天濃過一天地暈染了瀨戶內海的天空，戰爭隨之結束。

龍馬人在下關。

「得趕緊回長崎。」

他雖心急卻無法回去。

某日，他在下關阿彌陀寺的伊藤助大夫處二樓遠眺海峽，同時對同志陸奧陽之助道：

「這事真怪。仗打贏了，幕威衰微，時勢即將大逆轉之際，我卻又回到原點。」

的確如此。費盡苦心才到手的聯合號，隨著幕長戰爭的結束依約定送返長州海軍局，就此離開龍馬了。

船名也改成長州風格的「乙丑丸」。

乘著此艦與幕府艦隊奮戰的光景已如夢一場。

「喏，陸奧啊，連艘船都沒有的龜山社中還真是怪呀！」

龍馬龜山社中的業務內容號稱一為貿易，二為海運，三為討幕用之私設海軍。但此新奇團體如今卻獨缺最關鍵的船隻，委實可笑。

既然沒船，也就無法返回根據地長崎了。

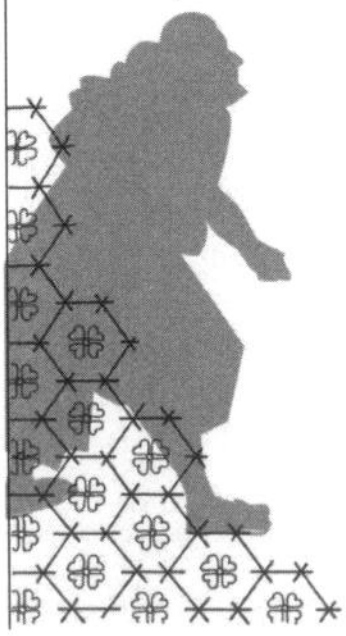

「連飯都沒得吃了。」

這可不是鬧著玩的。

龍馬的龜山社中逐漸擴張，如今包括水手及火夫已有五十人。得設法讓他們有飯吃才行。

事實上，船長資格的菅野覺兵衛及手下二十幾人，目前就住在阿彌陀寺的運輸船行伊藤助大夫處，鎮日無所事事。但每天三餐總得吃。

留守在長崎根據地的眾人也是遊手好閒。

的確，暫時還能靠上回長州送給薩摩卻遭退回、最後落在龍馬手中的那五百石白米過活。

「但接下來該怎麼辦？要是沒船就沒戲唱了。」

毫無前景可言。

「怕要成為滑稽小說的材料啦。」

「為何？」

「哪有人打仗打贏卻變得一文不名的。」

「哎呀，船到橋頭自然直吧。」

長州藩方面似乎頗為同情。不僅如此，桂等人還仗義直言：

「若不解救坂本的窘況，我藩必成忘恩負義之徒。為此戰之勝利打下基礎的，是坂本為我們促成的薩長同盟，以及坂本為我們買進的洋式武器。不僅如此，坂本還親自在海峽牽制幕府艦隊，並協助我方登陸小倉藩。這回戰勝十之八九是托坂本之福呀，不是嗎？」

但長州藩才為戰爭耗費龐大軍費，此時要他們出手為龍馬買一艘蒸汽船也實在無能為力。

長州藩之支藩長府藩等曾具體提出：

「整個龜山社中糧餉就由我藩負責吧。」

龍馬卻拒絕了。事到如今，以龍馬之自尊心絕無法容許自己淪為長州藩士。

「坂本是世界浪人，繼續維持如此狀態就好。」

龍馬道。

此時龍馬已逐步成為名聞天下的坂本龍馬。

即便待在下關的旅館，每天來訪的客人也是絡繹不絕。訪客不限薩長藩士，連諸藩志士也爭先恐後求見龍馬，甚至剛從京都偵查返回的寢待藤兵衛也樂得說笑：

「不如向他們收點看鞋費吧。」

這家位於阿彌陀寺的運輸船行伊藤家，是戶門面寬達二十間的大商家。

某日，店裡來了個江戶口音中略帶肥前腔的壯漢，他問道：

「坂本爺在嗎？」

女侍問道：

「請問大爺怎麼稱呼？」

這位年輕武士豪邁笑道：

「我是肥前大村藩的渡邊昇。喔，不，就說是從前江戶練兵館的渡邊，這麼說他就知道了。」

龍馬在二樓。

「哦？練兵館的渡邊呀！」

龍馬大吃一驚，同時回想起那段令人懷念的江戶習刀時光。所謂的練兵館就是齋藤彌九郎道場，當時是由桂小五郎擔任塾頭。

彼時江戶屈指可數的大道場中，齋藤彌九郎道場是由桂擔任塾頭，築地蛤河岸的桃井春藏道場是武市半平太，桶町的千葉道場則是龍馬。他們曾在鍛冶橋土州藩邸舉行的諸流大比試中，為維護自藩及流派之名譽而彼此較勁。

齋藤彌九郎道場在桂辭去塾頭返回領國後，就一直改由這名大村藩士渡邊昇擔任。

他和龍馬曾在諸多場合中碰面，後來卻一直沒再見過面。

「倒是聽說他回藩後遍遊九州諸藩，四處比試，最後贏得九州第一的美譽。」

不，其實還聽說過另一件事。

渡邊昇後來與其兄渡邊清成為京都大村藩邸之駐派員，受長州桂小五郎等人的影響而開始從事志士活動。

那是個夏日傍晚。微醺的他走在今出川的大路上，兩名新選組隊士竟尾隨身後。

「把跟蹤的傢伙甩掉吧？」

他心想，便順道至有交情的裙褲店去要水，連喝數杯後走出門口，卻發現對方還在路上。

無奈之下，刻意繞到北野天神穿過境內庭院。此時路上已是一片漆黑。

「渡邊！」

對方從後面叫他時，這年輕人一回頭便拔刀砍去，砍中身後一人，讓另一人逃走了。

「沒感覺砍到人。老實說我根本渾然不覺。衝回藩邸後一檢查配刀，發現刀刃上沾有油脂，這才知道砍中人了。」

維新後陸續擔任大阪府知事、元老院議官等職並獲封子爵的這號人物，曾如此描述這段往事。這件事龍馬也聽說過。

渡邊和龍馬激動地緊緊擁抱。實在很懷念。

「你還跟以前一樣持續練刀嗎？」

「不，最近也學坂本兄和桂兄為國事奔走，根本沒時間拿竹刀了。」

渡邊昇似乎是奉大村藩藩命前來偵查長州藩情況的。

「見過桂了嗎？」

「當然見過了。從前我倆可是刀術上的好伙伴呀。」

渡邊昇道。桂和渡邊雖分屬不同藩，但兩人之間的友情卻格外深厚，或許是因從前曾在同一道場習刀的同窗之誼吧。

「因此……」

渡邊道，幕府要求大村藩出兵攻打長州時，渡邊昇也分頭力勸藩主及家老，整合藩論，終於拒絕了出兵的要求。

「這是刀術的好果報吧。」

「正是。若我未拜入齋藤彌九郎老師門下，恐怕也不會與桂兄如此親近吧。拜與桂兄親近之賜，如今也為王事奔走。」

渡邊日後成為維新政府高官，甚至成為華族（譯註：僅次於皇族之貴族，可獲封爵位）。由渡邊之例看來，亦可知江戶三大道場實為維新運動的溫床之一。

「對了，聽說坂本兄現在不練刀，都在駕軍艦呀。」

渡邊問道，因他聽說龍馬曾一時以提督身分，率領艦隊在馬關海峽大破幕府艦隊。

「海戰很難打吧？」

「哪會。軍艦之戰和刀術一樣，都是靠理論和直覺。跟你在北野天神同時砍中兩人是一樣的情況。」

「那回只砍中一個啦！」

渡邊害臊了起來。

「對了，盛傳坂本兄是瀨戶內海的水軍大將，您現在忙什麼呢？」

「忙著玩。」

龍馬極不開心地挖著鼻孔。

「您說忙著玩是……」

「缺了最關鍵的東西。」

「錢嗎？」

「錢也是啦。船也沒。」

「真教人吃驚。這不等於一無所有嗎？」

「嗯，就是這樣。」

「坂本兄。」

才剛出口，這位肥前大村藩士就忍不住爆笑：

「您真了不起呀，坂本兄。既沒船也沒錢，還有心情望著馬關（下關）的海面挖鼻屎。」

「不過，我有主意了。」

龍馬突然想到一個好主意。這幾天來絞盡腦汁也想不出善後之策，如今看到渡邊昇的臉卻突然想到。

「渡邊君，咱們來促成九州諸藩聯盟吧。」

「哈哈！」

渡邊昇聽到龍馬這大話忍不住笑了起來。

「渡邊君，你怎麼笑成這樣？」
龍馬似乎自己也覺得好笑，跟著笑了出來。
「九州聯盟？怎麼促成？辦不到的啦！九州諸藩自權現大人（家康）以來就關係不睦，這是舉世皆知之事。」
「但若不使他們關係變好，日本就要滅亡啦。畢竟這回幕長戰爭中，九州諸藩全都支持幕府。當然，筑前福岡（黑田家）及肥前佐賀（鍋島家）維持了中立立場，但對長州亦無好意。如今長州戰勝了，這時若能建立由九州諸藩，包括長州在內的諸侯大聯盟，那就好似完成革命了。」
其實龍馬認為，以目前時勢要一舉發動討幕戰爭是不可能的。他一向主張，在那之前應先建立「諸侯聯盟」做為中間階段。關於這點，西鄉等人也持相同意見。
建立「諸侯聯盟」並以此為國家之正式機關，集合所有代表至京都，在天皇面前召開會議，以此「聯合政府」之結論繼續經營國政。革命政府遲早將成立，在此之前的過渡時期就只有靠它了。因德川幕府已喪失統率諸侯之實力，在國際上也缺乏外交能力，決不能把日本交在如此幕府手中。
「包括長州在內的九州諸藩聯盟將成為聯合政府之基礎。」
「真是雄心壯志啊。」
渡邊微笑道：
「不過小弟很喜歡坂本兄這樣吹牛。」
「別瞧不起人。」
龍馬氣呼呼的。
「不過九州諸藩關係不睦是命中註定的啦。如此情形，像坂本兄這種土佐佬是不會了解的。」
德川幕府創立當初，就為了不知如何鎮住九州而傷透腦筋。畢竟九州在日本史上是個猶如火藥庫的地區。平家也在逃離都城後，靠著九州支持者的援助而得以在壇浦完成最後決戰。此外，足利尊氏也曾一時在中央失勢逃至九州，而在九州召集諸方勢力東山再起，終於在兵庫湊川的決戰中擊潰楠木正成，重新奪回中央政權。

對家康而言，九州也是令人頭痛之根源，尤其關原之戰的敗者薩摩島津家更不知會使出什麼手段。因此他對大名領國之配置特別小心，刻意讓他們彼此牽制，彼此憎恨。這已成為傳統，諸藩之間一直是彼此對立。

「九州有幾個藩？」

「三十四個呀。」

其中之大藩尤以祿高七十七萬石的薩摩島津家為筆頭，其下依次為五十四萬石的肥後細川家、三十五萬七千石的肥前鍋島家及二十一萬石的筑後有馬家等。

「無論如何就放手一搏吧。渡邊君，你就代表肥前大村藩助我一臂之力吧。」

「我當然願意幫忙呀。只是，有勝算嗎？」

「有啊！」

龍馬說有勝算，大村藩士渡邊昇實在無法相信。

「即使光是巡迴說服九州諸藩也得耗上半年呀。」

「不跟他們辯論說理。」

龍馬一向不太相信辯論說理的效果。靠辯論說理使人屈服通常效果僅限於辯論當下。

「要說之以利。」

「ㄌㄧˋ？」

「『利』字正推動這世間前進。我要先在下關設立九州諸藩聯盟的商社。」

龍馬接著說明其構想。

這是他最得意的股份有限公司理論。

首先要薩摩以發起人身分推動兩三個雄藩加入。無論哪個藩的財政都極其困難，應該都會樂意加入吧。

只要幾個重要大藩加入，其他中小藩也將爭先恐後要求加入聯盟。

「不必擔心得巡迴各藩遊說，他們將爭先恐後主動找上門來。」

「有道理。」

「時勢將因利而動。靠辯論說理就寸步難行了。」

真是個怪志士。龍馬又進一步道：

「只要九州諸藩公司成立，三十四藩自然關係融洽。再以此商業結社為基礎，漸漸加入政治結社之色彩，逐步打造全日本規模的諸藩聯盟。而此聯盟將掌握國政。」

此即聯邦政府之構想。

「如此一來，幕府將自然凋萎。」

「不必打仗？」

「喔，若能不必打仗，那就再好不過了。我老鄉中岡慎太郎等人顯然一向主張維新全靠一個『戰』字。但若敞開胸襟放眼整個地球，哪還有所謂的幕府或諸藩呢。」

渡邊對諸藩聯合商社的構想表示十分贊同後便告辭了。沒想到才傍晚，龍馬吹的牛皮竟然就已有了眉目。

「薩州武士五代才助（友厚）大爺來訪。」

龍馬聽下人如此轉達時不禁好笑。

「看吧，這不是來了嗎？」

薩摩藩士五代才助應是為打探幕長戰後長州藩情才奉藩命到下關來的吧。無疑是在某處巧遇渡邊昇，聽他提起龍馬成立商社的構想。他聽了之後想必便迫不及待跑來了。絕對錯不了。

「利，就是如此充滿魅力。」

此中的「利」就是經濟的意思。經濟撼動了時代的根基，政治也隨之牽動。龍馬以其異常的直覺習得此歷史原理。

「真期待見到這位名叫五代才助的人呀。」

龍馬和這位薩摩藩中堪稱頭號怪胎的志士，老是陰錯陽差而從未見過面。

五代才助坐到龍馬面前。

他身材矮小但天庭開闊，眉毛高挑，細長而清秀的雙眼看來十分聰明。

「長得真俊。粗鄙的薩摩竟也能出這種男人。」

龍馬出神地望著他。年齡似乎與龍馬相仿。

「聽說您有意設立公司？」

五代才助平靜地道。

畢竟是兼任薩摩藩外國掛（譯註：負責處理外國相關事務）及通商官之類工作者，對如此話題及情報特別敏感。

他的經歷十分有趣。

為薩摩藩上士之子，父親是名聞遐邇之開明名君前藩主島津齊彬的側近，這層關係對五代才助十分有利。

十四歲時奉齊彬之命摹繪世界地圖。五代畫了兩張，一張上呈給藩主，另一張掛在自己房間，日復一日百看不厭。可說就是因此逐漸培養出機敏的國際觀。

二十歲出仕藩廳，並獲選到幕府所創之長崎海軍傳習所留學。關於海軍事務並不似龍馬為「自學」出身。

文久二年（一八六二），說來正是龍馬脫離土佐藩那年，五代才助搭乘幕府船艦前往上海，初次接觸到國際環境。龍馬因是脫藩之身，故一直在土佐及伊予山中徘徊；相較之下，五代生在積極進取之大藩，又是上士之子，故如野心添了翅膀般，行動半徑大上許多。

薩英戰爭時，五代正好搭乘汽船航行在鹿兒島灣上，故連人帶船被捕，這段俘虜生活，他與英國人之間有了更深的接觸，歸藩後即成為藩的外國掛。

他向藩說明與外國通商之利，一旦其提案通過就立刻瞞著幕府在長崎頻繁進行貿易活動。接著，薩摩藩又於慶應元年（一八六五）未申報幕府即暗中派留學生至英國，他自己則以十四名留學生之監督人身分遠渡倫敦。這批留學生中包括維新後擔任外務卿的寺島宗則、文部大臣森有禮及首任日銀總裁吉原重俊。

五代甫將留學生送入倫敦大學，隨即以一萬英鎊買進紡織機械及二千八百把手槍，接著遍遊比利時、普魯士、荷蘭及法國等國家，親眼見識了從「手工業」逐步發展為「工廠工業」之近代工業景況，然後於該年二月返回薩摩。

說起來才剛回國。

——地球才是我棲身之處。

龍馬雖曾如此道，其實連上海都沒見過一眼。相較之下，五代才助則猶如擁有天使之翼。

「我一直希望見到你後好好問問，請多教我一些西洋公司的相關知識。」

五代熱心地提供見解和知識給龍馬。龍馬生性極愛這類事物，他又是拍手，又是點頭，又是哄笑地聽得津津有味。

……………………

龍馬下榻於下關這處名為阿彌陀寺的市鎮，街道面海，不僅有運輸船行還有長崎最大的魚市場。因這裡的魚都是自下關海峽撈捕後立即送上岸的，故世人公認：

「阿彌陀寺的魚特別新鮮美味。」

魚市場旁自然餐館林立，每當華燈初上酒客便陸續上門。

「不好意思……」

五代才助道：

「我希望明天在那邊的料亭『魚松』和您深入懇談九州諸藩聯合公司之事，不知您意下如何？」

「不過……」

龍馬尷尬地道：

「我沒錢呀。」

「哎呀，這事請交給在下即可。在下也會事先聯絡長州的桂君等人。」

五代告辭了。

龍馬接著喚來陸奧陽之助等人，告訴他們關於此事龜山社中有何構想。諸藩出錢出船，營運工作則由龍馬的龜山社中負責。

「真是稀世妙案啊！」

眾人異口同聲道。

「可惜咱們沒錢，老是做些『穿別人的兜襠布去相撲』的事。」

龍馬十分遺憾。徒有滿腹好主意卻苦無財力，竟連集結諸藩代表前來懇談的費用也不得不仰賴薩摩藩，哪有這種道理啊？

「又是『錢錢錢』的問題嗎？像我這麼清楚錢之重要性的人實在少之又少，偏偏我就是沒錢。」

「世上無兩全其美之事，這話說得真是一點不差呀。」

「哎呀，也沒什麼好焦急的。遲早必能兩全其美。要是我賺不了錢，日本就沒指望啦！」

「坂本兄……」

⋯⋯⋯⋯⋯⋯⋯⋯⋯⋯⋯⋯⋯⋯⋯⋯⋯⋯⋯⋯

菅野覺兵衛面有難色道：

「還是別開口閉口都是錢吧。雖然咱們了解您的真正意思，但土佐方面似乎對您抱持相當大的誤解。」

「沒錯。」

龍馬笑了出來：

「因為我當初明明說是願為天下國家而死才脫藩的，後來卻忙於諸方奔走，完全一副商人模樣呀。就連我姊姊（乙女）也寫了充滿怒氣的信來質問我：『難道你是為了賺錢才脫藩的嗎？』」

乙女那封信竟被龍馬拿來擤鼻涕扔掉了。不過他倒是寫了回信，因為他不希望連姊姊都誤會自己。

龍馬回信之內容大致如下：

「……讀了乙女姊來信，知道您說我貪圖私利而將天下國家大事拋諸腦後的文意。但我並不像他藩之士可使用藩費，不僅無如此便宜，還養著多達五十人的手下。手下每人每年再怎麼說也得花上六十兩……」

太陽一下山，龍馬照例蓬頭垢面，頂著一頭亂髮，穿著破衣，把大刀塞進腰帶就帶著陸奧陽之助、菅野覺兵衛、中島作太郎及長岡謙吉等人前往料亭「魚松」。

走在小路上時，陸奧轉頭道：

「就去瞧瞧下關阿彌陀寺有多熱鬧吧。」

「有嫖客，有酒客，有商客，有政客，還有像我們這種天下浪客。下關遲早要成為第二個大坂。」

龍馬如此預言。

可惜言未必中。戰前下關是前往九州及朝鮮之渡航地，因而繁榮一時，但後來交通工具之進步超乎龍馬想像，故此商港都市之重要性也只能留在過去了。

不過，維新後的下關卻真如龍馬之預言。龍馬如今漫步其中的阿彌陀寺街道上，餐館呈飛躍式地增加，維新前即已存在的大吉、常六及傘福等鮮魚店都成為餐館，還增加了魚七及鈴之家等，其中尤以伊藤博文（俊輔）於中日甲午戰爭後與李鴻章和談之所「春帆樓」最有名。

龍馬去的這家魚松前半段是鮮魚店，後半段則是鋪有榻榻米的房間，特別規劃了鄉村風小庭院，還擺飾石燈籠並植有楓樹、羅漢松及箭竹等以增添風情。

「哎呀，不好意思，遲到了。」

龍馬走進房間，但人尚未到齊，會議也還沒開始。

龍馬一坐下，對面的長州藩代表之一桂小五郎就用眼神對著他笑。

桂旁邊是名膚色白皙而肥胖的長州藩士，他任仙台平裙褲發出摩擦聲而行至龍馬身邊道：

「前些日子我曾與勝老師在宮島見過面。」

這位是廣澤兵助。之前幕長戰爭停戰談判時，代表長州藩以全權使節身分前往宮島，在談判會場大願寺會見幕府代表勝海舟。

「勝老師真是位令人驚奇的人物呀。身為幕府代表，是軍艦奉行且官拜從五位下，如此身分卻僅著黑色紋服及書生般的小倉褲，連個隨從都沒帶就來了。」

「這就是勝老師的計謀呀。」

龍馬暗自好笑。勝總是故意表現得讓對方大吃一驚。這回故意反以一介窮書生的模樣唬住長州藩眾使節，一定是想藉此將長州人納入心腹之中，使會談順利進行。

「這樣說好像是當著坂本兄的面拍馬屁，不過現在實在找不到那樣的人物了呀！」

「別說現在，自古以來也沒有啊。甚至可說，如此亂世多虧有了勝老師，日本才能安心。」

「不過，聽說他已被從幕府先鋒陣剔除了呀。」

「是喔……」

龍馬雖也命運多變，但其師勝海舟看來亦不遑多讓。

不久眾人到齊。薩摩藩的代表有五代才助及該藩對長州之聯絡官黑田了介（後改名清隆，獲封伯爵）。肥前大村藩代表為渡邊昇，豐後岡藩、對馬藩及薩摩支藩佐土原也分別派了代表，如此約有十二、三人。

「除薩長及大村藩外，其餘的可不能掉以輕心呀。」

龍馬暗想。九州諸藩中，中立之藩也為了視察對幕戰爭勝利後的長州情勢，特地派反應機靈之藩士來到下關。雖說如此，他們並非志士。

「何況福岡、熊本、久留米及佐賀等大藩也尚未到來呀。」

這是理所當然的。那些大藩個個都是恐幕之輩，福岡及熊本兩藩在幕長戰爭開打前，唯恐觸怒幕府而大力彈壓藩內之勤王主義者；福岡藩更悉數奪去他們生命，連一人都未倖存。這樣的藩自然不可能派視察官到長州來吧。

「話雖如此，長州既已戰勝，如今他們的態度也應大為動搖。」
龍馬心想，同時又想，自己的計畫若能在世間傳開，定能叫他們食指大動。畢竟若以藥方比喻，對佐幕派及中立派而言，這帖易服之藥還加了名為「非政治結社而是經濟結社」的甜味。
會議終於開始。龍馬因不擅客套，由年輕的陸奥陽之助代為客套幾句，接著便由同為龜山社中成員的長岡謙吉開始說明提案。
說明完後，眾人提出質問並彼此討論，等話題大致告一段落後，薩摩的五代才助便道：
「敝藩贊同此提案。」
長州的桂及廣澤兩人也表示贊同。
接著又道：
「此案甚佳。但僅以在下個人意見無法斷言贊成與否，故希望歸藩後再行正式回覆。」
「這是理所當然的。」
龍馬這才開口，接著又拿過筆硯寫下規約。

「議定書」
龍馬首先寫道。
內文共六條，意譯約莫如下：
一、商社成立時，不以各藩的名義為之。因為對幕府尚有諸多顧忌，專以商社之名進行。該取何名日後再決定。
二、帳簿必須明確，損益均攤。
三、經過下關之貨船，不論上行或下行都必須接受此商社臨檢，查明貨物種類及價格，藉以了解天下物資如何流通，哪個地方有缺什麼物資，商社就可以做生意。
龍馬將此議定書給眾人過目後，取得眾人贊成。
話雖如此，應該尚需相當時日才能成立吧。
「魚松」的費用由薩摩人掏腰包。
關於這點，對時代之藩意識特強的長州藩提出：
「絕不能一直拿薩摩藩的酒喝到醉。」

堅持一定要回請。尤其桂小五郎在江戶及京都曾有以藩費大方結交諸藩之士的經驗，對此更為警惕，甚至有些神經質。

於是就在第二天，長州在名為「翁亭」的料亭舉辦回請宴，薩摩藩及龍馬及龜山社中諸人，還有大村藩士渡邊昇都受邀。

酒宴開始前，長州的廣澤兵助就坐到下座客套道：

「今晚之酒宴並不需要講什麼大道理，只要諸位盡興，就是東家最大榮幸。」

接著湧進許多藝伎，拿起酒瓶開始為眾人斟酒。

「哎呀，哎呀！」

龍馬這幾個月來，為了海戰及設法挽救社業而毫無寧日，早就疲憊已極。

「那麼，今晚就喝個痛快吧！」

說著就任藝伎為自己斟酒，盡情喝了起來。

「藉他藩之酒喝醉實在太讓人笑話了，但目前這也是無可奈何。只待時來運轉，定要以我社中之財讓薩摩人及長州人喝到吐呀！」

藝伎有十二人。

個個皆為下關精選之美人，一時就如屋裡繁花盛開般令人眼花撩亂。

這些藝伎趁著滿座喧騰之際，自然聚集到龍馬周圍鬧著。

龍馬又是彈三味線，又是唱即興歌曲，也和她們一起玩鬧。

「這傢伙真是酒宴的靈魂人物呀。」

桂坐在下座苦笑。

桂好歹也曾在京都的三本木與幾松傳出豔聞，且生得正氣凜然；薩州的五代才助也是眉清目秀，甚至連男人都會被吸引。可惜兩人都有些冷漠，故眾藝伎的興趣都未自龍馬身上移開。

至於廣澤兵助則是眾藝伎暗中戲稱的「白河豚爺」，故一向不出風頭。

薩摩的黑田了介總是發酒瘋。酒量好是好，但半醉後眼神就直了，有時還對藝伎破口大罵，故終究不受歡迎。插句題外話，這人發酒瘋的情形隨年齡增長而益發嚴重，甚至當過總理大臣，但總是因酒後失態而一再受世人撻伐。

在這碰巧滿座全是美男的席上，龍馬應該是長得最醜的吧。何況他還一身髒兮兮的衣服，臉也未洗乾淨。

但他卻出奇地受歡迎。

龍馬定有一種討人喜歡的氣質。不僅如此，滿座淨是不懂任何才藝之人，龍馬卻是連藝伎都要甘拜下風的才藝高手。

龍馬正喝酒喧鬧時，桂突然走到身旁。

「中岡（慎太郎）君好像來了。」

桂耳語道。

「哦？什麼時候？」

「好像昨天從京都抵達下關後就住在白石邸。」

「找他過來吧。」

龍馬和中岡已數月未見。

這幾年來，天下志士中恐怕無人像中岡那樣持續不斷東奔西走的吧。

「真了不起。」

龍馬與中岡雖為同鄉，卻也開始對他刮目相看。他不僅腦筋好，洞察時勢的眼力也特別敏銳，行動又機敏，想法從未出錯。器量恐怕還在長州的桂之上，而長州藩也對此十分認同。

對長州而言，中岡實為第一恩人。中岡自土佐脫藩後，即看準「長州為新時代之希望」，而一直在長州藩內外如獅子般迅猛行動。

他參加了蛤御門之戰，戰後待在長州藩內竭盡所能顛覆俗論黨政府，潛入京都後致力恢復長州之人望，接著又與龍馬共同促成薩長聯盟。上回幕長戰爭，他也如龍馬接下海戰之重責般，親自投入陸軍並參與攻打小倉城之役。戰後忙著奔走於九州諸藩，致力引發親長輿論。接著設法維持與五卿之間的聯絡，同時為他們返回京都之事奔走。然後又趕至京都，發掘公卿中唯一堪稱人才的岩倉具視，並將他當成與薩摩暗中連結的撮合者。據說接著又返回下關。

「簡直就是個超人呀。」

龍馬一向如此認為。

土佐藩的上層是由冥頑不靈之佐幕派獨占，中岡不幸生在如此環境，因而成為一介浪人，不得不在毫無任何背景的情況下奔走天下，但以其器量來看，仍較身在大藩且能掌握大藩動向的長州桂小五郎及薩州的大久保一藏更顯大膽沉穩，且人格及才幹也在他們之上吧，不是嗎？

「那傢伙還真是生錯地方呀。」

事業這東西就像騎士和馬的關係。龍馬有時會悲哀地這麼想，不管是何等馬術名人，要是騎了一匹老馬也無法有任何表現；而即便是稍微笨拙的騎士，只要跨上駿馬之背也能長征千里。桂及廣澤所處之長州藩，西鄉及大久保、五代或黑田所處之薩摩藩都是千里良駒。然而土州浪人中岡慎太郎卻連馬都沒有呀，不是嗎？他簡直就像徒步奔走。

「男人幸或不幸之關鍵，在於有沒有得到馬。」

龍馬也是無藩之身。但他卻和中岡不同，他正要獨力打造這匹堪稱「私藩」的馬。這點可說就是兩人行事作風的相異之處。

「找中岡過來吧。」

龍馬道，並立即當場打開隨身筆硯筒，寫了封信叫人送去。

他醉了。

這人即使沒醉也豪放已極，故這信寫得十分有意思：

於翁亭，
兵端（戰端）將開，
女軍意外嘯集。

劈頭就是如此文句。將酒宴剛開始時來了許多藝伎的情況比作戰爭。龍馬似乎對「女軍叫囂著群集而來」感到十分開心。

可攻之處眾多，
偏軍議多端。

意思是藝伎既多且姿色佳者眾，偏偏軍議多端，也就是說桂、廣澤及五代等一騎當千的尋芳客很多，導致己方之軍議也眾說紛紜。大致是如此意思。

請務必參軍、出馬。

意思似乎是：請君踴躍參與此酒戰。

若無閣下英明之見，
大事不知將如何。

若不借助你出色之作戰能力，此重大戰局將無法突破。

千里良駒一鞭，
大駕光臨，
伏而相待也。

請速策馬趕來。伏地為禮敬候。

呑酒百杯。頓首再拜

龍馬

此致

中岡慎太郎爺

「連文字都醉了呀。」

陸奧陽之助拿著這封信走到大門，交給在門旁小房間內吃飯喝酒的寢待藤兵衛。

藤兵衛摸黑衝了出去。

女侍拿著提燈正要追出去，陸奧卻阻止她。

「可是外面伸手不見五指呀。」

「哎呀，沒關係，那傢伙就是看得見。」

他可是貨真價實盜賊出身的呢——這話終究說不出口。

不一會兒藤兵衛就領著中岡慎太郎回到翁亭了。

中岡一拉開紙門，諸藩之士便鼓掌歡迎。

「京都情勢如何？」

有人如此問道。中岡稍微笑了笑，答道：

「因長州意外戰勝，以往清一色佐幕立場的朝廷頓時大為動搖。此時應一舉將勤王色彩導入朝廷呀。京都守護職會津藩卻反而因此次戰敗而更加頑固，益發堅持佐幕立場，可說已達瘋狂之地步。不僅擴充手下的新選組，還要他們不分晝夜在路上巡邏。還好我命大。」

中岡坐到龍馬身邊。

「好久不見呀。」

中岡接過龍馬手中的酒杯，因奔波而曬得黝黑的臉上笑了笑。

「龍馬。」

「嗯？」

「安藤謙次死了。」

「哦？」

如今已是無法為他人之死一一感到震驚的亂世。

「這麼說來你還不知道這事呀。八名土佐人在京都三條大橋和新選組打鬥。」

中岡似乎是潛入京都時聽說此亂事的。他說那是個明月當空的夜晚。

三條大橋西端有處幕府町奉行豎立告示牌的地方。告示牌上貼著大意如下的公告：

「長州人為朝敵。若潛入市中，絕不可窩藏。」

因長州戰勝幕軍，故在京諸藩志士個個意氣風發，「拆了那面告示牌」的呼聲大起，屢次有人趁夜摸近告示牌豎立處，拔掉並扔進鴨川。

幕府只得一再重立。

京都守護職會津藩終於被惹火了。

「此事攸關幕府威信！」

而命新選組負責狙殺犯人。

新選組立即擬定一策，命隊士橋本會助及鹿內薰兩人喬裝乞丐，不分晝夜在告示牌附近閒蕩搜查。另一方面，局長近藤勇及手下共三十四人則潛伏在附近的酒舖、商家及町會所三處等候消息。

等了兩天。

第三天夜裡，土佐藩上士中唯一的勤王份子宮川助五郎與同藩幾名鄉士在祇園圓山的酒樓喝酒，隨著醉意加深而終於決定：

「那告示牌實在不像話！」

眾人於是全衝了出去，準備拔掉告示牌，安藤謙次也在其中。他是土佐郡久萬的鄉士，自幼便經常出入高知城下的坂本家，故龍馬也認得。其他還有藤崎吉五郎、松島和助、澤田甚兵衛、岡山禎六、早川安太郎及中山謙太郎，共計八人。

他們個個穿著高腳木屐，足音響亮地走過三條大橋時已近午夜十二時。這夜明月當空，附近亮如白晝。

腳邊的乞丐突然起身離開，但他們毫不放在心上，宮川和藤崎翻過柵欄拔出告示牌，然後從大橋欄杆朝川裡「撲通」扔了下去。

「幕府這些混蛋！」

宮川高聲笑道，就要與眾人一同離開。

扮成乞丐的間諜已緊急向潛伏在町會所的新選組

十番隊組頭原田左之助報告。

新選組早就等著這一刻。

一直在町奉行所待命的原田左之助及其指揮的十二人立即沿高瀨川迅速趕過去。一衝抵現場便大喊：

「一個也別放過！」

並將八名土州藩士團團圍住。

土州方的宮川、安藤、藤崎、松島、澤田、岡山、早川及中山也全拔出大刀，一場激烈的亂鬥就此展開。

新選組早習於打殺，戰法又極巧妙，兩人以上成組對付一名敵人，分別自前後左右逐步逼近。

宮川等人畢竟是所謂的土州藩五十人組，曾護衛藩主山內容堂上下東海道，可說根本不怕死。

雙方短兵相接每每迸出火花，吶喊聲撼動夜氣，鮮血四濺，人也逐一倒地。

「報池田屋之仇！」

土州人一如索命厲鬼般朝新選組猛攻，據說那模樣令人毛骨悚然。

提到池田屋事變，乃元治元年（一八六四）發生，事變中犧牲的同志屍體就是葬在過此大橋往東的三緣寺之無主墓地。

起初土州方雖勢單力薄卻占了上風，但很快就露出疲態。土州人的特徵是佩刀過長，若揮刀猛掃自然能占上風，但沒兩下就累了。據說這場混戰後長佩刀就退流行了。

不久，新選組方由監察新井忠雄指揮的十二人也自高瀨川東的酒舖趕到，一齊拔刀自東西雙方夾攻土州方。

不僅如此，近藤勇直接指揮的十人也自大橋東端用力踩著橋板衝了過來。

「這下撐不下去了！」

渾身是血的安藤謙次大喊，接著又高呼：「同志們快逃！殺出血路呀！」同時揮起三尺直刀砍死一名新選組員，緊接著便奔往路上。

新選組的大石鍬次郎等十人隨後追來，只見謙次舉起大刀並朝己方夥伴喊道：

「我來殿後！我來殿後！」

謙次兩度如此大喊之意是說，自己會殿後殺敵掩護，故大家快衝進河原逃走吧。

謙次以柳樹為掩護，等著自三方追來的敵人。然而不知為何新選組並未追上。

謙次就此逃回位於河原町的土州藩邸旁，但自知傷重無法復原，便在門口切腹自盡。

藤崎吉五郎當場死亡。

其他人身上也都受了三處以上的傷，但無大礙。只有宮川助五郎頭部被砍中三處而昏倒在橋上，不知不覺遭到逮捕。

就此被抬回新選組屯駐所，意識恢復後便每天嚷著「把我的頭砍下來吧」，對審問也不理不睬。因態度實在剛毅，近藤不忍殺他，便將他關進監牢。明治三年（一八七〇）病逝於東京。

「這樣嗎？安藤和藤崎也都死了？」

龍馬的酒杯停在空中好半晌，滿臉極其不悅的表情。安藤二十五歲，藤崎二十二歲，都還年輕。

「都死了。」

中岡的聲音也很沉重：

「說來，文久三年（一八六三）在武市家成立的土佐勤王黨員也愈剩愈少了。聚在一起而倖存的，就只有龍馬你的龜山社中了呀。」

「不，我這裡也死了很多同志。望月龜彌太和北添佶摩在池田屋樓上戰死，池內藏太等人溺死，連饅頭近藤長次郎也切腹死了。算算，哪還剩多少人？」

「若不早日推翻幕府……」

中岡道：

「土州的有志之士皆將成為路旁死屍。龍馬，不能再那樣好整以暇了。」

「你說得是呀！」

龍馬一口氣乾了杯：

「不過，中岡呀，著急也沒法成事。要推翻幕府得等時機成熟。」

「時機成熟之前，難道龍馬你就只管做生意賺錢嗎？」

中岡慎太郎這位尖銳的軍事革命論者語帶諷刺。

「沒錯。錢。」

龍馬圈起手指道：

「錢呀！沒錢還想討幕？中岡，那是痴人說夢。別奢望能不花錢就推翻幕府。」

「薩長有的是錢。」

「沒錯，薩長的確有錢。但咱們土州人總不能永遠只借薩長的兜襠布去相撲。因此，我才會想建立『土州浪人藩』。而其母體就是我龜山社中。」

「這我知道。」

龍馬的構想和抱負中岡已聽過好幾次，故趕緊點頭。大概是受不了再聽到他的長篇大論吧。

「但我……」

中岡道：

「決定走別的路子。我希望推動二十四萬石的母藩土佐，建立文久三年那時的薩長土的聯合勢力。」

「辦得到嗎？」

只要有容堂這位英明過頭的總帥，土佐藩必無意參與革命的冒險事業吧。

「那個啊，風向似乎已經轉變了。原因據說是幕長戰爭結果長州意外獲得勝利，位居土佐藩要職的那些頑固之人也大為驚慌。」

因此土佐藩方面似乎已派使者至鹿兒島了解薩長情況，又想接近中岡。

「尤其乾（板垣）退助及谷守部（干城）等人也正想盡辦法接近你我。」

懂得見機行事的中岡慎太郎，顯然真要積極對土佐藩展開行動。不過龍馬對此卻毫無興趣。

窮迫

窮困早已等著撤離下關返回長崎的龍馬。

沒船。

也沒錢。

「有的只剩兵糧米了。」

是上回長州送給薩摩，受其婉拒，因而落入龍馬手中的五百石兵糧米。

但這唯一的財產也因社中眾人滯留下關期間吃掉或換成錢，所剩無幾。

龍馬等人的社中雖在下關海峽大顯身手，但畢竟不是「買賣」，故一文錢也沒賺到。

不僅沒賺到錢，雖說武器彈藥都用長州藩的，船的燃料和兵員糧食卻是由龍馬負擔。

可說是自費前往的援軍。且雖贏得勝利，也沒向長州藩拿取報酬之理。

「實在太窮啦！」

龍馬回長崎後每天都為這事頭痛。

幾乎每天都到長崎豪商小曾根的本店、薩摩藩邸或大浦海岸的葛羅佛事務所蹓躂，看看有沒有什麼好事。

長崎市民幾乎每天都在街頭看見龍馬如此行走的

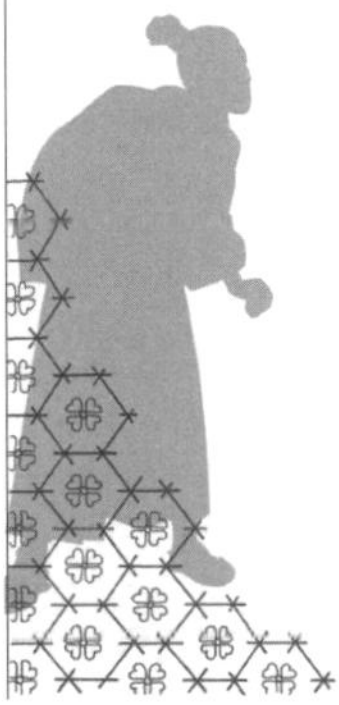

身影。滿臉冷峻，迎風而行。

「龜山的大將表情好可怕。」

人們如此評論——維新後擔任貴族院議員等職的關義臣（此時名為山本龍二郎，是龍馬手下受差遣的隊士）日後曾道。

順便介紹一下關義臣對當時龍馬風貌的觀察：

「臉上很多黑痣，整張臉因海風吹拂及日曬而呈鐵色。毫無笑容。眼神異常銳利，炯炯有神。身高五尺八寸，簡直已過壯的筋骨外裹著襟領鬆垮的衣服，頂著一頭蓬鬆的亂髮走在街上。」

町區民眾交頭接耳：

「好一陣子沒見到龜山大將，不知他到哪裡去了。」

人們大概作夢也想不到，他是應長州之聘以艦隊司令官的身分在下關海峽與幕軍大戰吧。

不過幕府在長崎的最高機關「長崎奉行所」倒是覺得「十分可疑」，而緊盯著龍馬一干人。但此奉行所因長崎為國際都市，故不太喜歡像京都江戶或大坂的奉行所那麼直接的警察活動。

「龜山社中似乎十分窮困，就連水手及火夫的薪水都發不出來。就趁此時剷除吧。」

於是想出如此經濟戰，透過幕府系的運輸船行，著手收買龍馬雇用的水手及火夫。

龍馬回到長崎後便絞盡腦汁，但仍苦無良策。第十天早晨甚至趁陸奧陽之助來找他時提出：

「乾脆解散龜山社中吧。」

陸奧大驚。

「您是說正經的嗎？」

他確認道。因為若解散龜山社中，龍馬的新日本構想可說就將消逝，世間也等於沒有龍馬這人了。

「水手、火夫的薪水付不出來。往後也毫無著落。」

「看來連坂本兄也束手無策了呀。我一直以為事無不成之人，普天之下就只有長州的高杉晉作和咱們的坂本龍馬，沒想到竟搞錯了呀！」

「那是什麼?你剛說什麼『事無不成之人』?」
「哎呀，那是我在長州聽人說的啦。」
陸奧似乎暗中有意鼓勵龍馬而說起這事。
高杉是長州的天才。他總有天馬行空的奇想且每次都能心想事成。
「簡直有如駕著觔斗雲的孫悟空呢。即便自雲上跌落會沒命，仍再度將雲喚來，繼續馳騁於三千世界。真是兩千年來不曾見過的英雄呀！」
陸奧又進一步道。此人日後被推為曠世知名外務大臣，故不斷巧妙地刺激龍馬，企圖將話題帶往自己想說的方向。
「問長州人就知道，高杉的秘術只有一個，那就是不到最後關頭絕不說出『無法可想』。聽說他以此自戒。」
「我可是常說呀。」
「據說高杉從不這麼講。」
高杉晉作平素常對藩內同志說：「我父親教我，男子漢絕不能說出『無法可想』的話來。」無論任何事總是考慮周延才行動，盡量使事情順利辦到。若如此仍落入窘況也不說「無法可想」。一旦說出「無法可想」，人們就無法發揮智慧或做出判斷了。
「如此一來，窘境勢必惡化成絕境。那就找不到活路了。」
此即高杉的想法。「人若落入窘境那還無所謂，因為仍可在意外的方位找出活路。但若墜入死地，那就完蛋了。故我絕不說『無法可想』。」據說高杉也曾對陸奧如此道。
「高杉可是長州藩的上士呀。」
龍馬似乎真的被激起競爭心了。高杉出身藩內名家，又深得藩主父子信賴，總是居於主導藩政動向之地位，可謂背景雄厚。
「但我只是區區一介窮浪人。即便高杉是個鬼才，若是非要他獨力養活長州藩所有人，他一定也要說『無法可想』。」

「我想解散龜山社中。」

龍馬這話傳入水手及火夫之間。

順帶一提，社中的士官分頭住在小曾根宅或於市內租屋，但水手及火夫全數住在龜山的宿舍。

帶頭的是名叫甚吉的讚岐鹽飽島漁夫。

——我是村上海賊頭的子孫。

他以此自傲，是名滑稽的老頭。

再順帶一提，水手及火夫的出身地幾乎都在伊予（愛媛縣）讚岐（香川縣），多半是吃過幕府海軍飯的人，故關於西式帆船及蒸汽船的運作要比士官來得清楚。

此外，雖然國有禁令，但有些水手當過上海往返長崎航線的外國船水手，見過世面，就這點來說也比士官經驗豐富。

這群人本來就在長崎鎮日無所事事，若有人來說「薩摩船需要兩名水手、一名火夫」，領頭的就接下工作並派出指定的人數給薩摩藩。他們就是靠這種雇傭工作度日。

但龍馬的龜山社中就不同了，因為是以「商船公司」為經營目標，故必須與水手、火夫維持長期雇用關係，隨時有二十人左右寄宿在龜山。

「說什麼傻話！我們反對解散！」

這話出自甚吉老人及名叫松次郎的年輕火夫。眾人都同意如此意見而決定一起衝去龍馬住處。

他們來到小曾根宅。

「哦？全來啦？」

龍馬坐到上座。甚吉老人上前道：

「聽說您有意解散呀？」

語氣中滿是不平。

「你們反對嗎？」

「當然反對。我們這些人雖不過是水手、火夫，但也曾奉坂本大爺之命，頂著砲火鑽過馬關海峽呀！請您別說出如此喪氣話！」

「因為我沒錢付你們薪水。」

龍馬甩甩衣袖道：

「沒法供你們吃飯。」

簡短說完後，自己也覺得無奈而潸然淚下。

「大家另找好地方吃飯（找工作）吧。」

如今西日本諸藩競相搶進蒸汽船，而源頭就是長崎，故只要在長崎當船員就不怕沒飯吃。

甚吉卻怒氣沖沖拍著榻榻米道：

「我們會勒緊腰帶！不管坂本大爺說什麼，我們也不離開坂本大爺！在您弄到船之前，我們就在市區打零工等候，請不要為我們掛心！」

龍馬一生有幾度強烈感動的經驗，但恐怕沒有像這回的吧。

這時有位名為溝淵廣之丞的人。

說起「溝淵的葫蘆臉」，在高知城下也很出名，藩中較沒口德的年輕武士甚至拿來當成喝酒時談笑的話柄。

「廣爺一站到葫蘆棚下，就連其他葫蘆都張口大笑了。」

他年長龍馬七歲，年輕時十分認真鑽研刀術，曾到江戶住在鍛冶橋藩邸，並定時到附近的桃井道場習刀。

當時龍馬碰巧也第二次到江戶留學，兩人一同在藩邸生活，感情十分融洽。

「現在龍馬要哈哈大笑了。」

溝淵說著說著就在人前模仿龍馬特有的笑法，惹得眾人都笑了。

後來，兩人的命運就大不相同了。

龍馬自土佐脫藩，而溝淵留了下來。

溝淵留下是理所當然的，因他個性溫和敦厚，故不會參加勤王運動之類的暴亂之事，且他也不是特別有才幹。更何況他早已過了參與那種所謂血氣方剛運動的年紀。

龍馬脫藩前數日，曾在城下的水道町街頭巧遇溝淵。

「花開了呀。」

據說龍馬如此道。言下之意是，現在正是賞櫻時節。

「你這是要去賞花嗎？」

溝淵問道。

「不，今年沒法去了。」

龍馬道。應該是因為已經下定決心脫藩吧。如此寒暄後，龍馬又道：

「溝淵呀，你還持續在練刀嗎？」

「是呀。」

「你記性好，所以應該去學西洋語文呀。去學吧。」

他莫名奇妙地如此推薦。他只要一起了頭就說個沒完。

「你是說蘭學嗎？」

「蘭學過時啦。我聽河田小龍說現在世界上最強的是英國。你去學英語，然後讀讀大砲和機械的書吧。不早些研讀、早些製造機械，土佐和日本都要滅亡，就要步上清國的後塵啦。」

「那你自己為何不學？」

「人都有拿手或不拿手之事吧。我就是記性不好。」

因為有這段插曲，溝淵也跟著河田小龍多少學了點英語知識，接著前往江戶，每逢拜訪多少通曉英語的人，就在記事本裡記下重點，也到橫濱買了些英語書籍。

後來，因為藩內開始著眼西洋產業及物產，故溝淵雖出身低微鄉士，仍受破例拔擢，升至持筒役（譯註：指導藩兵砲術）。慶應元年被遣至長崎修習英學。接著一直往返長崎與高知之間，這回又奉藩命來到長崎：

「查探幕長戰爭後諸藩動態。」

也就是情報官的工作。

長崎的秋天已到來。

深深流貫整個市區的中島川兩岸，家家戶戶小庭院中的楓樹和槭樹等葉片都已轉紅，鮮豔奪目，美麗如畫。

中島川有座眼鏡橋。

此充滿異國風情的石橋西側即為西古川町，町內有棟黑色木板牆的漂亮租屋，曾是西濱通某商家老闆的漂亮小妾宅邸，偶爾會傳出樂器彈奏聲，令路過行人忍不住駐足。

但如今房客也換了，並肅穆地懸著寫有「柴田英學塾」的看板。

「時勢也變了呀。」

町內的人們似乎如此感慨。

不僅是因為昔日的妾居成了英學塾。長崎自江戶中期以後，即為有志學習蘭學的醫生憧憬之地，他們從各藩爭先恐後來到這裡學習蘭學的語學及醫術。

但近年來幕府與列強訂定通商條約而開放長崎港，荷蘭人以外的歐美人也開始在此興建商館及教會，尤以英國人的勢力最龐大。

——文物以英國最為傑出。

如此機靈察覺的日本人之間，突然興起一陣英國熱。

因應如此需求，英語塾逐漸四處林立，西古川町的「柴田英學塾」正是其中之一。

身兼長崎探索、英學修習及砲術修習三項工作而從土佐藩派至長崎的葫蘆溝淵廣之丞，也是每兩天就上此塾一次。

塾生以先進知名的肥前佐賀藩藩士為最多，其他還包括薩摩藩及筑前福岡藩等藩之士。

土佐藩只有溝淵一人。

某日，有名膚色黝黑臉蛋卻可愛得一如桃太郎的年輕武士前來登記入學，他以濃重的土佐腔向舊塾生請安。

「咦，這不是塚地村的中島作太郎嗎？」

溝淵叫他。

「啊，是溝淵兄呀。哎呀，真糟糕。」

中島作太郎十分狼狽。

這年輕人在龍馬的社中，龍馬老是當成小姓（譯註：將軍或大名身邊之年輕近侍）般「作、作」地叫他，寵愛有加。他自土佐脫藩，故看到同藩藩士溝淵才會這麼手足無措吧。

「不必驚慌，我又不是捕吏。」

溝淵笑道。回家時還邀中島一起到西濱的桌袱料理（譯註：中式共食的大盤料理）屋二樓。

面前是一張矮几般的餐桌，裝在大盤裡的菜就送到這上面。與鄰席以屏風隔開。

「龍馬好嗎？」

溝淵幾乎是劈頭就問。

溝淵在藩內時並不知情，一踏出藩才知龍馬之名竟如此響亮，老實說他著實嚇了一大跳。

「坂本兄他很好呀。」

中島作太郎提防地回答。畢竟自己是脫藩之人，而溝淵廣之丞又是藩吏，他不知道可以透露到什麼程度。

「中島君，你是在提防我呀。」

溝淵廣之丞敏感地察覺了：

「不過若從藩以往的作風判斷，也難怪如此。」

「因為藩連武市半平太都殺了呀！」

作太郎凝視著他。

「你說得沒錯。況且還發生藩主夫人那件事。」

也因溝淵廣之丞為龍馬舊交，又是鄉士出身的藩吏，故對上士的佐幕傾向也十分憤慨。

藩主夫人那件事是指，幕府頒發征長軍令後，土佐藩廳決定迎合，偏巧藩主夫人俊子姬是從毛利家迎娶而來的，家老們擔心之餘竟將夫人移居高知城外，使她與年輕的藩主分居兩地。

「此舉實在太過卑劣！」

溝淵非行動派，說來較似學究氣質，但對土佐藩廳如此處置卻感到悲憤，認為「這已不是政治問題，根本就是無藥可救之卑劣心態所致」。這令中島作太郎十分詫異。

「葫蘆兄竟然也會激動呀。」

作太郎邊夾魚肉邊這麼想。

因為此回藩主夫人分居事件，家老們還謹慎地以年輕藩主豐範之名寫了封請示信：

「吾（藩主）妻生於毛利家。因是女兒身故應不致招罪，但關於此回情況（征長令）若不另作安排，恐愧對公邊（幕府），故迅速命其退居城外並不得外出。此外不知尚應採取何等處置，特此請示。」

土佐藩先如此對幕府賣乖，接著又諂媚地挨上去問「臣接下來該怎麼做」。當然，即便幕府的親藩或譜代之藩，也從不曾對幕府如此諂媚。

「在這三百年的德川時代之間……」

溝淵道：

「深怕遭滅家而只知汲汲營營討好幕府，如此外樣藩的奴僕心態完全表露無遺。」

「那麼……」

中島作太郎道：

「藩主夫人後來情況如何？」

「哇，那可精采了。這回的第二次幕長戰爭，長州無論在陸上或海上都連戰皆捷，幕府在如此意外情勢中，最後以將軍過世為藉口要求和談，內外人士全都看出幕府實力不過如紙老虎般中看不中用。這下子該土佐藩廳緊張了呀。」

「啊，要改向長州拍馬屁了嗎？」

「總不能做得那麼露骨呀。因此上士們趕緊到藩主夫人那裡，暗中求她搬回城內。」

溝淵想說的大概是，土佐藩藩情正逐漸轉變吧。

「總之，我想見見龍馬。」

溝淵廣之丞道。

「不過……」

中島作太郎微歪著頭道：

「溝淵兄既是藩吏，如此立場若與脫藩者之大頭目見面，事後在藩廳不會受到刁難嗎？」

「我是個小心的人。說來慚愧，雖與龍馬志同道合卻不敢脫藩。生性如此謹慎的我卻說要與龍馬見面，光由這點也可看出土佐藩廳正逐漸轉變吧。」

溝淵話裡似乎暗示有什麼重大提案要與龍馬商量。

「原來是這麼回事呀。」

中島道。

「我有話要跟他說，因此想請中島君為我搭橋。」

「但我仍對溝淵兄的立場放心不下。您說想見面，是以藩吏身分嗎？還是老友立場？」

「二者都是。」

「請恕我醜話說在前頭，坂本兄可是二度脫藩，以藩廳的角度看，乃是死不足惜的罪大惡極之人。事實上他還是遭藩廳處死之武市半平太的至交——如此，我之所以無法釋懷……」

中島接著又道：

「實在是因為太危險了。我並不是懷疑溝淵兄會出賣坂本兄，但以我們的立場不得不加倍小心謹慎。因為坂本龍馬不僅是我們的首領，如今更有如拯救日本之帝釋天或毘沙門天呀。」

中島作太郎還年輕。他的語氣過於直接，因而嚴重刺傷溝淵的感情。

「你的意思是說我會出賣坂本吧？」

「不，我可沒這麼說。只是既要我居中牽線，除非問過溝淵兄究竟為何要見坂本兄，否則恕無法接受。我可不是專門跑腿傳話的小孩呀。」

「你說話的方式太直接了。你實在太年輕了，如此重大事情絕不能告訴你這種靠不住的年輕人。」

「老糊塗！」

中島氣得抓狂了。

「別生氣！」

溝淵這下也頭大了：

「那我就透露一點吧。土佐藩之藩情正如方才所說，如今二十四萬石的土佐藩唯一想暗中拜託和依靠的，就只有坂本龍馬了。光透露這點，敏銳的中島君應也能猜出是什麼事吧。」

「我腦筋不好。」

中島「咚咚咚」地敲敲自己的頭：

「所以光說這樣沒法了解。」

「你只要跟龍馬這樣說，他就能猜出來了。就說是希望引見藩內某要人。」

中島作太郎回到社中後，就將在西濱的桌袱料理屋的來龍去脈仔細告訴龍馬。

「溝淵是這麼描述藩內情形的啊。」

龍馬道，並思索了半晌。在下關見到的中岡慎太郎也對龍馬道：

——自長州大勝以來，藩方大為動搖。當然冥頑不靈的守舊派或佐幕家仍一如往常，但容堂公側近的優秀年輕藩吏一致認為，當此之際即便不至於與幕府決裂，也要盡量與薩長逐漸建立良好關係才對。乾退助及後藤象二郎等人就是如此認為，谷守部當然也變成如此想法。

這與此回溝淵描述的藩情完全符合。

「『洞峠的筒井順慶（譯註：安土桃山時代之武將，典型的觀望主義者）！』已故的武市兄曾如此攻擊藩方上層的思考模式，果真如他所言呀。」

他句尾操的是長州腔。年輕的中島作太郎曾在長州待過一陣子，故受到長州激進思想洗禮的同時，竟也染上長州腔。

「用土佐話說！」

龍馬板著臉道。他想叫中島作太郎「要有自主性」，卻找不到適當的字眼。

「可是，洞峠的筒井……」

「直呼順慶也沒差啦！藩既已落到此地步，也實在非比尋常。」

「可是……」

年輕的中島作太郎還不甘心：

「像這種觀望行為不正是男子漢甚至武士最應引以為恥的嗎？絕不能容許由那些懦弱上士掌控的我藩墮落到那地步！」

「這些話請你到四書五經的輪講會上去說。世局的變動呀……」

龍馬道：

「是由筒井順慶來決定的，無論時勢或歷史皆如此。新舊激烈較勁，總有一方會獲勝。勝的那方就會有眾多的筒井順慶爭相加盟，時勢便滔滔不絕地往前湧去。筒井順慶是不容輕忽的。」

「坂本兄和武市兄完全不同。」

中島不服道：

「換成武市兄，決不容許那種不潔與不純，坂本兄卻能接受。不僅接受，還有意利用此勢有所作為。」

「武市是善人，而我是惡人。」

龍馬笑也不笑地道：

「武市半平太這人是釋迦、孔子、蘇格拉底（龍馬不知從哪聽來的，竟也知道這種名字）之屬，和我是完全不同類型的人。我是秦始皇、漢高祖、織田信長、華盛頓一類的，會利用人的不潔和不純來完成事業。」

龍馬聽到溝淵的事就燃起某種希望。

「說不定……」

能從「土佐藩新情勢」這方向找出打開龜山社中窘境的關鍵來。他暗想。

「我去見溝淵。」

龍馬要和藩吏溝淵見面一事，以中島作太郎為首，社中的論客幾乎都持反對立場。

就連他藩（紀州藩）出身的陸奧陽之助也強烈指責：

「你可是二度脫藩，且平素對土佐藩也是冷眼相待，現在為何卻想去見那個藩的俗吏呢？」

「土佐佬的頸骨太硬啦。」

龍馬道：

「像武市那樣堅貞不屈，的確大大發揮這硬頸的效力，但一旦時勢複雜到極點，頸子就連左右都不能轉了。社中的土佐佬就有如此傾向，沒想到你這紀州人怎麼也這樣說。」

這天早晨，龍馬將刀鞘已斑駁的佩刀「陸奧守吉行」插進腰帶，也沒披上外褂，依舊穿著那件髒兮兮的裙褲，就走出本博多町的小曾根邸。

他已先遣中島去告知溝淵。

「在西濱的島原屋見面吧。」

島原屋是間大眾化的料理店，招牌菜是幾乎大如碗公的茶碗蒸蛋。

「不好意思。」

龍馬一進門在樓下脫鞋時，看管鞋子的老頭見到龍馬的木屐那麼髒，不禁驚訝地嘟囔：

「我在這看管鞋子都快四十年了，還是第一次看到這麼髒的木屐！」

這話鑽進龍馬耳朵，走在樓梯上的他忍俊不住：

「老爹啊，下回我會穿靴子來。」

他驕傲不已地道。

龍馬不知為何很喜歡繫帶靴和香水，只要荷包許可就一個勁地買。但靴子只要一兩雙就夠了，因此就送給社中的人。香水也只是偶爾試灑在自己略髒的後領，多半都是送給阿龍或花月（引田屋）的藝伎或女侍，要不就寄回老家給春豬她們。

龍馬走上二樓。

二樓是兩間打通的，加起來有二十疊榻榻米吧。

每兩疊就放一張矮几並以屏風隔開。

還不到時間，故沒客人。就只有先到的溝淵廣之丞等在角落。

龍馬朝溝淵走去。

「哎呀！」

他望著溝淵，同時取下大刀，把刀滾向他那邊去。

「幾年沒見啦？」

說著坐起身來。

應該是文久三年以來首次見面。

溝淵抬起長臉兩眼濕潤地仰望龍馬。想起江戶習刀時期，兩人在鍛冶橋藩邸無所事事的時光，就覺得境遇的轉變恍然如夢。

溝淵廣之丞嗓門小。

他習慣低聲說話卻相當多話。

「領國方面，權平爺（龍馬之兄）、乙女小姐及春豬小姐都安好。」

「才谷屋的千金全嫁出去了嗎？」

這是龍馬本家，從商。屋敷位在坂本家屋後，以城下首屈一指之豪商馳名，更以代代出美人而令人感到不可思議。

「嗯，全嫁出去了。」

溝淵一一說出她們的婆家，接著正色道：

「藩也變了。」

溝淵把之前對中島作太郎說過的話重複說給龍馬聽。

龍馬邊點頭邊聽。

「開成館的事你聽說了嗎？」

「嗯……」

這回答模稜兩可。不過對溝淵而言，無論是否聽說都無所謂。

「那真是個驚人的設施。就像在城下鏡河畔蓋了座城一般的建築物。」

開成館是老藩主容堂和參政後藤象二郎所建，為其新政策之一環。主要為促進土佐藩的近代工業化與富國強兵的核心機構。

富國強兵之首要就是錢。因如此判斷而令所有藩營企業都在此接受統轄指揮。土佐藩之重要產物紙和樟腦的製造及販售，一概由此官署統一管理。

不僅如此還設有各部門，比方說有負責探勘及開發金、銀、銅等礦產資源的礦山局，捕鯨的捕鯨部門，還有負責採購外國書籍和機械的部門。還有研究西洋醫學的部門，關於這方面甚至還在城外的五台山設置附屬醫院。

此外還設有海軍局。

「龍馬，藩的一切正逐漸變得符合你的構想。」

「是啊。」

龍馬點點頭，接著就把話題岔開：

「舊派人士想必意見很多吧。」

不問身分高低，每個藩定有極多頑固而猶如神靈附體般的保守攘夷份子，就是堅持「堂堂神國日本豈能跟洋夷學習」的傢伙。連勤王派的武市半平太也沒能跳脫如此固陋想法。

「哇，豈止意見多。」

溝淵道：

「眼見都要下血雨了。冥頑不靈的佐幕攘夷派份子想取推動此開成館政策的參政後藤象二郎爺性命，他目前已為閃避對方的狙擊而秘渡上海。」

「哦！」

「老藩主仁慈，讓後藤到上海避難，並在當地採購砲艦。」

「這人真有意思。」

龍馬對這位目前肩負土佐國政的年輕首相十分感興趣。

「後藤爺近期將自上海返回長崎。他早就想見你，一如思慕情人般熱切。」

溝淵的用意似乎就在此。

後藤象二郎。

生於天保九年（一八三八），小龍馬三歲，故今年滿二十九歲。

他將與龍馬產生極深的緣分，故這一節特別為他騰出一些篇幅。

他可謂亂世梟雄。

其思路顯得粗枝大葉而缺乏計畫性，故應稱不上治世之能吏。

但身處亂世就無所謂了。處理事物時自大處著眼，具有果決之行動力又有膽識，不管世人的眼光。後藤家據說是戰國豪傑後藤又兵衛之後裔，但象二郎這般人才若生於戰國時代，應該會更有發展吧。

幕末也是亂世。

社會制度卻仍不脫幕藩體制，與戰國時代情況不同。不過此幕藩體制也已隨時勢波濤而陷入無藥可救之地步。

舉個例子吧。土佐藩老藩主容堂有意將藩之軍隊洋式化，想叫上士學習使用洋式步槍。

此意見卻招來上士的反對。

「老藩主和少藩主是有意把我們當成足輕嗎？」

自戰國時代以來，步槍就是足輕所持之武器，士格身分者是騎馬持矛，這是一定的。武士以「持槍之家」傲然自稱也是源自於此。

換句話說，身分和階級是以所持武器決定。這點和西洋軍隊大不相同。容堂之意傷及上士自尊，給他們帶來難以置信的嚴重衝擊，反對聲浪此起彼落。此反對論若要分類應屬保守攘夷論。

光舉一例就已如此。在這般狀態下要打破舊有秩序、推行新政策，必須有戰車般的實行力及堅韌神經吧。

容堂將年輕的後藤象二郎提拔為首相就是基於此理由。他的任務就在於巧妙破壞舊秩序並同時推動藩之新體制。後藤個性豪放爽朗而果斷，很適合這工作。

人們稱之為：

「後藤大布巾」。

他口才非常好，且絕口不提瑣碎之事，總是當眾張開洗澡用的大布巾（譯註：比喻誇張而不切實際之計畫），把人唬得團團轉。那模樣有點像古代中國世界登場的東洋豪傑突然出現在日本幕末時期。

以英國公使之通譯官身分而活躍於幕末時期的薩道義，翌年曾於泊在土佐海面的英國軍艦上會見後藤，而在其所著之《幕末維新回想記》中如此描述：

「公使（英國公使帕克斯）完全迷上了後藤，說他是截至目前為止所見日本人中最聰明的人物之一。我也是，除了人格充滿撼動人心之力的西鄉，我想恐怕無人能出其右了。」

後藤就是擁有如此的聰明才智。他能洞悉時勢把握時機，就連處理事務紛爭時，也能巧妙掌握對方心理及欲望，而將局勢扭向自己所希望的方向。

就像個奇怪的男人突然自時勢當中跳了出來。可說是條有破洞的大布巾。

不過，雖說是「有破洞的大布巾」，幕末後藤仗著老藩主容堂之威而肆無忌憚為所欲為時，人們都不太注意他。但亂世平靖進入維新時期後，後藤即以維新倖存之功臣臻至參議及伯爵等位，世人這才將目光投注在他身上。

——後藤伯爵實在很怪。

他經常擬定巨大計畫，但不管做什麼都失敗。

他揮金如土，毫無理財觀念，在金錢方面甚至公私不分。

「後藤的格局太大了。要是生為支那皇帝就好了。」

勝海舟等人經常如此道。

維新之業正雜亂無章之際，身為家老的後藤獨斷地說：

「藩的大坂屋敷及江戶屋敷，還有汽船等全部都給你。去做生意吧。」

而將所有東西全送給一向寵信的區區藩吏岩崎彌太郎。後藤胡亂送給岩崎的財物中，也包含大量龍馬龜山社中的財產。岩崎靠這些白手起家，繼承了龍馬的事業，奠定日後三菱公司的發展基礎。

不過後藤做法的有趣之處在於，他同時也一舉解決了藩的債務問題。

「統統給你，只是土佐藩的債務也要由你來揹。」

岩崎以事業之利潤很快就償還了舊藩的負債。

後藤在維新後亟欲進軍政界。他將岩崎當成所需資金之來源。

他需索無度地要岩崎拿出錢來，岩崎最後也忍不住哀號：

「我沒辦法再幫你了。」

這回後藤打算自己賺。終究還是以龍馬的事業及構想為模範，到大坂創辦了名為「蓬萊社」的外國貿易商社。為了創辦公司，他向岩崎及其他富商借了大筆資金，但沒多久即失敗而成了創紀錄的借款王。借貸甚至較當時大坂府預算還要多，高達兩百萬日圓。

債權人紛紛湧至其大坂住處，只見後藤若無其事地睡著午覺。自主持藩政時期開始即為其盟友的板垣退助因此來探望後藤，他見到後藤竟然在午睡也不敢置信。

後藤道：

「所謂英雄就是如此。英雄在起事時並不考慮失敗或為失敗做準備，我也是，因此才會陷入此困境。」

明治十三年（一八八〇）他到巴黎遊覽，見到清國公使曾紀澤時曾大言不慚道：

「就讓貴國與我國彼此對戰，同時發展國力，大大擴展東洋勢力吧。」

使得曾紀澤一時啞然。應該沒有人會傻到公然在外交席上邀人彼此猛烈交戰的吧。

後藤有很多類似事蹟。總之，他就是氣宇過度豪邁而難以在人間派上用場。

接下來繼續介紹一些「後藤象二郎事蹟」吧。

他何以能臻至土佐藩政界之頂點呢？最主要是因其出身，即使在上士之中也屬家世顯赫。

家祿一百五十石，世代皆任馬迴役之職。

這樣聽起來俸祿似乎不高。

事實上若要說家產，鄉士身分的坂本龍馬本家遠較其富裕。坂本家領地有一百六十一石，較上士後藤家多一些。但再怎麼說坂本家之家格畢竟是鄉士，屬下士階級，無論如何都不能參與藩政。而以上士後藤家之家世，視其才幹甚至還能當上參政（仕置家老）。

事實上，象二郎之叔父，即已故的吉田東洋就是以如此程度之家祿而獲拔擢為參政，並進一步成為藩之獨裁者。

象二郎自少年時期起就特別得到吉田東洋的青睞。東洋曾一時遭蟄居之懲，而在城外長濱村開了家私塾。當時後藤也與乾退助一同入塾而受其薰陶。東洋特別欣賞後藤的豪氣和聰敏，似乎還有意讓他繼承自己行政家的衣缽。

某次，東洋給塾生出了道功課。

要他們以貿易論為題寫一篇論文。

後藤徒具將才卻無撰寫縝密論文之頭腦。但他想到一策：去拜託一名在鴨田村開了間私塾的安藝郡井口村地下浪人幫忙作答。

東洋看到後藤的答案，發現好到連他都自嘆不如。

「不會是他寫的吧。」

他把後藤叫來質問，這時後藤坦白說是請人捉刀。

「是誰替你寫的？是武士身分嗎？」

「不，是地下浪人。」

所謂地下浪人，是指已將鄉士身分賣掉而淪為定居某處的浪人。雖仍佩帶大小佩刀，身分卻與自耕農無異。

「地下浪人中也有這種人才呀。」

貴族意識特強的東洋也感到詫異，而令後藤把那個名為岩崎彌太郎的卑賤之人帶來見他。此事前文已提及，總之彌太郎就是以此為契機，從此與東洋及後藤結下不解關係。話雖如此，其職位也不過是藩的下級警吏。

隨著東洋重掌藩政，後藤也累進為少壯官僚，在東洋遭武市半平太一派人馬暗殺之後，更是受老藩主容堂欣賞，容堂還打算：

「將來讓他成為東洋之後繼者。」

後藤因而大獲寵信。

後來後藤獲升為可謂藩之警視總監的「大監察」一職，奉容堂之命斷然對下士階級之勤王黨陸續大舉彈壓。

直接裁定處死武市半平太等人以及處死屯聚在野根山的清岡獨眼龍等二十三士的，都是這位後藤象二郎。

下士勤王黨份子因無法怨恨容堂，故轉而對後藤懷恨在心。

後藤後來得以脫穎而出成為參政，當然也是因容堂在背後撐腰。

後藤象二郎獨一無二之保護者「老藩主容堂」曾說：

「有道是『情人眼裡出西施』，我眼裡所見之象二郎的放蕩不羈也是如此。那不叫大布巾，而應稱之為豪氣闊達。」

容堂就是如此袒護這位年輕的藩宰相。在生性豪邁而以英雄自居的山內容堂眼裡，年輕的後藤大概和自己沒什麼兩樣吧。

此年初，後藤便向容堂提出土佐藩之新方針。

「如今適逢天下混沌，臣下認為當務之急應在提升藩之實力，以奠定他日開展天下太平之基礎。若要如此，必須購入外國船舶，佔領南洋諸島以擴張藩之領土。」

「嗯！」

後藤如此氣宇宏大之提案使得容堂拍腿大悅。

「正是為此而需要船呀。」

必須有軍艦及陸軍運輸船。但二十四萬石的土佐藩財政幾已形同破產，根本沒有購入西式船舶之資金。

容堂可沒想那麼多：

「那一定需要資金吧。你快去找老臣商量，把藩的資金全部拿去買船。」

他這「全部」就是三千兩。後藤領著手下到長崎，日夜豪遊以宣傳土佐藩有多富裕，竟成功地向外國商人陸續買進槍砲船舶而欠下大量債款。

因此，領國中盛傳「後藤正浪費藩費」而引起騷動，甚至鬧到緊急派出監察官至長崎，不料卻被後藤巧妙地攏絡了。但領國中的硬論家可不會就此罷休。

「為了藩著想，必須殺掉後藤！」

甚至起了如此騷動。容堂擔心後藤安危，便假出差之名要他逃往上海。後藤到了上海也沒學乖，竟又買了三艘砲艦。但只付了訂金並未支付貨款，故這些全成了負債。

其間發生一件趣談。

外國商社要求支付所有貨款，後藤被逼得受不了，想請薩摩暫時代墊，於是要求在長崎會見五代才助(有厚)。五代是薩摩藩負責採購洋式機械的採購官。

後藤在要求借款的商議席上反而開始吹起牛來，說土佐多有錢。

「總之土佐物產豐饒，有樟腦、紙及鯨油，堪稱天下第一呀。」

他如此大吹大擂。以後藤的角度，應該是想說：「因此借款給土佐絕對安全」吧，可惜五代卻利用這番吹噓之詞反駁道：

「既然土佐那麼有錢，老實說，我藩不小心超支買了一艘船而還不出錢來，不如請土佐把這艘船買去吧。」

他如此強行推銷，最後後藤竟反而被迫向五代買了艘四萬兩的船。

總之，土佐藩派至長崎之藩吏溝淵廣之丞，就是想撮合龍馬和後藤象二郎見面。

「拜託你了，龍馬，為了土佐藩著想。」

「為了土佐藩著想是吧？」

龍馬偏著頭道。他不喜歡溝淵說只是為了土佐藩著想。

「廣之丞，我是因看破土佐藩才脫藩的呀。土佐藩也不認為我是個好人。證據是，藩曾一度派下橫目（下級警吏）岩崎彌太郎到大坂來，四處跟蹤查探我。」

「那是理所當然的，因為藩方面把你當成暗殺吉田東洋的凶手之一了。畢竟你於文久二年三月二十四日脫藩，而同年四月八日東洋就遭暗殺，日期實在很接近，故懷疑你也是理所當然的吧。」

「就是這點讓我生氣。」

「為何？」

「竟以為我坂本龍馬是那種會搞暗殺的人嗎？光被同鄉之人如此誤解，就實在教人遺憾。廣之丞，我對土佐藩的怨恨就是基於這件事呀。」

「這件事嗎？」

「男子漢可為捍衛自己的美學甚至不惜一死。我坂本龍馬自認是個光明磊落的男子漢，豈是什麼搞暗殺的人？仔細想想，似乎再沒有像故鄉那樣不了解我的了。」

「所謂的故鄉就是這樣。」

溝淵廣之丞也被龍馬這份既非感傷也非憤怒的奇妙情感所感染，竟覺得幾乎要泛起淚來。

「龍馬，所謂的故鄉就是這樣啊。反過來說，對故鄉的思念也就是這樣的東西吧，既感到懷念又覺得憎恨，愈來愈想念而終至愛憎交集。你對土佐藩的想念就是因為愛，而導致恨意也深的。」

「溝淵，你果然較我年長，簡直完全說中我的心意。」

「當然。像龍馬如此豁達的男人，一提到有關土佐藩之事就憂鬱起來，如此心情就是證據呀。」

「真不愧是葫蘆呀。」
「別再提那綽號啦！」
溝淵面露不悅。他才能出眾臉卻特別長，故老是遭同鄉之人無謂地消遣。
「哎呀，竟不知不覺發起牢騷來了。我就去見仕置家老後藤象二郎吧。」
「哦，你願意去見他嗎？要是後藤爺和你聯手，那可是天大喜事呀。天下將因你二人而捲起風雲呀！」
「我有我的打算。我可不是為了土佐藩著想，而是為天下一浪人坂本之方便才去見他的，你讓後藤對此先有個底。告訴他，我可不是土佐藩的家臣啊。」
「我知道。」
「還有……」
龍馬又道：
「後藤象二郎殺了武市半平太，我的同志恐怕也要殺了後藤。叫他在長崎千萬別半夜走在路上。」

隔了兩天。
龜山社中的中島作太郎因商務所需到大浦海岸去，發現有艘汽船自上海駛抵。
「這船好像見過呀。」
船桅上飄著英國國旗。仔細一看，原來是長崎的英系商館李察遜所有的船，是不定期航行於上海及長崎之間的停戰號（Armistice）。
不久，接駁船就從岸壁上的商館划出，前往迎接船客。
「難不成……」
中島決定躲在岸壁的貨物後面觀察。
就在他偷窺汽船情形時，船客已坐上接駁船。船客共五人，四名英國人中的一人撐著陽傘，是位有貴婦風範的仕女。另一人則是日本武士。
他傲然拄著大刀站在接駁船船首。英國人似乎頻頻朝身旁的武士說話，武士卻一副傲慢的態度，愛答不答的。那模樣看起來高傲尊大又威風凜凜。

「那不是後藤象二郎嗎？」

他想看個清楚。

不久，狀似後藤的男人上岸了。他身穿羽二重的黑紋服及仙台平的裙褲，銀質刀柄頭、黑漆拋光刀鞘的大小佩刀上飾著紅色繫帶，腳上穿著白色足袋及白色繫帶的草鞋。這身奢華打扮簡直就像大名家的少爺。

「胖了呀。」

還稱不上肥大身材，但肩膀渾厚，腰圍粗壯。身高中等，濃眉大眼，像極人稱「面魂」那種剛愎的五官，卻又帶點淘氣小鬼的可愛。年紀還不到三十。

「是後藤，絕對錯不了。」

另一方面，中島也認為他實在了不起。以他土佐二十四萬石之領的仕置家老身分，卻不以為意地偷渡到偏遠的上海。若在他藩根本不可能。

後藤隨著前來迎接的李察遜商館館員走進岸壁的商館。

中島就看到這裡，他怕接下來會受到盤問，便趕緊離開岸壁奔往社中。他打算通知社中的同志，該下手的話就殺了吧。「為武市報仇」的想法使得年輕的中島熱血沸騰。

另一方面，後藤走進了商館。

「把那些土佐人給我叫來！」

一坐進客廳就傲慢地對那些英國人說。

「在下立刻派人去叫。」

英國人透過清國的翻譯員道。

「他們應該都在財津屋吧。」

後藤的手下應暫居於財津屋。

只要回到日本，後藤就是大藩的仕置家老。他不喜歡一個人出門。

「我等著。」

他喝了一口奉上的咖啡就放下杯子。一定覺得很苦吧。

清風亭

後藤才等了一會兒工夫，土佐藩的下屬就來接他了。

「大夫（家老）平安歸國，真是可喜可賀。」

一個名為山崎直之進的藩吏代表眾人如此致意。其他還有高橋勝右衛門及溝淵廣之丞在列。

「家老大人您覺得上海如何？」

「和江戶不同呀。」

後藤一笑也不笑地道。

「那當然不同吧。」

「也和高知不同。」

「是喔。」

「和京都也不同。」

「是……」

眾人都覺離譜。

「究竟有何不同呢？主要有兩點。首先，那是侵略者所建之港都。被侵略的清國人全落到與貓狗無異的身分地位，真可悲呀。再不留神，我們也會變成那樣。對日本而言，上海就是眼前的教訓。」

「您說得對。」

「這些傢伙……」

後藤以下巴指了指旁邊的英國人，又道：

「恐怕就要成為我們的主人，要我們像上海所稱的『苦力』那樣工作吧。不過日本武士是絕不會那樣的。」

「因為我們日本武士腰間佩有三尺利刃呀。」

溝淵廣之丞道。

「沒錯，我們有三尺利刃。但我還有第二個感想。我到上海一看，港內密密麻麻停滿正在地球四處逞威的七國軍艦及商船。看到這情形，我心想，光憑三尺利刃也沒輒。」

「原來如此。」

「領國中的老人及因循固陋的攘夷份子只因我創辦開成館並將藩洋式化，就當我是中了洋夷的毒，正試圖暗殺我。要割下我的頭是無所謂，重點是接下來該怎麼辦？定會遭洋夷的軍艦、大砲蹂躪吧。今後日本應盡早引進西洋文物，並反過來以此壓制跋扈的洋夷，進一步殺進清國，將洋夷趕出上海及香港，必須將清國人自無端之桎梏中拯救出來。」

「是。」

「我就是如此感覺。」

後藤打開白扇，朝領口啪啦啪啦地搧了起來。

「大夫，時間差不多了。」

「啊，這樣嗎？」

後藤緩緩站起身來。藩吏開始亦步亦趨走在這位年輕的仕置家老身邊，幾乎緊貼著。「熱死啦！離遠點！」後藤道，但他們依然不走開。

「蟠踞此地的坂本手下，有人嚷著要為武市半平太報仇。」

「高知的仇到長崎來報嗎？」

後藤說著這句蹩腳笑話，同時走出李察遜商館大門。

這時正好有輛外國馬車經過，車輪壓過石板路發出轟隆響聲。

騷動事件就發生於此時。

是場罕見的騷動。

馬車上坐著一名名叫基內普爾的普魯士商人。

順帶一提，普魯士是德意志邦聯中擁有最大領土之國家，托境內鐵及煤礦等天然資源豐富之幸，工業革命後便在歐洲占有重要地位。尤其近年來威廉一世登上國王寶座後，立即起用參謀總長毛奇及陸軍元帥羅恩等天才型軍人，致力擴充軍備，最近人稱「鐵血宰相」的俾斯麥又為了擴充軍備而使議會停擺，以其獨特構想逐步建構軍國主義國家，如今國威已有凌駕老字號的英、法等國之勢。

頂著如此強盛國威的海外商人自然也是盛氣凌人。遠道前來極東島國之長崎的冒險商人基內普爾等人，就具有如此典型普魯士風格的粗暴氣質。

「後藤！後藤！」

他凶巴巴地自馬車上大喊。

「碰到麻煩的傢伙了。」

後藤露出如此表情，正打算假裝沒聽見而從容起身離去。

這是有原因的。

後藤因前文提及的散漫政策，而於此年初親自到長崎找基內普爾商議，並訂下採購一千把恩菲爾德來福槍的契約。

以一把三十兩的價錢買進。插句題外話，之前龍馬介紹長州的伊藤俊輔及井上聞多向英國人葛羅佛購買的價格是一把十八兩。

這是近乎兩倍的不合理價格。普魯士人就是因這種趁火打劫的買賣方式，導致在東洋的商業活動始終沒能如英國般擴展。

但後藤太單純了，竟不知價錢不合理而簽了契約。可是他沒錢。

「樟腦的話倒是有。」

後藤泰然自若道。竟想用樟腦來買一千把新式步槍，後藤自有其厲害之處。

但基內普爾好歹是名商人，他知道樟腦在歐洲可以賣到好價錢。

「樟腦不是錢，所以不能拿樟腦來買槍。不過只要你拿三萬兩的樟腦到長崎來，我就拿這當抵押品，貸給你三萬兩的槍吧。以後再湊齊黃金過來即可。」

生意就這樣談成了。

事實上土佐藩並無相當於三萬兩的樟腦，非但沒有，還得知基內普爾的槍支價格非常不合理，故後藤想不履行契約。基內普爾大怒。後來後藤逃到上海而失聯，基內普爾更是怒不可遏，他嚷著：「我要逮住後藤！」

如今，這個後藤象二郎竟突然從李察遜的商館走出來。

「後藤！你知道毀約之罪大過偷竊嗎？」

他跳下馬車。

他是個高頭大馬的胖子，右手還拿著根洋杖。

基內普爾拿洋杖使勁在石板路上敲。

「你說的樟腦呢！」

他喊道。一時之間路上到處形成人群，大家都看著這場騷動。

後藤停下腳步。他「唰唰唰」地把扇子又開又闔的，同時道：

「你那價錢根本是搶錢。你以為那種東西買得下手嗎？」

基內普爾說的是德語而後藤說的是日語。但說也奇怪，彼此似乎也能心領神會。

基內普爾更是生氣，他命同行的清國通譯員：「這樣告訴他！」

措詞十分嚴厲：

「若不履行契約，就派在上海的普魯士東洋艦隊開到土佐的浦戶灣去！」

他要通譯員將同樣的話喊三次，希望能達到真正的恫嚇效果。

「軍艦？」

後藤嗤之以鼻：

「盜賊還要派軍艦來嗎？那可就益發有趣了。要來就來吧！」

他如此叫囂，對基內普爾瞧都不瞧一眼。

「後藤，你是在侮辱我嗎！」

「我沒侮辱你，是你在侮辱我，而且還恫嚇。你知道日本武士面對侮辱與恫嚇會採取什麼態度嗎？」

說著把穿著白足袋的腳向前踏進一步。

基內普爾緊張了。

「我不會殺你。長崎是幕府之領，所以忌流血。不過你方才說要派軍艦到土佐來。既然要來土佐就試試看吧，就讓你國家的人試試日本刀有多鋒利，直到他們滿意為止。」

「總之我要向我國政府投訴。」

「改個價錢再來，若如此仍要開戰，那我們也全力奉陪！」

「後藤……」

基內普爾的態度突然一轉。他似乎對後藤毅然決然的態度有些無奈：

「你完全不懂商業習慣與商業道德。契約一旦成立，即使天崩地裂也不容許變卦，這才是所謂做生意的基礎。你錯了。」

「這裡是大馬路。」

後藤也難為情了：

「這騷動事件若傳出去，市區的攘夷浪士恐怕都要趕來殺你。你就換個地方，慢慢跟我藩下屬談吧。」

丟下一句「失陪」，就緩緩跨步離開了。

回到旅館財津屋，洗了澡、換了衣服後便道：

「我要給自己洗塵，你們也跟我來。」

隨即帶著兩三個藩吏跨過思案橋走進丸山花街。

後藤這人就是喜歡大爺式消遣勝過任何東西。

「基內普爾那語氣聽來，恐怕真會派軍艦到土佐去呀。」

藩吏走在絃歌裊繞的花街上卻心不在焉。

後藤卻一臉「早忘了」的表情。

不久就走進花月，要所有熟識的藝伎全上場，開始喧鬧起來。

同一夜。

初更的鐘聲才剛響過。

龍馬自本博多町到龜山上的社中去，卻見土間有五、六名社中之人正忙著撿查佩刀的鉚釘或忙著結草鞋的繫繩，怪鄭重其事的。

「你們在做什麼呀？」

「哎呀，龍兄，你來得真不是時候呀！」

年紀最長的菅野覺兵衛慌張道。

澤村惣之丞也在，龍馬之甥高松太郎也在，其他還有安岡金馬、野村辰太郎、石田英吉，甚至連社中首屈一指的和漢洋學者——思慮周詳的長岡謙吉——也在列。

他們全屬社中的土佐脫藩派。換句話說，是一群二百多年來被上士痛整並受盡歧視的土佐鄉士。

龍馬頓時恍然大悟。

「他們是打算去殺了他。」

——後藤象二郎。

「龍馬，別阻止我們！」

年紀最長的菅野覺兵衛搶在前頭道。他說，非殺不可。

「武市半平太之靈無法升天，野根山二十三烈士之靈也無法升天。只要一天不殺後藤象二郎，他們的靈魂恐將繼續枉然地飄飄繞長天吧。」

這最後一句是出自土佐勤王黨英才間崎哲馬（滄浪）的辭世之詩，他當年被迫於城下南會所的白洲切腹。

請君噴！狂風陰雨夜，
魂魄飄飄繞長天。

這首詩把對藩廳及上士之行徑含恨而亡的眾志士心情描寫得淋漓盡致。

土間這群人中的高松太郎定是想起哲馬這首辭世之詩了吧，他開始悶聲哭泣。

「既然無法向老藩主報仇……」

菅野覺兵衛也哭道：

「那麼，就殺了後藤吧！殺了他以慰在天之英魂，同時也讓他瞧瞧咱們鄉士的真性情！」

也難怪菅野會有如此想法。若非後藤象二郎那種蒙主君寵信的大監察積極彈壓勤王黨，武市總有辦法抵賴而倖存吧。當時老藩主容堂就堅持要殺武市，但審判武市的裁判官卻都無能已極，而沒能達成容堂的期望。直到後藤獲起用，他快刀斬亂麻似地做出裁決，此土佐藩空前之政治事件才得以依容堂之意圓滿解決。事後，後藤益發獲得容堂寵信而終於升至參政之位，其實全多虧此事件之功績。

「後藤現正在花月喝酒。我們要在他回程途中埋伏，然後乾淨利落地砍死他。那他就落入與其叔父吉田東洋相同的命運了。」

菅野覺兵衛道。

「龍馬，希望你能諒解。」

菅野覺兵衛道。指的是暗殺後藤象二郎一事。

菅野、石田和澤村都一臉足讓龍馬吃驚的駭人表情。土佐鄉士對上士恨意之深已可謂異常。

「竟達如此程度。」

即便是同藩的龍馬也不禁退縮地望著他們的眼神。

那全是野獸的眼睛，而非人類的眼睛。

「二百多年前自遠州掛川而來的上士一直對土生土長的鄉士有所歧視，把我們當成貓狗看待，就連同席而坐都嫌不潔。人類歧視人類，竟能使人變得如此異常嗎？」

為武市等人報仇，這不過是單純的藉口，根本原因在於差別待遇之歷史。

「想叫你們別去，但還真開不了口呀。」

龍馬也和他們屬於同一族，情感上自與他們有共通之處。

「那真是不能說。」

菅野也道：

「龍馬，你的確是社中領袖。我們身為社中之一員，無論任何事都必須找你商量，必須得到你的指示。但這事並非社中公務。」

「『這事』指的是暗殺後藤嗎？」

「沒錯。暗殺後藤等於是為咱們盟友武市以及死在野根山那二十三人報仇，是我們的私事，你可沒資格阻止我們呀！」

「應該是吧。」

龍馬一本正經道：

「若真非幹不可，那就放手幹無妨。關於此事我不會與你們爭論。」

「那你就閃到那邊去。」

菅野道。

「這可真棘手啊。」

龍馬心想。若強行制止，今後留下情緒問題，社中原本的團結恐將出現裂縫吧。

這時陸奥陽之助和白峰駿馬優哉游哉地進屋，兩人瞪大眼睛望著這光景。陸奥是紀州人，白峰是越後人，都與這項暗殺計畫扯不上關係。

「怎麼回事呀？菅野兄。」

陸奥問道。與陸奥頗有交情的高松太郎簡單為他說明情況。陸奥聽了道「真是傻話」，並以常識反駁。

菅野發怒了。

「紀州人閉嘴！」

「你說什麼？」

陸奥也不是被人如此斥喝就退縮之人。

「社中並無紀州、土佐或越後之分，這就是我龜山社中光彩四射的旗印不是嗎？六十餘州之中，唯有咱們是日本人，這不正是咱社中之基本方針嗎？」

差點就要拔出刀來互鬥。
「住手！」
但龍馬的意見尚不明朗。
菅野覺兵衛等人幾乎是把龍馬推開，就要走出去。
「我不會和你們吵，不過……」
龍馬在他們背後道：
「改天我要去見後藤呀。」
菅野等人聞言一驚。
「你說什麼？」
「在我見到後藤之前，最好還是讓後藤活著，這樣無論對我對社中或對日本都好。」
「咦？」
「後藤是殺武市之仇敵，這我也知道。但報仇歸報仇，天下大事歸天下大事。」
「你這『天下大事』指的是什麼？」
「我也是被逼到走投無路了。」

龍馬坐到門檻上。這下變成抬頭仰望站在土間之菅野等人的姿勢。
「我龜山社中已瀕臨破產。沒錯，龜山社中或許只是個微不足道的存在吧。但不管多麼微不足道，也仍是一粒酒麴。即使只有一粒酒麴，也能釀出酒來。龜山社中雖然渺小，卻是打造我理想新日本的一粒酒麴。這酒麴絕不能枯乾。可惜現在卻眼見著就要枯乾了。」
「咦？」
「我們以往一直受越前藩及薩長兩藩大力援助。他們為了我們而成為股東，簡直把龜山社中當成自藩事業般支持栽培。但船卻沉了，故事業也無法順利營運。這麼一來，雖說百般不願……」
龍馬故意誇大其辭道：
「我仍打算和土佐藩聯手。為了打造全新的日本，必須捨棄咱們區區鄉土情結。我就是如此認為。」
龍馬在門檻盤起腿來。

「我要和後藤聯手。」

「咦?」

「後藤是二十四萬石土佐藩的參政,又深獲容堂爺寵信,以他目前地位,只要動根手指就能推動全藩。我要好好利用後藤。要是你們殺了後藤,我就沒法利用他了。因為再沒有比死屍更沒用處的東西了呀。」

「喂喂,龍馬……」

「我知道。我一向宣稱絕不和土佐藩打交道,而我正推翻自己之前所說的話。你就叫我食言漢或變節漢,隨便你愛怎麼叫就怎麼叫吧。」

「可是……」

「等等,讓我先說。土佐乃是天下雄藩,且對我們而言是愛憎最深的。我希望暫且拋開憎惡,盡可能讓此藩成為我社中的大股東。」

「龍馬呀……」

「等等。我社中已靠薩長之助成立,反過來說就是薩長透過我社中而聯手。現在再把土佐加進來,那麼就是薩長土三藩了。」

龍馬愈說愈激動:

「只要薩長土三藩團結起來,推翻德川幕府也將成為可能。要達成此目的,後藤是不可或缺之人。覺兵衛呀,我都這麼說了,難道你還堅持要去殺後藤嗎?」

這時,後藤正在「花月」喝酒。

這種時候通常會請長崎話叫做「大夫眾」的花魁到酒席上助興。

來的大夫眾是個名叫千歌的女子,她緊挨在後藤身旁。

有這麼一首歌,是歌詠京都、長崎、江戶、大坂四都花街特色的歌。

京都的女人,長崎的衣裳,

江戶的有主見且豪爽，
更想在大坂的妓院冶遊，
真可謂花街通呀。

京都妓女多美人，有此一貫說法。貿易之財集中處長崎則據說妓女衣裳顯得特別豪華出眾。江戶的說來氣度最大方。大坂的花街則是建築物特別豪華。

「果真一如歌詞描述的。」

後藤凡事喜奢華風情，故對一旁千歌所穿衣裳之華麗感到十分滿意。

「光是這身衣裳，高知和上海就都比不上呀。」

千歌有張白皙而小巧的長崎臉，堪稱美女。

髮型不是京都或大坂風格，而是吉原風格。這是因長崎為幕府直轄之領且長年為幕府獨占貿易之地，故有不少江戶旗本到此就職或因公往來。故此地雖屬關西，但也自然跳過京坂之影響而改投江戶人之所好吧。

仔細看看千歌的頭髮，上頭插著九支高價的玳瑁髮簪及一支銀梳。衣裳是桔梗花樣之提花綾羅，搭配下襬兩側有裝飾圖案且有紅絹裡襯的單衣，以及把結打在前面的黑天鵝絨腰帶。

但分散在酒席各處落坐的藝伎就不同了。她們的角色與妓女不同，並不侍寢，而是負責表演歌舞樂曲，也因此只能算是配角。

她們穿的是適合配角的樸素衣裳，以免搶了主角大夫眾的風頭。

髮型是島田式，和江戶柳橋一帶的藝伎風俗差不多，妝也畫得很淡，走低調風格。

其中有名藝伎身穿粗條紋郡內織配秩父織裡襯的夾衣，只薄施脂粉卻十分可愛。

「比起青樓女子，更是個美人呀。」

後藤如此認為便問她名字。

「妳叫什麼名字？」

「阿元。」

這名藝伎嘴張成圓形道。
她旁邊一名善舞且較有年紀之藝伎道：
「阿元經常說她很喜歡土佐武士。」
她討好地對後藤道。
「土佐的什麼人？」
「坂本龍馬大爺。」
較有年紀那人道。
阿元慌了。
「姊姊，不能說呀。」
但既已說出口就沒辦法了。後藤把酒杯伸給阿元道：「沒關係，坂本是我尚未謀面的盟友。」他是希望龍馬聽到這話才刻意這麼說的吧。
亥時（晚上十點）過後後藤便離開，未在花月留宿。
此舉也與這年輕家老的個性有點關係吧。他雖喜豪奢之冶遊，卻從不流連忘返。明明叫了妓女卻只喝酒就回家，如此冶遊方式實在少見。
「大夫累了。」
下屬們體恤花月的女人而如此道。
正要走上思案橋時，後藤突然叫了溝淵。
「溝淵。」
溝淵回答「是」，並微彎著腰走上前來。
「好像有不解風情的人尾隨在後。」
「咦？」
溝淵正想回頭張望，後藤望著川對岸煉銅廠的燈火道：
「別回頭。刺客心裡一定害怕已極，要是判斷我們已發覺，定會不顧一切殺過來。」
說著緩步前行。邊走又道：
「溝淵，你也是鄉士出身，跟刺客應該很談得來吧。去哄哄他們。」
「是坂本社中的人嗎？」
「我看肯定是。」

橋頭有棵回首柳，正迎著西風搖盪。

後藤拋下溝淵快步往前走到油屋町的路上時，突有人影自名叫西浦屋的唐物店屋簷下竄了出來。

那人影如怪鳥般橫越街道時，趁機迅速白刃一閃。這是快速拔刀攻擊法。

後藤連忙往後跳開，但衣襟已被劃開三寸。

「不必追了。」

後藤說著笑了出來：

「這幫人並不是真的想殺我。方才那一刀其實距離夠近，真有此意，我早被砍成兩截了。只是想嚇唬我罷了。」

他迅速邁開步伐。

「還會再來吧。」

「還會再來嗎？」

下屬都把刀鍔微微推開。或許是心理作用吧，各個路口及各戶人家屋簷下似乎都聽得見呼吸的聲音。

狗吠個不停。

「方才那傢伙大概正被狗追吧。」

後藤說著輕聲笑了：

「刺客應該是坂本派來的吧。」

「我看一定是。」

「果真如此，坂本也不似世間傳聞那樣。」

後藤故意大聲道，好讓聲音傳到那邊暗處。

「可是，大夫……」

這名叫山田慎藏的已是一肚子氣。山田是上士階級出身。

「他們那些脫藩鄉士對您而言，不是殺您叔父大人（吉田東洋）之仇人嗎？這時追捕他們、斬草除根，乃是為人之道。」

「我可不懂那種為人之道呀。」

後藤返回下榻處。

後藤的下榻處即為財津屋。

「搞不好刺客會來偷襲。」

高橋和山田等人要家中男眾提高警覺，命他們嚴守門戶。

後藤開始入浴。

他入浴時，為預防萬一，高橋和山田還帶刀在鋪著木地板的房間看著。

這時溝淵廣之丞回來了。

「出現在思案橋頭的刺客果然是龍馬社中的人。我把他找來質問，他說並不是受坂本的指使，而是出自為武市半平太報仇之念，換句話說是為了貫徹武士的信念。」

「叫什麼名字？」

澡盆中的後藤問道。

「這就無可奉告了。」

「什麼！」

如此震怒的並不是後藤，而是木地板房間內的山田慎藏。

「你是說不能說嗎？對方可是企圖狙殺大夫的刺客呀，竟說名字無可奉告！」

「名字這時不能說。就算說了也無濟於事，只是徒增無謂的摩擦罷了。我也正想把他的名字忘記。」

「溝淵廣之丞！」

山田對他怒目而視：

「你是低微鄉士出身的，血統果然無法改變！你雖獲得罕見拔擢且得到上士之待遇，一到重要關頭卻仍不免包庇鄉士。難道你忘了後藤爺的知遇之恩嗎？」

「你這根本是陷人於不義。在下確為鄉士出身，獲得破格的提拔才得以參與藩務。但這與我不說出刺客之名又有何關係呢？」

「這不是袒護刺客嗎？」

「這就是所謂的『武士的尊嚴』。後藤爺乃堂堂一藩之大夫，說出刺客之名就等於是向他告密。身為男子漢，實在無法這麼做。」

溝淵廣之丞若在他藩就是所謂的「頑固之人」，在土佐藩則稱為「異骨相」。一旦下定決心，管他天要落雷或下刀子也絕不退縮。

這人雖深具才學，卻因如此個性後來便辭去官職。維新後新政府曾幾度徵召，但他終究未出仕，在高知城北的北之口宅中閒居，過著與世隔絕的生活。明治四十二年（一九〇九）七月四日過世。

「山田，別動怒。」

浴室中的後藤道：

「溝淵，我不問你對方名字。不過我要你盡速著手安排我和龍馬會面。」

「大夫，危險啊。」

山田和高橋異口同聲道：

「何況坂本還是暗殺大夫之叔父大人吉田東洋老師的仇敵之一呀，不是嗎？您若與他會面，領國的眾上士將會喧嚷抗議呀。」

「讓他們去喧嚷抗議吧。」

後藤似乎離開澡盆了。

「啪」地揮著布巾擦乾身上的水，同時哼起歌來。

屋外似乎正下著雨。

翌日，龍馬在同鄉溝淵廣之丞的居中斡旋下，決定與土佐藩仕置家老後藤象二郎會面。

「總算放心了。」

身為使者的溝淵深深吐了一口氣。

畢竟這是件重大工作。

這種情況下，龍馬可說是鄉士代表，後藤則應視為上士代表。鄉士及上士雙方各有累積了兩百多年的情緒，不僅如此，尤其近年來又分裂為勤王及佐幕之立場而一再發生流血慘劇，導致雙方積怨甚深。如今雙方首領竟打算會面甚至攜手合作。

「這將是土佐藩史上最大事件呀。」

溝淵擦著汗道：

「不管怎麼說，龍馬，真感謝你。」

「沒什麼好感謝的吧。雙方各有所圖呀，後藤想利用我，而我也想利用後藤。而衍生出如此必要的，可說就是所謂的時運呀。」

「又是龍馬的時運論嗎？」

「再無任何較時運更恐怖之物了。」

「卻是天下國家之喜事呀。」

「也對。」

龍馬坦率地點點頭，感謝溝淵廣之丞的斡旋。依龍馬的論點，最早洞察時運進而推動時運者，就是英雄。

「就此觀點看來，你可說是成就了一番英雄事業。」

「不過……」

溝淵一臉無奈說：

「在上士及鄉士雙方的眼裡卻無異於背叛者吧。」

「世人的心胸實在狹窄，就這點教人拿它沒輒。說到心胸狹窄，我事後才聽說我社中之人在後藤面前亮刀啦？」

「嗯。」

溝淵一臉不悅。

「不過後藤也有可取之處。」

龍馬道：

「要是換成一般人，光是因那起事件就不會見我了。看來他並非泛泛之輩。」

「沒錯，並非泛泛之輩。」

「也頗有膽識吧。」

龍馬也對此深感佩服。心想，既是如此了不起之人，往後就能與他共蹈水火一同前進了。

「對了，會談是明天舉行嗎？」

「沒錯，明天。我來接你。」

「請轉告後藤，龍馬滿心期待。」

「我曉得。不過……」

溝淵道：

「後藤象二郎爺可是二十四萬石土佐藩的仕置家老。若在席上像這樣直呼其姓可就教人為難了。」

「什麼話，無所謂的。」

龍馬事不關己似地道：

「我可沒拿土佐藩的俸祿，叫後藤也別端著架子來。幫我如此轉達。」

長崎有處名為油屋町的町區，與西濱町並稱，有許多大商家的店鋪。或許相當於大坂的船場及江戶的日本橋一帶。

油屋町住著一位靠出口日本茶而發了大財、名叫「大浦阿慶」的女商人。

「就借用她家來會談吧。」

翌日傍晚，溝淵廣之丞來接龍馬時如此道。

「說到這位大浦阿慶，聽說是長崎首屈一指的美人呀，不是嗎？」

龍馬也聽過這名字。

「也是水性楊花之人呀。」

溝淵也聽說過那種傳聞。說來是長崎名女人。

「聽說做生意也是長崎第一。」

溝淵道。

「這女人真有意思，就這點看來，說不定是日本第一的珍女（譯註：即lady，淑女之意）。」

「嗯。」

龍馬與溝淵等人走出位於西濱町的根據地土佐屋。雨已經停了，但路上還是濕的，濡濕的石板路映著夕陽十分美麗。

成群的孩子從小巷衝了出來。

領頭的孩子唱著長崎的童謠。

龍馬對長崎腔已漸漸熟悉，歌詞似乎是這意思：

紅色的東西，
漂亮的東西，
那是荷蘭大爺送的禮物。

應該是這樣吧。「美麗而珍奇的東西全都是南蠻進口之物」，就連如此憧憬都被編入町區童謠中。

名為「大浦阿慶」的這位珍女也是紅色而漂亮，一派長崎風。

「也只有長崎才會出現阿慶這種女人。」

龍馬邊走邊想著阿慶的事，沒想到溝淵廣之丞似乎也一樣，而再度將話題轉回她身上。

「阿慶她呀……」

這位一本正經像個老學究的男人道：

「她知道你這個人哪。」

「知道我嗎？」

龍馬十分詫異：

「我可不知道她呀。」

「對方知道你。不僅知道，還拜託我，說想見你一面。就是因為這樣，今晚才會決定借阿慶的房子一用。」

龍馬默不作答。正經八百的溝淵抬頭望著龍馬道：

「據說阿慶是個一天沒男人就睡不著覺的奇女子。她看上你了。」

「你在說什麼呀？」

龍馬頓時自童謠夢中驚醒。

溝淵廣之丞似乎對「大浦阿慶」極有興趣，又繼續聊著：

「雖為女流之輩卻那麼有生意頭腦，真難得呀。」

「是呀。」

「而且她可不是窮人家出身的。說到長崎茶葉批發商大浦屋，那可是了不起的豪商，而她就是大浦家的獨生女。雖是從小嬌生慣養的千金小姐，卻大膽而機敏，做的都是大生意。」

大浦阿慶於文政十一年（一八二八）六月十九日生於大浦家所在的大浦町一番戶（一番地），已滿三十八歲。但據溝淵所言，或許是因個子嬌小而膚色白皙，看起來只有二十二、三歲。

接近二十歲時便順理成章地招了個招贅婿。但阿慶並不中意。

招贅婿也是長崎富家子弟，卻毫無教養且一副窮酸相，就連在婚禮上也不住抖腿，然而幾乎讓人不寒而慄的這年輕人，卻自以為風流倜儻地朝阿慶道：

「哎呀，真教小生恐惶頓首呀。」

竟以那種在花街拍馬屁的用語，還邊搓著雙手以示討好。

這點阿慶也受不了。

她本就對男人很挑剔，平素就曾說：

「男人還是像削尖的竹子般較好。」

應該是指思路清楚而有骨氣的剛毅男人比較好吧。後來她只要一見這樣的男人就不顧一切硬要占為己有。

她不喜歡這個招贅的少東家。她是個行動力出眾的女人，一旦不喜歡，竟就在招贅婿才進門第二、三天提出：

「少東家，再怎麼看你都不適合當我的夫婿。我們離婚吧，請你回老家去。」

她竟如此宣布並將他趕回去。

從此以後她就一直獨身。

時為嘉永六年（一八五三），所以應該是阿慶二十五、六歲的時候吧。

阿慶與出島荷蘭屋敷一名名叫德基斯多爾的人往來密切，那人教她貿易如何有利可圖。

然而當時幕府早已實施嚴格的鎖國體制，故現實上不可能私自進行貿易。鎖國情況下，幕府只對荷蘭及清國開放小規模的官營貿易。

但在阿慶的行動力面前，如此鎖國禁令根本無關痛癢。

肥前（長崎縣及佐賀縣）有個名為嬉野的茶葉產地。

「日本茶怎麼樣呢？」

阿慶這麼想，便向德基斯多爾提起。他道：

「歐洲人喜不喜歡日本茶，得先做市場調查才知道。」

阿慶為了做這項市場調查而計畫偷渡到上海去。當然，萬一被發現將處以磔刑之極刑。

阿慶拜託長崎的清國人讓她躲在出口香菇專用的貨箱中。她就這樣勇敢搭上中式帆船偷渡前往上海，而且還成功了。

阿慶偷渡到上海是嘉永六年，說來是距今十四年前。

對龍馬而言，那是特別令人懷念的一年。算來正是自己十九歲離開家鄉拜入江戶千葉道場的那年，同時也是培里抵達江戶灣頭讓天下為之震撼的那年。

龍馬並不是在回憶自己的往日時光。

「了不起的女人。」

他之所以這麼想，是因他聯想起長州勤王黨始祖——已故的吉田松陰。

松陰是個危機論者。他周遊天下拜會諸名士，修正關於日本今後前途的主張，最後發現：

「若不了解諸外國，自己的主張將無法完全落實。」

他改變心意，決定偷渡，正好就在這嘉永六年向航抵長崎的俄國軍艦交涉，請求協助偷渡，沒想到俄國軍艦深怕刺激到堅持鎖國主義的幕府而拒絕松陰的請求。

翌年松陰前往下田港，將所乘和船划近培里艦隊的其中一艘軍艦，又如前提出偷渡的願望，但美國方面也基於與俄國人相同理由而拒絕。

然而就在同個時期，阿慶卻順利成功了。

當然松陰與阿慶的動機並不同，一個是行動派的思想家，一個是投機商人，但具有捨命之冒險精神這點，兩人毫無二致。

松陰遭處死刑，阿慶卻活下來了。

「了不起的女人。」

龍馬如此深受感動，是因想起松陰而兩相比較所致。

這位阿慶在上海見了所有能見到的洋人，請他們喝日本茶並四處發送商品的樣本，然後返回長崎。回到長崎，發現整個日本已因培里帶來的衝擊而陷入天翻地覆般的騷動。那就是攘夷論的沸騰。

「世間該如何，便只能如何。」

這位才二十四、五歲的女性已看穿時勢之未來。

「總有一天必能與外國人貿易。」

幕府果然向歐美列強開了幾個港。

自嘉永六年算起第三年的安政三年（一八五六），有位名叫艾爾特的英國商人自上海到大浦町的阿慶家拜訪。

「妳的樣品幾經波折落入我手中，我想跟妳買那個肥前嬉野的茶。」

他下了筆連阿慶都大吃一驚的巨額訂單。

阿慶即刻趕往產地。但嬉野的茶產量頂多只夠九州一帶使用，連訂單的百分之一都供應不起。阿慶趕緊要掌櫃的四處奔走，好不容易才湊到一萬斤輸出。

接著她鼓勵產地，要他們提高產量，不斷出口，如今仍陸續在出口，因而累積了巨大財富。

「松陰也了不起，阿慶也了不起。」

龍馬由衷佩服。

「總之這人值得一見。」

溝淵道。他指的是阿慶。

「真值得呀。」

龍馬走在通往油屋町的橋上，同時輕聲笑著。溝淵這種死腦筋的書呆子卻對阿慶極度傾心的模樣實在好笑。

「不過，溝淵呀。」

龍馬有些懷疑：

「你為什麼和阿慶關係匪淺呢？」

「關係匪淺？沒這回事啊。」

溝淵相當狼狽：

「我只是對阿慶充滿敬畏之意。我之所以認識阿慶，是因阿慶家常有英國人來訪，我只是去當那英國人的翻譯順便學習。」

「你別生氣啦。」

「我沒生氣。不過阿慶好客，家裡總是賓客滿堂。寬敞的豪宅滿是賓客，就像藤蔓般糾結。」

「像藤蔓糾結？」

溝淵的說法實在可笑，龍馬忍不住笑出聲來：

「主要是些什麼客人？」

「以薩摩人為多。」

哦？龍馬看了看溝淵。薩摩人本就有生性剽悍且做起事來無可挑剔的優點，但缺點就是好女色。

「薩摩人呀！」

龍馬忍不住爆笑。

「不不不，阿慶她……」

溝淵連忙為她辯護：

「的確對男人多情，據說只要沒男人連一晚都睡不著覺，但並不是隨便男人都行。阿慶最討厭的，就是沒出息的町家少爺和虛張聲勢的小官差。」

「因為她可是把丈夫掃地出門的女人啊。」

「沒錯。聽說她喜歡有個性的男人，所以阿慶喜歡武士，尤其是奔走天下的武士。」

不僅喜歡，還會給些零用錢或讓他們借宿，似乎對他們很照顧。

「阿慶還有一項特技，那就是別具識人的眼光。無論身分為何，似乎只要是一流的男人就喜歡。」

「有哪些人是受到阿慶寵愛的？」

「雖說寵愛，但我可不知是何種程度的關係。我也不清楚，不過薩摩的松方和佐賀的大隈等人在二樓擁有各自的房間，就像寄宿者一般。」

松方名助左衛門，後改名正義，並成為維新政府之薩摩系大老，也曾組閣。維新後獲封公爵。

肥前佐賀藩的大隈通稱八太郎，維新後改名重信並獲封侯爵，是早稻田大學之創建者。

「果然都是下流的傢伙。」

「聽說阿慶沐浴時，那兩人就學三助（譯註：澡堂中幫客人刷背的小廝）幫她刷背。」

「真的呀。能把松方和大隈當成三助留在身邊，可見她相當有一套。」

龍馬現在對見阿慶比見後藤象二郎更感興趣了。

過了橋就是油屋町的路口。

路口再過去一點，左側那道長長木板牆圍起的就是阿慶家。

「怎麼樣？很像大名邸吧？」

阿慶崇拜者溝淵廣之丞道。的確，以私宅而言或許僅次於龍馬寄宿的小曾根家。

門也很大。

高度足以騎馬直接通過，門側懸著簷燈。

這簷燈也很特別，是荷蘭風的豪華青銅油燈，現已點燃，正大放光明。

進了大門，屋子正門右側種有大株厚皮香。厚皮香茂密的枝葉下方有盞長崎風的小燈籠，照亮了青苔。

「勞駕！」

溝淵在門口叫人來傳達。

立刻有一名打扮得像是將軍或大名家侍女長的侍女跑出來，跪下並低伏道：

「後藤大爺已經到了。請容我帶路。」

她走出門外，點亮手上的燭火。「這邊請。」說著率先走上密林中的小徑，然後鑽進一扇小門。

門的另一側是座茶室庭園，四處燈籠都已點亮。

龍馬知道位在此庭園內的茶室名為「清風亭」。

有扇柴扉。

旁邊站著一位手提燈籠身材嬌小的婦人。侍女把為龍馬等人領路的工作交給這位婦人。

婦人以妖嬈的聲音道：

「我就是主人。」

接著率先起身走去。

後頭的龍馬等人聞到一股香味。
「是法國製的香水吧。」
喜歡香水的龍馬認得。這位自稱「主人」的婦人定是鼎鼎有名的「大浦阿慶」。
溝淵僵直著身體跟在後頭。看來這個正經八百的男人也以他獨特的方式單戀著阿慶。
「阿慶夫人，這位是……」
「坂本龍馬。」溝淵打算一邊走邊介紹，阿慶卻微笑道：
「溝淵大爺，待會再說吧。」
說著只默默向龍馬輕輕點頭致意，便繼續往前走去。黑暗中連表情都看不清。
走進清風亭了。
與其稱為茶室，更像是公卿家常見之書院模樣的茶室風建築，房間看來約有五間。
龍馬及相當於其秘書的陸奧陽之助被領至其中一室等候。

後藤一行人應該在另一室休息吧。
溝淵為了雙方的聯絡工作，不停在走廊上來回穿梭。
溝淵就像送菜的侍者般，迅速在走廊上來回穿梭。他最頭痛的是席位的安排，不知該讓後藤還是龍馬坐上座。
「這真是道難題呀。」
後藤是土佐二十四萬石之領的仕置家老，其實本來毫無疑問應由他坐上座。龍馬等人是不得直接謁見藩主的鄉士階級，故若是在領國內別說是下座，就連與後藤同席都很難。
然而龍馬如今已是名聞天下之浪人，且又統帥海上浪人團，在反幕陣營中的勢力已隱然成形，名號在勤王派及佐幕派之間人盡皆知。換個角度想想，後藤不過是個鄉下家老罷了，不是嗎？
溝淵實在不知如何是好，便將陸奧陽之助叫到走廊上問道：

「傷腦筋呀，真怕雙方因席次問題傷感情而壞了原本能成之事。你有沒有什麼好主意？」

「是哪邊邀請的？」

「是後藤爺。」

「那麼坂本兄就是客人了，當然是客人坐上座吧。」

「事情哪有這麼簡單，在土佐藩曾因階級而寫下血淋淋的歷史。你有沒有較睿智的主意？」

「這個嘛……」

陸奧日後將成為近代日本不世出之外務大臣，想出這安排應是與生俱來的才能吧。

「坂本兄應該坐上座。」

他毅然決然道。若不讓龍馬坐上座，今後龜山社中與土佐藩之間的關係，社中將永遠得屈下位。

「凡事起頭都是最重要的，這點請您搞清楚。何況後藤爺目前立場是有求於我方呀。」

「可是，」

溝淵一臉要哭的表情：

「後藤爺身邊帶著幾名上士，那些人一定不能容許如此安排的。何況今天的席次問題要是傳回領國，定要引起軒然大波。」

「那是你們土佐藩的事。」

紀州人陸奧冷峻地道：

「不干龜山社中的事。坂本龍馬應堂堂坐在上座。」

「恐怕會發生血腥事件呀。」

「那麼我有一策。」

這種手法陸奧最在行。先強勢相逼，再提出解決方案。

「坐在下座的後藤爺一行，請他們脫掉外褂及裙褲，以便裝之姿出席。我方雖坐上座，卻著外褂及裙褲之正式服裝。」

「有道理。」

溝淵拍了下手並衝上走廊。後來陸奧將此事告訴龍馬，龍馬只是苦笑並未多作批評，心裡卻過意不去。

「也真辛苦溝淵大叔了。」

溝淵雖那麼有才學，結果還不是只能幫人跑腿？

龍馬突然這麼想。

「嘿呀！」

龍馬走進會面房間。他這聲「嘿呀」的招呼聲並不是針對後藤。

而是因為阿元就坐在房裡。龍馬也大吃一驚。

「妳怎會在這裡？」

「是，是後藤大爺叫我來的。」

阿元雖是訓練有素的藝伎，卻像個小姑娘似地滿臉通紅。

「後藤這傢伙真了不起。」

龍馬心想。他一直以為後藤是條粗大的破布巾，但由此事可知他待人處世其實十分用心。

事實上後藤對和龍馬見面這件事真的很用心。他知道阿元是龍馬相好的藝伎，就命令手下安排：

「叫阿元到席上作陪。」

偏不巧阿元這天已排有工作。因長崎某戶人家指名，她應去參加這家婚禮的喜宴。因此阿元就對花月的老闆娘道：

「我因為那樣沒法去席上陪土州大爺們，請老闆娘幫我回絕吧。」

花月的老闆娘將此情形告訴後藤手下，後藤手下又來回報。

「真傷腦筋呀。」

後藤由衷露出如此表情。這就是他有趣的地方。

——阿元呀，這場宴席的主客是龍馬，即使如此妳也不來作陪嗎？

他並未如此明說。若這樣告訴阿元，她應會當場二話不說回絕婚禮那邊而來參加這邊的宴席，後藤卻故意不告訴她實情。

「名震天下的土佐藩要叫一名藝伎作陪，不必用到龍馬的名號。」

他定是這麼想的吧。

於是後藤去拜託大浦阿慶，請阿慶親自到那戶人家去，要求取消和阿元的約定。想來還真是大費周章。

這同時也足以顯示後藤為款待龍馬費了多大的精神。

事後龍馬也從溝淵之口得知此事。

龍馬對此感動到連自己都覺得可笑。在土佐不過是武士底層的鄉士，堂堂一藩仕置家老卻表現得那麼用心，真教人不敢置信。

「後藤絕非尋常上士。」

難怪龍馬會做此想。後藤的政治力就靠這點成功奏效了。

總之，說到阿元……

看到龍馬進房來，阿元也嚇了一跳。

且龍馬還是坐在上位。阿元自然不得不坐到這位主客身邊伺候。

龍馬和後藤相視為禮。這就是微妙之處。

雙方本為仇敵。

領國的人得知他們在這清風亭會面時，上士和鄉士雙方皆大為激憤，就連龍馬姊姊乙女也生氣了。

「我一直以為你是男子漢，看來是我錯了。是我看錯了。後藤象二郎不正是殺害以武市半平太為首等眾多勤王志士的凶手嗎？而你卻與那個仇敵握手言和。還是說你是被那奸人所騙？」

她甚至寄了封快信來。領國那邊想必受到相當大的衝擊。

對乙女這封斥責的信，龍馬寫了如下的回信：

與其由我一人帶領五百或七百人為天下做事，不如帶領二十四萬石的土佐藩來為天下國家做事更佳。在下惶恐（龍馬故作滑稽），是否如此計畫能稍微符合一點乙女大人您的心意呢？

話說這回的會面。相較於上回促成薩長聯盟，龍馬反倒下了更大的決心。

「天下之事該如何是好呢？」

後藤先開口試探。

「在下倒想先聽聽閣下的意見。」

龍馬簡慢地回敬一句。就像與其他流派進行刀術比試似的，要先看穿對方刀法之素質、習性及弱點再著手攻擊，這就是與他派比試刀法之要領。

「洗耳恭聽。」

龍馬重複道，並接受阿元斟酒，連喝了數杯。

後藤談起開化論。

日本若不開化便將滅亡，光憑攘夷論者的熱血根本無法有任何作為。這是後藤提出的意見，關於這點龍馬並無異議。

這是對外觀點。

至於對內觀點，後藤的意見則頗有大藩家老之風，是不由分說的佐幕派。

「真是不切實際的空談啊。」

龍馬這才點燃辯論的火苗：

「您所說的不過是空談。佐幕論已是無法成立的說法。」

龍馬道。開化論才是可行。歐美自工業革命以來即著手擴展國力，日本也必須發展工業、振興貿易、富國強兵以抵禦外國的侵略。這點無異議。但要形成那種近代國家，必須建立統一的國家。像現在這種朝廷・幕府雙重結構是無法建立國家體制的，無法形成與歐美並駕齊驅的強大國家。龍馬如此一一擊破後藤之論點，後藤也非泛泛之輩，對此毫未反駁。他聽著龍馬長篇大論，不住地點頭，最後竟說：

「我也要加入龍馬之黨。」

他這一百八十度的轉變，幾乎害龍馬都要感到洩氣了。

「這人真令人不解。」

後藤過度輕易屈服並改變心意，反而讓龍馬起了戒心。

再怎麼說不過對方，佐幕家也不可能瞬間就變成勤王家吧。

「喂，這人真怪呀。」

龍馬垂下眼眉對陸奥如此低語。

「好像是變魔術的人。」

「搞不好真是個怪人。」

後藤坐得遠，應該聽不見兩人這番嘀咕吧。幸好後藤不知情，他還微笑著打破高高在上的姿態，頻頻向龍馬敬酒。酒很烈，他實在堪稱豪飲家。

後來溝淵拿著酒杯到龍馬身邊來。

「溝淵大叔呀，參政後藤象二郎這人怎會那樣？」

龍馬笑著問道。

溝淵也了解龍馬的意思。他指的想必是態度轉變之快吧。

「哎呀，你弄錯啦。其實是有前因後果的。」

溝淵小聲為後藤辯解。根據他的辯解，後藤在這數個月來，或派人到長州及薩摩，或親自見那些派系之人，其實心裡早就有底了。

「不過，話說回來……」

龍馬笑了出來：

「我從前也曾與千葉重太郎兩人為殺勝老師而到他位在赤坂冰川下的家去，結果當場被駁倒而成為開國論者。所以也沒道理嘲笑後藤轉變之快吧。」

說著又忍不住輕笑。

這時的龍馬是個革命家，另一面也開始帶有思想家的風采；後藤卻從頭到腳完全是個政治家，全靠政治家的個性造就了後藤象二郎這個人。

因長州在幕長戰爭中獲得勝利，後藤才整個人為之一變。時勢似乎已轉向以往佐幕者料想不到的方向，後藤敏銳地如此察覺了。

「薩長或許將取得天下。」

後藤如此判斷。

果真如此，土州也不能光在一旁垂涎觀望。希望能重返武市半平太的時代，再度躋身「薩長土三藩」之列。但對藩內勤王黨大加彈壓的土佐藩如今已很難轉型。

龍馬以一介浪人身分卻與薩長兩藩以對等姿態往來，雖無藩籍卻代表了土州。土佐藩若要轉型就只能靠龍馬，別無他法。希望仰仗龍馬並推派龍馬為前鋒，藉以擠進薩長之間。

後藤之企圖就是如此，故無關思想。對政治家後藤而言，思想及節義就是膏藥般的東西。

兩人邊喝邊聊，後來龍馬也漸漸了解後藤如此全貌。但龍馬並未輕視如此的後藤。

「回天大業中，這種人也是不可或缺。」

他開始有此想法。

龍馬與後藤象二郎首度會談可說只是彼此打個照面就結束了。這也是當初的目的。

一回到本博多町的小曾根邸，發現所有土州系的同志全等著他。

「怎麼樣？」

菅野覺兵衛代表全體同志質問道。他眼睛眨也不眨地瞪視著龍馬，感覺甚至有情況不對就不放過龍馬的決心。

「我臉上沾到什麼東西了嗎？」

龍馬見眾人如此緊張實在可笑，他翻身躺下睡成大字型。

大小佩刀也亂扔。

「我醉了。」

龍馬道。他把佩刀亂扔也可解釋為「若不高興就殺了我吧」的意思。

「我今天見到殺武市的凶手。基於武士之道，他是個當殺之人，但談話之中卻被他這人的有趣之處吸引而忘了下手。」

「龍馬，別跟我們開玩笑，正經一點說話！」
「我沒辦法像你們那麼正經。有時後正經是好事，但有時候正經反而會壞事。」
「後藤象二郎可是殺害武市的仇敵呀！」
「我總有一天會到地下去跟下巴（武市之綽號）陪不是。別再提報仇的事了。」
「可是後藤殺害武市卻是掩蓋不了的事實呀。」
「覺兵衛，那是你的說法。後藤也有後藤的說法，他認為我們才是殺害他叔父的仇敵。不，他本就是如此立場。」
「吉田東洋是佐幕之奸人呀！」
「對方也有很多理由。雙方彼此互咬對方為仇敵，只會重蹈水戶黨禍之覆轍。」
水戶藩雖為尊王攘夷先驅，勤王及佐幕兩派人馬卻彼此鬥爭，兩黨中又分裂為多個小派互相殘殺，最後落得人才斷絕，如今已遠遠跟不上時勢。
「後藤若是個無用之人，殺了他為武士報仇亦無所謂。但如今天下情勢混亂，而他卻是鎮壓此混亂不可或缺之要角。大戲正要開演，若殺了演員還怎麼演下去。」
「他是什麼樣的人？」
「我沒想到土佐也有那種人呀！」
「換句話說？」
「是個了不起的傢伙！」
「有多了不起？」
「對他而言，我坂本龍馬可說是殺他叔父的仇人之一。但在為時那麼長的酒宴上，他卻隻字未提過去之事，只提將來。唯有了不起之人物才能臻此境界。」
「就只是這樣嗎？」
「還有一點。和我對談時，他讓我主導一半話題，自己主導另一半，且不會被我拉走。有此技巧之人，我看定能成就天下大事。覺兵衛你不這麼認為嗎？」
翌日，竟有一位意外之人來訪。

來訪者是阿慶。

阿慶帶著兩名打扮如大名女侍的漂亮姑娘。這位女中豪傑外出時總是帶這兩名姑娘同行，故她自己也稱她們為「小姓」。

阿慶讓兩名漂亮的小姓在門外等候，自己一人走進小曾根邸。

「既然出門就順道過來了。」

阿慶道：

「坂本大爺和陸奧大爺在嗎？」

「在。」

小曾根的掌櫃一陣驚慌。

阿慶畢竟是長崎首屈一指的有錢人、名流貴婦，又是位美人。掌櫃那模樣就像見到大名千金大駕光臨般緊張，他先領阿慶到客間，然後啪噠啪噠跑過走廊向陸奧通報。

「我立刻過去。」

陸奧平常是個難相處的年輕人，此時卻立刻前往客間向阿慶問候。

「昨天借用府上房間，不勝惶恐。」

「哪裡，能為諸位效勞是我的榮幸。」

臉型小巧的阿慶笑了笑。一笑就看不見眼睛是這美人的缺點。

「西國最會裝扮者」。

阿慶有此封號，故今天也穿著奢華的衣裳。她喜歡有點像藝伎那種嬌媚的衣服，尤其愛黑色。今天也穿著黑色縐綢、上有五枚（譯註：背中央、前胸左右各一枚，左右衣袖各一枚）花菱紋的和服。

「這女人真誇張。」

有傳聞說她一旦在人前穿過的衣服就不再穿第二次。

「今天見到阿慶夫人了。她穿著某某舶來布料，腰帶又是什麼花樣……」

故長崎市內的女人也如此交頭接耳。順帶一提，阿慶於明治十七年（一八八四）以五十五歲之齡過世，據說遺族在整理家產時，發現光是晝夜帶（譯註：雙面布料不同之腰帶）就有二十大箱之多。

「就是。」

阿慶道：

「昨天是後藤大爺邀請您的，阿慶也希望有機會邀請您。所以特地來問您何時方便的。」

「您也要邀請我們嗎？」

「是呀，要邀請坂本大爺跟您呀。」

「為什麼呢？」

「哎呀，您沒聽過傳聞嗎？」

「什麼傳聞？」

「說我喜歡男人呀。」

阿慶一笑也不笑地道：

「我想和坂本大爺共度春宵。若坂本大爺不肯，您也無妨。」

大白天又沒喝酒，阿慶卻以最高尚的長崎腔緩緩說出這番話來。

「那麼，明天傍晚我們就過去。」

陸奧緊張之餘，竟沒得到龍馬的同意就答應了。

阿慶

後來龍馬十分為難。

「你已經答應啦？」

他對陸奧道。大浦阿慶雖是稀世才女，但據說也是絕代花痴。不是聽說就連薩摩的松方及肥前的大隈都成了三助，成了要幫阿慶刷背的窩囊廢嗎？

「難道阿慶也想叫我當三助嗎？」

「嗯，大概是這樣吧。」

陸奧泰然自若地笑著。陸奧因為年輕，好奇心特強，他對龍馬要如何處理這問題很感興趣。

「名震天下的坂本龍馬竟成為阿慶的三助，這畫面真有意思呀。一定得向家鄉的乙女大姊報告才行。」

「我幫乙女姊刷過背。」

「那麼已經很習慣囉。」

「不，那是我十一歲時候的事了。她身材高大，所以我一直刷、一直刷，都刷不到最上面，差點就哭了。」

「阿慶看來身材嬌小呀。」

「是誰說要幫阿慶刷背？」

「沒，我知道啦。總之不管要不要刷背，請您還是接受阿慶的邀請吧。」

「嗯……」

龍馬搓搓鼻子。這是他猶豫不決時的怪癖：

「不接受的話，等於是我對阿慶食言。武士決不食言，我卻將成為言而無信之人。」

「都怪你答應得太草率了。」

龍馬並未如此道。他不想為這點小事傷害陸奧這名年輕人的自尊心。

何況龍馬也想接近阿慶這位長崎首屈一指的貿易商。龜山社中一方面也是貿易公司，既然如此，與阿慶彼此更緊密聯繫也不是壞事。他反而希望更積極接近阿慶。

「但對方竟是花痴，傷腦筋呀。」

堂堂坂本龍馬恬不知恥地自投阿慶之口，最後竟真的被吞掉，還藉此得到她對龜山社中的援助……要是被人說成這樣可就麻煩了。

「您決定如何？」

陸奧再次問道。

「還真不死心哪。」

龍馬望著陸奧，心想，這人不會是迷上阿慶了吧？

「好。」

龍馬爽快道：

「立刻給阿慶送個信，就說明天傍晚過去。」

「就是這點！」

陸奧擊掌道：

「坂本龍馬的可取之處就是這點。老實說，要是坂本兄這時拒絕，我就要恥笑您，區區一名女子的邀請也不敢赴約，是個心胸狹窄之人了。」

「原來你也是個策略家呀。」

龍馬的神情變得不太愉快，頻頻搓著額頭附近。那部分眼看著愈來愈紅。

龍馬處理商務的西濱町土佐屋位在中島川畔。

翌日傍晚，龍馬正在辦公，窗邊的川水開始漲潮。

「時間到了。」

從龜山下來找他的陸奧陽之助身穿黑色皺綢的外褂，走進來對龍馬道。龍馬趕緊從腰間拿出懷錶來一看，真的已指著「五」字。這懷錶是薩摩五代才助送他的英國製品。

「指著『五』字啦。」

龍馬鄭重其事道。

「不必看那種錶，光聞潮水味也知道呀。」

「可是真的指著『五』字呀。」

龍馬實在很喜歡這種新式文物。

「陸奧呀，帶把手槍吧。」

龍馬拉開洋式辦公桌的抽屜，取出一把新型迴轉式彈匣的手槍遞給陸奧，另外又拿了兩盒子彈給他。

「怎麼回事？」

「這是薩摩的五代才助送我的。」

「但是我並不需要呀。因為我還只是個小鬼，也沒有想取陸奧陽之助性命的瘋子。」

「哎呀，拿著吧。」

龍馬之所以如此道，多少是有理由的。但這時即使說出這理由也於事無補。

龍馬將自己那把生了黑鏽的手槍從懷中塞進腰際，並帶著佩刀陸奧守吉行。

兩人走到路上，不一會兒就走進大浦町的阿慶邸。阿慶在門口迎接，並親自拿著提燈領他們到邸內的清風亭。

不久宴會就開始了。

「今天我也喝一點。」

阿慶要她口中的兩名「小姓」斟酒。

龍馬和阿慶針對貿易彼此交換意見。

「光賣茶沒意思。輪島的漆器也不錯。我給外國人看了樣品，他們都說頗好。不過，輪島屬加賀藩領內，再怎麼樣也不可能集到貨品。」

阿慶道。

「像這種情形，三百諸侯就變成阻礙了。」

阿慶竟說出如此驚人的話來。

的確，從阿慶這種貿易商人的角度看，封建制度這東西肯定是事業上的阻礙吧。

「明明眼見對日本有利，但以目前日本的制度卻什麼也做不成。」

「阿慶夫人，妳的意思是說非把國家整個破壞再重建不可嗎？」

「從我的角度來看的確如此呀。」

「可是，這話要是被幕府聽見，阿慶夫人妳可就要被砍頭啦。」

「跟您講就沒關係啊。您表面上是經營商社，其實卻是企圖奪取天下的大伴黑主（譯註：古詩人，在歌舞伎中通常是企圖顛覆天下的大惡人）。」

阿慶說著咯咯笑了。龍馬有股被人玩弄的感覺。

阿慶醉意漸濃。

「今天的酒宴就不拘禮了。」

……

她喃喃自語，在取得客人的了解後，便打開金扇子跳起舞來。

究竟是什麼舞，龍馬等人並不知道。

兩名「小姓」彈三味線，還有另一人唱著小調似的曲子。

跳完後，阿慶癱軟似地坐到龍馬跟前。

「請賜我一杯酒吧。」

說著要了個酒杯。

「阿慶夫人真會喝呀。」

「因為我是長崎女呀，怎能輸給土佐的鄉下武士呢。」

她輕輕鬆鬆乾了杯，把杯子遞給龍馬。龍馬已醉得幾乎不知酒味了，但阿慶還十分清醒。

「請再給我一杯。」

「妳小小的身體還真能裝呀。」

龍馬說著又幫她倒了一杯。

「感謝。」

阿慶以雙手舉杯一下子乾了。她醉是醉了，但醉態仍相當高雅。

說著遞上酒杯，同時道：「今晚請住下來吧。」

「來，回敬您一杯。」

「嗯……」

龍馬發出夢囈般的聲音並望著阿慶。

「人家呀，喜歡您。」

「我也喜歡。」

「說點應景的話嘛。」

阿慶生氣了：

「人家是認真的呀。」

「我也是。一向都是。」

「您說『一向』是指對女人也這樣嗎？」

「對男人也是認真交往。卻聽說人們都視我為輕浮隨便之人。」

「您這說的是我呀。別人愛怎麼說都無所謂。」

「妳醉了。阿慶夫人，咱們來跳段外國人的舞吧。妳會嗎？」

說著拉住阿慶的手站起身來。龍馬到長崎後學會了外國人的舞。教他這舞的是在大浦海岸開了家商館的陰鬱英國人艾爾特。

「那得要有音樂呀。」

阿慶似乎也在上海學過，多少會跳一點。

「那就幫我們彈〈看看舞〉的曲子，彈慢點。」

龍馬如此拜託小姓，然後開始和阿慶跳起舞來，不過似乎跳得不太流暢。

「這硬梆梆的是什麼東西？」

「是手槍。」

兩人之間的對話竟然就在大笑中結束了。

阿慶見龍馬全然不上鉤也急了，改朝陸奧下手。陸奧多少有些像外國人，膚色白皙而鼻梁高挺，是社中長相最端正的。

她坐到陸奧身旁喝起酒來。

後來龍馬起身如廁，就此沒回客間，直接出了大浦家。
翌日早晨，陸奧陽之助才回到龍馬辦公所在的土佐屋。
「如何？」
龍馬問道。陸奧只是一臉害臊並不答話。
龍馬也未再針對大浦阿慶多說什麼。
過了幾天。
陸奧陽之助後來似乎又被阿慶叫去了。
第五天晚上天氣很冷，陸奧到小曾根家的龍馬房間來，對龍馬說：
「阿慶夫人真是位奇女子呀。」
龍馬問：「怎麼？」陸奧說，阿慶聽說社中窮困，表示可以借給社中三百兩。
「三百兩嗎？」
那就可以稍微喘息一下了。龍馬心想。也就是說能支付所雇之水手薪水了。

「要是有這麼多錢就好辦事了。可是一時之間恐怕還不出來唷。」
「她說等有能力再還就行了，還說利息也不要。」
「那種錢很可怕。」
龍馬苦笑道。他知道那種錢不可能多正經。難道大浦阿慶是企圖趁機篡奪社中嗎？
「那種錢不能拿呀！」
「不不，她不是圖謀不軌，只是基於想幫助龜山社中的純粹心意。」
「那種商人千萬別掉以輕心。正如武士有武士的規矩，商人也有商人的規矩。而所謂商人的規矩，就是貸款時必須明確約定利息、還款方式及擔保，絕不含糊。阿慶這種商人對此應該更清楚，然而她卻想以那種教人無法理解的條件借錢給我們。我無法相信。」
「不，可以相信。」
「奇怪，你竟偏袒她。」

龍馬苦笑道：

「連擔保都不要的錢怎能相信？」

「那是因為……」

陸奧似乎有些難以啟齒：

「其實是要拿出擔保的。」

「哦？要拿出擔保嗎？那我們就不必欠太多人情了，只是我們根本拿不出什麼重要的擔保呀。」

「有。」

「不，沒有。這房子是租來的，龜山社中也是，還有西濱町的土佐屋也一樣。的確多少有些白米，但那得留著吃。」

「擔保是……我！」

咦！龍馬大吃一驚，望著面紅耳赤的陸奧，好一會兒才皺著臉笑出聲來。

「擔保是你這個人呀！哇哈哈！那要多少都行！」

「這麼說就太過分了！這對我陸奧陽之助而言，可是攸關男人面子的關鍵。」

恐怕再沒人像阿慶這女人如此高深莫測了吧。就連人稱機略縱橫的龍馬也摸不清阿慶的真正意圖。

他要陸奧仔細把這事說清楚，才知道其實是昨晚的事。

「陸奧大爺……」

映著無盡燈燈影的阿慶道：

「我以往做過各式各樣任何人都沒做過的事，但仍有沒做過的。」

她的小圓臉露出可愛的表情。

「妳應該做過各式各樣稀奇古怪的事吧。」

陸奧也如此暗想。像薩摩的松方和肥前佐賀的大隈，都是各自藩裡響噹噹的足智多謀之士，就連兩人的藩主也不敢把他們當成三助，要他們為自己刷背。

「還沒做過的是指什麼事呢？」

陸奧小心翼翼問道。

「您明明知道呀。」

阿慶說著用小指頭戳了戳陸奧的臉頰。

「不知道。」

「哎呀，連陸奧大爺也不知道?虧您還最以自己的聰明才智為傲呢。」

「不知道呀!」

「您想想看嘛。人家雖有天下第一的三助，卻沒有情人。」

「妳是要我當青餅嗎?」

青餅、相思等，都是指戀人或情人的長崎話。

「是這樣沒錯啦，不過普通青餅也沒意思，很快就厭倦了呀。」

阿慶道。

阿慶所說的內容，若說得率直一點大概就是:「我除了三助之外還想要有個男妾。」「但光是普通的男妾又不好，萬一我厭倦了就麻煩了。」

這話根本是在玩弄男人。但至今一直被玩弄的陸奧反而覺得開心。

「妳的意思是要怎麼做?」

「希望找個武士當成擔保。」

阿慶說著笑得花枝亂顫。

「當擔保呀。」

這比男妾的待遇更糟。這想法根本已是不將男人當人看了呀。

「而且若只是普通的武士就不好玩了。陸奧大爺平常老說日本第一機智之人是坂本龍馬，第二是陸奧陽之助家光，我希望把這麼偉大的年輕武士納為擔保。」

「原來如此。」

根本沒法生氣。看到阿慶天真的表情就提不起勁來生氣了。

如此原委多少又糾結了一些男女情事及愛情問題，以致三百兩已非從阿慶之手轉到龍馬手上不可了。

龍馬決定爽快接受。

長崎一向如此評論阿慶的為人。

「雖有著可愛的容貌，肚子卻如大佛一般大。」的確，她雖已是如此年紀，容貌仍楚楚可憐不脫少女氣質，但城府卻深得駭人。

她之所以讓薩摩人和肥前人住在自己家裡，一方面是因她樂於助人且是個真正花痴，但一方面也另有所圖。

「希望能利用薩摩及肥前等先進藩之志士來協助我做生意。」

「我可不懂什麼尊王攘夷的理論呀。」

她嘴上雖這麼說，其實雄藩對外國有什麼秘密行動，她瞭若指掌。

「薩摩藩和肥前藩聰明，都忙著暗中進行走私。我呀，全都知道。」

這話她只透露給心腹女掌櫃小松秋。這位小松秋其實也是肥前佐賀藩某位姓鍋島的家老私生女，故無法帶她回領國而託阿慶關照。因她讀過書，阿慶便將她當成秘書。

總之，沒人像阿慶那樣完全掌握關西雄藩走私的秘密。

如此秘密及情報有時是在閨中問來的，有時是從商務往來得知的。

薩摩藩及肥前佐賀藩若不敢當幕府的面公然和外國商館做生意，就會透過阿慶之手。

以阿慶店舖進行買賣的形式和他們暗中走私。當然阿慶的店也從中賺取可觀的手續費。

長崎奉行的眾與力一直在監視走私貿易，但他們是當地官差，故早就被阿慶收買了。這些官差會抓的走私商人多半是進出荷蘭屋敷的工匠或小商人，不會去碰阿慶這種大商人。

如此，阿慶自然不可能沒察覺龍馬及龜山社中的動向。

「武士成了生意對手。」

阿慶起初不太高興，但要人暗中偵查其動向後，發現龍馬等人所想的經商方式與阿慶有更上層樓的差別。其商社經營理論也有模有樣，以蓋房子而言，就像是建城池和蓋民宅之間的差別。況且不是還聽說他們甚至曾一度擁有軍艦嗎？

「輸了。」

阿慶心想。同時也對龍馬及其同黨充滿興趣。但以阿慶的癖好，引起她興趣的並非只是經營方面，而是開始對那些男人也充滿興趣。據說若在街上見到龍馬，就整個晚上都抓著小松秋呻吟道：

「真想和那男人睡睡看。」

陸奥陽之助可說是龍馬的替代品。但替代品也能發揮功能。

邊聊枕邊細語就能從中取得料想不到的情報，也能了解龜山社中的內情。

陸奥很聰明。

「絕不能對阿慶掉以輕心。」

他開始有所提防。但他雖認為不能輕忽，倒也不是對阿慶懷有惡意。

別說是心懷惡意，就連這段男女關係，起初只是逢場作戲，如今這年輕人卻已迷上阿慶。或許這就是所謂的少不經事吧。

某日陸奥對龍馬道：

「我好像開始迷上阿慶了。」

是喔。龍馬只是淡淡地點點頭，他的個性是對別人的男女情事不太感興趣。

「阿慶也迷上你了吧。」

「嗯，看起來是這樣。」

「那很好啊。」

「可是對我而言好像格局過大了。」

陸奥似乎想這麼說。他把和阿慶的枕邊細語說給龍馬聽。

——薩摩、土佐、肥前。

阿慶是這麼說的。指的是她睡過之男人的藩籍。

這裡所說的「土佐」就是指陸奧。陸奧雖是紀州德川家的脫藩者，但平素即自認是土佐人，故稱之為土佐亦可吧。

「就差長州了呀。」

阿慶道：

「真想和長州武士睡睡看。」

「真是不正經的興趣。」

陸奧道。阿慶卻爽朗地笑笑並說出如此怪話：「薩長土肥都到齊的話，就能取得天下了呀。」

「仔細想想……」

陸奧對龍馬道：

「咱們龜山社中的構想也在於糾集勤王諸藩以創立一個大商社，說不定阿慶其實也是以此為目的。」

「哦？」

「阿慶那女人的企圖說不定是打算篡奪咱們龜山社中呀！」

「咦？」

龍馬故作驚訝：

「篡奪嗎？」

「阿慶也的確有此財力。」

「且還將我的秘書陸奧陽之助摟在懷中。」

「您別開玩笑了！我是替坂本兄您去的呀。」

「也不是完全為了代替我吧。」

「對了。」

陸奧又說起另一件枕邊細語時阿慶提出的建議。以枕邊細語而言這實在太重大了。

某位在大浦海岸開了家商館的英國人有一艘風帆船要賣，價格十分低廉。

說是一萬二千兩。

「阿慶說要把那艘風帆船買給龜山社中呀。」

這位年輕武士露出「這樣還不嚇人嗎」的表情。龍馬嚇到了。

「阿慶也許果真打算篡奪龜山社中吧。」

一聽到「船」，龍馬內心不可能不起波濤。那模樣就像肚子餓的人飢不擇食似的。

「就算被阿慶篡奪也無所謂，無論如何定要得到那艘船。」

龍馬把與阿慶的交涉工作全權委託陸奧。另一方面，就在翌日，他就前往大浦海岸，想去看看那艘要賣的船。

大浦海岸有七、八間並排的殖民風格木造洋館。他穿過建築物與建築物之間走到岸壁一看，果真有艘白色的三桅帆船繫在那裡。

一直到船桅頂端都刷了厚重的白漆，但看到船橋一帶卻呈鐵鏽色，可見應該很舊了。

「雖然如此，一萬二千兩還是便宜。」

龍馬離開後即前往銅吹所堀對岸的薩摩屋敷。

龍馬知道該藩年輕的仕置家老小松帶刀已自領國來此。

見到小松，龍馬便道：

「又是錢的事……」

龍馬似乎很難開口。畢竟上回要薩摩藩拿出七千八百兩買的普魯士船狂濤號，龍馬才出海一次竟然就沉了。難怪他不好開口。

「哎呀，別客氣。請說。」

小松帶刀臉上帶著充滿善意的微笑。

「其實，事情是這樣的……」

龍馬說明了阿慶的提案。

「哦？真的！你是說大浦阿慶要拿出一萬二千兩嗎？」

「正是。不過，姑且不論將來如何，龜山社中目前基礎尚弱，實在不想隨便接受私人金援，以免留下後患。」

「言之有理。」

「但我方實在需要錢。」

「確實如此。」

「因此我想了個辦法。」

龍馬接著如此說明。阿慶拿出來買船的錢不要平白接受，而是想用借的，再慢慢靠社中賺錢來還。可是借錢需要保證人。

「不知薩摩藩能不能當我們的保證人。」

「可以呀。」

小松帶刀爽快道：

「坂本兄，我已將賭注押在你身上。只要在薩摩藩容許之範圍內我們都會幫忙，別客氣。不過，要借錢光有保證人恐怕沒什麼效果吧，應該還需要擔保吧。」

「買的船就是擔保。但照理說船是不能當擔保的，因為會愈來愈舊而且還有沉沒的可能。非得加上其他擔保不可，不過再跟阿慶交涉看看，總有辦法行得通吧。」

當然行得通，因為擔保就是陸奧陽之助。阿慶自然會答應吧。

事情順利進行，三桅白船敲定將落入龍馬之手。船名取為「大極丸」。

「阿慶大明神呀！」

龍馬高興得幾乎想朝大浦町方向遙拜。

這阿慶的格局比龍馬想像的還要大。她有時到西濱町的社中來。

「剛好要到那邊辦點事，就順道過來了。」

每次都是抽兩三根菸就迅速離開了。龍馬一開始針對大極丸之事向她道謝時，她也只是笑道：

「那點小事不足掛齒。」

就把話題岔開了。雖說是小事，但一萬二千兩的龐大買船款可是阿慶拿出來的呀，不是嗎？

——真搞不懂這女人到底葫蘆裡賣什麼藥。

這就是社中人對她的評語。

阿慶究竟是想玩弄龍馬於股掌之間，以作她薩長土聯合公司的美夢呢？或只是單純因陸奧陽之助太討人喜愛，而拿出這一萬二千兩的「零用金」呢？

只有一次她曾低聲對龍馬道：

「坂本大爺。」

同時又朝龍馬拋了個足以讓人打哆嗦的媚眼。

「過些時候，阿慶就要將坂本大爺納為禁臠給您瞧瞧，請您做好心理準備吧。」

龍馬只是大笑並不回答。

不管怎麼說，龍馬因為得到這船而重振雄風。

他立即發表人事安排。

船長　白峰駿馬（越後脫藩）

副長　野村辰太郎（土佐脫藩）

並以其他一直在社中無所事事的那些人為隨時待命之乘組士官。

至於水手，本來就一直雇用。伙伕則雇了原本為阿慶服務的兩名「阿茶」。在長崎慣稱唐人（中國人）為「阿茶」。

不過這回特別重視船隻的操縱，故決定暫時聘請操船指導員似的專家。

「以外國人為佳，到處去找找。」

龍馬如此命令石田英吉。英吉從街上帶了兩名奇怪的外國人回來。

他們是西洋水手。一名是伸手可抓得到雲似的高個子，名叫奈。另一人身材矮小，名叫霍布金斯。兩人據說都是美國人，在南北戰爭時屬戰敗之南軍。

雖說是軍人但似乎也只是水兵。奈的右胸有唐獅子刺青，他說是在上海刺的。霍布金斯的肚子上則刺了個全裸美女。

「『奈（譯註：與日文「沒有」同音）』這名字聽起來總覺得生意做不成，你就改名『阿魯（譯註：與日文「有」同音）』吧。」

龍馬命令道。兩人都是偶然來到東洋的異鄉人，卻意外地對龍馬十分順從，甚至喚龍馬為：

「老大。」

龍馬對如何使用這唯一的船「大極丸」十分頭痛。

他有個主意。

「就選棉花。」

龍馬如此判斷。把九州的棉花東運定有相當可觀的獲利。龍馬知道因美國的南北戰爭，全世界的棉花價格都已高漲。

龍馬已使其觸角在長崎這種國際經濟都市充分發作用，故不該只稱他為北辰一刀流之高手。他已成長為或許堪稱日本唯一的貿易家了。

因國際棉價高漲，外國商人開始到横濱來採購日本棉花，故大坂以東的棉價持續飆高。

此情況是從大坂的薩摩屋敷及下關的伊藤等被龍馬當成「支店」之貨運船行的報告得知的。

九州的棉花尚未漲價。只要把棉花堆上西洋帆船運至大坂，定能獲得數以倍計的利潤吧。

一旦下定決心從棉花下手，龍馬便插上大小佩刀前往大浦町的阿慶邸。

「阿慶夫人。棉花。棉花一定會賺錢，妳拿錢出來收購棉花吧。」

接著說明箇中理由，然後道：「利潤與龜山社中對分。」

阿慶也是商人，馬上就理解並當場答應。

不久，阿慶店裡的人和龍馬社中的眾武士就趕緊到處收購所有買得到的棉花，並堆上大極丸。

一個晴朗而寒冷的早晨，大極丸便揚著雪白的船帆滑出長崎港。

「一路好走呀。」

龍馬站在岸壁目送，直到船帆消失在港外為止。然後帶著陸奥陽之助、長岡謙吉及中島作太郎等具有文官之才的年輕人出發前往西濱町。

除龍馬之外，其他人全穿著龜山社中的制服「白裙褲」。白裙褲因為便於在海上執行勤務而定為制服。

「龜山的白裙褲走過來了。」

民眾如此交頭接耳。在長崎，因他們老是與佐幕派的他藩之士爭執打鬥，故提到「白袴褲」幾乎等同「暴力份子」的代名詞。

走到丸山下的本漆食町時，碰巧土佐藩仕置家老後藤象二郎也帶著五、六名屬下迎面而來。

正中央是一座橋。

雙方就在橋上碰面了。照理說一定會發生上士及鄉士亂刀互鬥的騷動。

「哎呀，還真巧。」

後藤年紀尚輕卻有著威嚴過甚的微胖身軀，他走到橋中央道：

「我正想派人去給你傳話。日前在清風亭會談的結果我已派人向領國報告並徵詢領國那邊的意思，幾經斟酌後終於得出一個腹案。今晚能否見面一談？」

「好啊。」

龍馬冷冷道。

之後一連三日，龍馬一到晚上就出門和後藤會談。

每次會談的場所都在阿慶的清風亭。

第三日，後藤道：

「真教人拿你沒輒，你就那麼討厭回歸土佐藩嗎？」

「哎呀……」

龍馬摸著下巴苦笑道：

「世上再無較浪人更自由之人了。後藤爺沒當過浪人，所以無法了解這種境遇。」

「可話說回來，你也沒當過官（藩之官職）不是嗎？當官也有當官的好處呀。」

「你還不了解我的個性。你仔細瞧瞧我的臉，看到底適不適合當官。」

總之，後藤是打算將龍馬及社中諸人納入藩之組織，給龍馬相襯的俸祿及身分，使其成為藩的有力支柱之一。

對龍馬而言，才想告訴對方「別小看我們」，事到如今，就算藩方願給予家老待遇，在已是天下名人的龍馬看來都覺得一種侮辱。

「藩吏我可不幹呀！」

龍馬道，腦子裡卻忙著想其他辦法。

「當官」。他對後藤這提案雖不感興趣，其他方面卻頗有吸引力。

那就是關於社中的經營方面。若能加深與土佐藩之間的關係，凡事處理起來定能更為輕鬆。

「後藤爺。」

龍馬開始陳述自己的大志。

所謂的大志就是成立私設艦隊以平定天下風雲。第二，該私設艦隊始終採取獨立自主之形式，經費一律靠平素的貿易及運輸賺取。就是這兩點。

「坂本君，你是有謀奪日本政權的野心嗎？」

「哎唷！」

龍馬望著後藤。他是真的大吃一驚。他一向視後藤這人為度量頗大之人，沒想到他卻如此揣測，畢竟仍不過是個官僚呀。龍馬多少有些失望。

「沒有。」

龍馬將火爐拉近。真的是為拯救危險的日本才想推翻德川幕府的。但若要龍馬當之後新革命政權之首領，他是絕對不幹的。

「我還有更大的志向。」

「何種志向？」

「只要平定日本之亂，就離開日本，我想組織船隊航行於太平洋及大西洋，以世界為對象做一番大事業。」

「咦？」

後藤瞪大眼睛。因為他從未想過日本會有作這種春秋大夢的人。後藤發現在如此偉大夢想之前，勤王佐幕之爭也似乎漸縮漸小，而自己建議龍馬當土佐藩吏的提案，更是卑微得幾乎令人慚愧。

但龍馬也是個厲害角色。他絞盡腦汁試圖將後藤所提之建議，轉變為對自己也好、對土佐藩也好的雙贏之案。

過了一會兒，龍馬道：

「後藤爺，你看這如何？」

說著取出懷紙，舔了一會兒筆尖，然後以黑墨寫下：

「海援隊」

「意思是從海上援助土佐藩。所謂的海包括海軍及貿易。海援隊將援助土佐藩，而土佐藩也將援助海援隊。」

「換句話說雙方是同等地位？」

後藤很聰明。他隱約發現「援」字含有同等地位的意味。

「是的，是對等的。」

「龍馬，這麼一來，也就是說你和藩主也是同等地位囉。」

「那當然。」

龍馬道。他竟說出以封建武士而言可謂驚天動地的話來：

「聽說在美國，砍柴的男僕與總統都是同等地位。我就是希望把日本打造成如此國家。」

「龍、龍馬！聲音太大啦！」

就連一向大膽的後藤，也因這離譜的危險思想而嚇得臉色蒼白。即便是在勤王倒幕之藩，這也是足以讓人戰慄的危險思想，然而眼前的龍馬卻更口沒遮攔地說出人類平等的話來。

「龍馬，你真是亂臣賊子呀！這麼說來你是連天皇都不放在眼裡了嗎？」

「當此之際不必討論這個。總之我的意思是說，凡是人皆平等。我希望打造所有人都擁有平等權利之世。」

「你是為此倒幕的嗎？」

「當然。但若只是推翻德川家，並無任何意義！」

「也要推翻大名嗎？」

「只要時機成熟應該就會推翻吧。土佐藩也要推翻。打造藩主、家老及上士皆無之世。」

「你、你……這麼說來你的勤王只是幌子囉。難道你眼前雖高喊勤王，其實是連京都的天子也要推翻嗎？」

後藤似乎這才發現龍馬與其他勤王志士的不同之處。即便是自己同志，龍馬也未曾向他們坦白心中這份秘密想法。要是向他們坦白，他恐將難逃遭同志誅殺之命運吧。但他卻覺得後藤象二郎定能了解此想法。

這時的龍馬已臻至思想家的孤絕境界。

請看他深夜私下寫在手帳中的秘密語錄：

「世間生物皆為眾生，故難分上下。現世之生物中，應只一味以自我為最上。」

這可說是個人主義之確立。

「我國之國風，除天子之外，其他皆為世間虛名，根本不值一提。」

這可說是一君萬民之思想。意為天子之下，眾生皆平等而無階級之分。

總之，兩人意見紛歧。

後藤希望將龍馬口中的海援隊置於土佐藩的支配下，龍馬則希望以和土佐藩同等地位之形式合作。

但雙方皆為協調名人。

「包子的外形如何都無所謂，只要雙方伸出舌頭都能舔到餡料就好。」

龍馬道。所謂的餡料指的是本質，此情形中也可說是「利益」。

「沒錯，只要能舔到餡料就好。」

後藤象二郎點點頭又道：

「不過，能做得出那種包子嗎？」

「應不至於做不出吧。」

這天的會談到此暫告一段落，接下來互敬了幾杯酒，然後就迅速道別。

龍馬回到西濱町的土佐屋召集所有社中同志，向他們報告與後藤會談的經過。

「反對！」

率先反對的並非土佐鄉士出身者，讓人意外的竟是紀州人陸奧陽之助。他一再反覆嚷著：「反對！」

「咱們龜山社中理應獨立於天下，不應成為土佐藩所屬。要是那樣我們都將成為跑腿的！」

「你說得沒錯。」

龍馬道。但此理想無論如何都沒法實現。看看目前的實際情況吧，都已難以經營了。

「陸奧君呀，把那份理想留到未來吧。眼前必須有暫時的方便法門。」

陸奧雖不服但仍保持緘默。

不僅這個年輕人，全員臉色都不太高興。

「西洋有所謂的規範，國家之營運就是基於此實行。不僅國家，即便是一家商社，若要與其他商社合作，也必須制定規範。這時，只要在土佐藩與咱們社中之間制定規範，彼此遵守，就能確保咱們的獨立性，將來也就不會發生咱社中被土佐藩併吞的情況。如何？大家就把制定這規範的任務交給我吧。」

聽老大龍馬這麼說，眾手下自然也沒其他好講的了。

「就交給您吧。」

事情就此決定。

龍馬立即選出社中首屈一指的學者長岡謙吉當起草的助手。

長岡謙吉較龍馬年長一歲。他生於土佐浦戶的村醫家，曾在大坂的緒方洪庵塾學習蘭醫。後來到長崎跟隨著名的馮．西博爾德（von Siebold）針對蘭醫深造。他深受馮．西博爾德喜愛，並教導其子亞歷山大日語。

後來因被懷疑為切支丹教徒而返鄉，隱居山林過著懷才不遇的日子，但受龍馬所招而再度來到長崎，一直擔任龜山社中之文官職位。維新後出仕工部省，可惜沒多久就病歿了。

龍馬和這位謙吉當夜就開始推敲他口中的「規範」草案。

翌日完成後，便將此草案放入懷中去見後藤。

龍馬見了後藤但並未多說，只是將草案親手交付後就迅速離去。

「龍兄為何不做說明呢？」

回程路上長岡謙吉不服似地道。

「說明喔……」

龍馬道：

「要是說明，我的措詞和態度就會趨向懇求。我就是怕這個。」

故採取只丟下書面資料示意要他們好好研究的形式。

回到土佐屋，在店面喝茶時突有稀客來訪。

是個眼神銳利，臉色因旅途曝曬而黝黑，全身充滿精力的人。

是中岡慎太郎。

「來得正好呀！」

龍馬內心十分高興，嶄新的企畫也同時湧出。

「光有海援隊不夠周延。應該也成立陸援隊，讓海陸雙方都有浪人結社，至於金錢上的支援就讓土佐藩負責。不如就讓這個中岡慎太郎擔任這支陸援隊之隊長如何呢……」

「龍馬，好久不見。」

中岡重重地一屁股坐到門框上，開始解開草鞋。

土佐屋的小伙計拿了個裝滿水的盆子過來。

「我來幫您洗吧。」

意思是他要幫中岡洗腳。平常連旅館的女侍都不幫客人洗腳的，這應是長崎人的風氣吧。

據說再無任何地方待客如長崎般真誠。

「多謝。不過我喜歡自己洗。」

這是中岡的個性。只要是自己起居之事，就連縫補衣服他也自己來。

中岡仔細洗了腳並擦乾，接著脫下高衩外褂「啪啪」地拍掉旅塵，然後重新穿上。動作一絲不茍，極其利落而無懈可擊。

「肚子餓了呀。」

中岡轉身道。

「了解。我立刻叫裡面準備。」

龍馬的語調忍不住興奮起來。人生最快樂之事莫過於志氣相投的朋友久別重逢。龍馬心想。

兩人在後廳共用晚飯。

對龍馬而言，和中岡談話簡直近乎極樂。無論任何事不需前提皆可彼此商量，且因雙方直覺都強，甚至連彼此話語中的最深含義都能感覺得到。

「土佐藩正逐漸改變。」

中岡道。中岡在京都忙著改變土佐官僚的想法，這工作差不多成功了才到長崎來。龍馬也把後藤主動接近自己的狀況告訴中岡。想法非常順遂地趨於一致。

當龍馬提出「陸援隊」一詞，在戰火中不停鍛鍊自己的革命健兒中岡慎太郎當下就會意了。

「好啊！」

中岡道。

「哇，才說『陸援隊』你就了解了嗎？」

「是啊！」

「你還真是個怪人啊。」

「真的是。」

中岡笑也不笑，只是低聲以土佐話吐出這個感歎詞。似乎也覺得自己是個怪人。

「我日以繼夜……」

中岡道：「一直絞盡腦汁苦思今後該如何拯救天下。刀槍劍戟之中也在想，槍林彈雨之中也在想，繞遍各個海港會見諸國慷慨憂憤之士時也不斷在想，心裡就只記掛著這件事。因此，光聽你提出『陸援隊』，我心裡立即發出高聲的共鳴。」

「嗯……」

龍馬沒喝酒，取而代之的是調了蜜的水。中岡也沒喝酒，只是一直喝茶。對兩人而言，使他們渾身血液都醉了的，已不是酒而是革命計畫吧。

「如今終於掌握該如何拯救天下這問題了。唯戰而已。」

「唯戰而已……」

中岡複誦道。嘉永安政年間以來，就出現所有可能的救國思想。尊王論、攘夷論、開國論等，以及這些理論之綜合思想。如今卻變不出新招，已走到無法只憑思想解救日本的境地。除推翻日本萬惡根源「德川幕府」之外，別無他法了。

也有主張協調論者。公武合體論即為此論。此思想乍看之下頗為恰當，但事實上只會混淆視聽，製造出更多混亂而已，實為百害之根源。唯戰而已。除以軍事方式推翻幕府之外別無他法。中岡如此道。

「這是我在槍林彈雨中辛苦得到的結論。龍馬，難道不是這樣嗎？」

「你說得沒錯。」

龍馬道，同時對中岡慎太郎利錐般的敏銳精神及思緒感到十分敬畏。敬畏的同時又暗想：

「人世中並非只有一條路可走。有百條千條甚至萬條路。我與堅信只有一條路且決意莽撞前行的中岡或許總有一天非分道揚鑣不可，但在倒幕之前，我就暫時與他同行吧。」

不過龍馬並未說出口，只是點頭聽著中岡過度敏銳的言詞。

「海援隊的總部設在長崎嗎？」

「因這裡是貿易中心呀。」

「陸援隊的總部就設在京都。只要占領京都，必能成就天下事。」

中岡顯然是在解釋陸援隊之本質即為政變部隊。當然，龍馬的構想也是如此。

這陣子龍馬因社中商務而忙得不可開交，幾乎全待在長崎一地。相較之下，中岡慎太郎的行動力實在驚人。

「中岡有朵觔斗雲。」

志士之間如此盛傳。觔斗雲指的是《西遊記》中孫悟空馳騁天際所乘之雲。

他這回也是經由京都、下關、大宰府(今太宰府)、鹿兒島及肥前大村等地才進入長崎的。有汽船就乘汽船，有馬就馳馬，四處拜訪勤王派公卿及諸藩之中心人物，持續快速提升革命風氣。對幕府而言，他在天下的地位可說已漸漸等同一巨大敵國。

四處奔走期間，他曾多次撰寫議論之文。中岡向土佐藩提出的藩政改革論中舉出西洋近代史中的攘夷及革命例證，希望能使藩獨立不受幕府控制，且擁有強大的軍事力量。此文給土佐藩新方向帶來不小的影響。

總之他的主張就是：

「唯有發動革命戰一途。」

也就是說要不顧一切發動戰爭，而要如此，就必須設法弄到文明利器。

時代正不斷急遽變化。對時代如此轉變帶來最大影響的，就是孝明天皇之死。

該年十二月十二日發高燒，診斷是風寒起引的。御醫投藥以期發汗。雖大量發汗但十四日卻又燒了起來，十五日出現典型的天花症狀。

之前近侍的孩子中有人染上天花，天皇平常總是害怕道：

「那會傳染呀，不是嗎？」

沒想到卻一語成讖。十七日天皇的臉開始腫大，偶有噁心感覺，喉嚨很渴且有濃痰，又毫無食慾，終於在二十五日晚上十一時駕崩。

孝明天皇可謂幕末最大佐幕家。

或許也可稱之為遵法主義者吧。自家康以來，幕府滴水不漏地制定禁令，不讓京都朝廷有任何活動，甚至規定：「天皇只要專心於祭祖及學問、歌道即可。」

日本的政治與軍事都由天皇任命（雖然只是形式）之征夷大將軍負責。有「既已委任，天皇就不得干預」的表面原則，而孝明天皇也恪遵此則。

他作夢也未想過要像先祖後鳥羽上皇及後醍醐天皇那樣試圖顛覆武家政權，反倒憎惡懷有如此志向之公卿及志士。

如今這位天皇駕崩了。

朝廷內之情形自然也會跟著改變吧。勤王派公卿勢必重新抬頭。

「情勢將完全改觀。」

所以中岡才會這麼說。

孝明天皇駕崩是幕末最大政治事件之一。

這件事龍馬就是自中岡慎太郎口中得知的。

「再無令人如此遺憾之事了。」

感情豐富的中岡邊轉述此消息，同時淚如泉湧。

中岡就是如此熱血漢子。

他是村長出身的。土佐的村長和其他藩的村長不同，幕末時期之前就開始對藩採批判性態度，早就持有勤王思想，在德川幕府的太平時期就已在藩內暗結名為「庄屋（譯註：村長）聯盟」的秘密同盟。

此同盟之根本思想是：

「武士確為藩主之部下。農民卻是天皇之僕從，並非藩主私有之物。」

這可謂另類的自由民權思想。基於此思想，村長們屢次反抗藩的統治政策，到幕末時期已有多名出身村長階級的風雲人物出現，天誅組首領之一吉村寅太郎是，這位中岡慎太郎也是。

因此，中岡的血液裡流著遺傳性思想。

「自己在藩中雖是特准擁有姓氏及佩刀之身分，卻非藩主之部下。自己唯一的主人乃是天皇。」

這可說是土佐鄉士及村長的代表性思想。

以中岡而言，此思想尤其強烈，故對孝明天皇之死深感悲痛。然而身為革命之子的中岡慎太郎卻未被激情沖昏頭。

「因天皇駕崩，籠罩著日本的漫漫長夜或許將重見光明。」

他如此道。

「嗯，將重見光明。」

龍馬以讓人意外的冷靜態度道。龍馬年輕時的確也對天皇懷著中岡似的熱情，政治思想也一向與中岡如出一轍。

「尊天皇為唯一主君之絕對君主國家，才是日本應有之姿。」

但這幾年龍馬開始對美國式共和制感到興趣，已轉為如此思想。

「日本的確應以天皇為中心統一。但為統一之革命運動所流之血卻不應為天皇而流，而應為日本萬民而流。」

以明治時期式的語彙來說應該就是：「中岡是國權主義者，而龍馬則是民權主義者」吧。龍馬之所以被稱為維新史之奇蹟，是因他在討幕之前就已懷有共和制度的夢想，並抱持自由民權思想吧。（當然，龍馬的知識其來有自。勝海舟及橫井小楠對龍馬而言，就等於如此知識的雜貨批發商，而他則在長崎透過與外國商人的交往再實際確認這些知識。）

「龍馬，接下來有得忙了。」

中岡恢復冷靜道：

「你我攜手齊力驅走籠罩著日本的漫漫長夜吧。這工作不管幾條命都不夠。」

總之時勢正不斷改變，可說就如決堤之湍流不斷往山野流竄之勢。

此洪水將往哪個方位流去呢？沒有人知道。

天皇駕崩，少帝（明治天皇）踐祚，再加上之前將軍家茂也過世而由慶喜襲位。這些事件幾乎同時發生。時代改變的氛圍甚至已擴及農民及町人。

此世間氛圍，大概就等於龍馬喜歡掛在嘴上的「時運」吧。只要巧妙地引導此洪水般的時運，說不定即能造就回天之奇蹟。

以往一向堅持佐幕態度的土佐藩之所以大感狼狽，定也是切身感受到時勢如此變化。

要切身感受得到必須年輕。感受到的人都是老藩主容堂寵信的年輕官僚。後藤象二郎、乾（板垣）退助，福岡藤次（後改名孝弟）、谷守部（後改名干城）、佐佐木三四郎（後改名高行）等少數幾個人，但他們的能力卻足以推動藩論。

當然，中岡的遊說也對他們的轉變起了相當大的作用。

他們決定新方向時，也決定要利用龍馬及中岡，以期他們為新方向打頭陣。

藩對海援隊及陸援隊的成立大表贊同，甚至表現出懇求之姿。

但前提是必須先赦免兩人的脫藩之罪。

於是迅速將此事行政化，並命後藤象二郎通知龍馬，此時中岡已離開長崎。

該公文經翻譯如下：

照會

鄉士御用人權平之弟　坂本龍馬

北川鄉大村長源平之子　中岡慎太郎

以上之人雖於多年前違反法規出奔他國，但情有可原，故赦免上述之罪。

赦免二人之事在領國中是召兩人之父兄至藩廳領取通知，另外也分別將赦免書副本交給不在藩內的當事人。

「到底在說什麼呀。」

龍馬在土佐屋內廳讀完赦免書後就把它揉成一團

扔掉了。因為他對藩那種近乎異常的妄自尊大愈來愈感到憤怒。

年輕的高級官吏心裡還是對龍馬懷有階級上的歧視。好比為與龍馬取得聯繫而特地到長崎來的福岡藤次寄給領國同僚的信中也有這段文字：

「也打算好好使手段操縱龍馬。」

內心似乎是打算像耍猴戲的操弄猴子那般。

龍馬手邊一下子忙了起來。忙東忙西地一天天過去，長崎一向被認為濕氣較少，如今也已進入霧靄瀰漫的季節。慶應三年（一八六七）三月的某日……

這天龍馬接到一則通知。

「福岡藤次將自高知前來。」

這是稻佐山正瀰漫著氤氳晚霞的傍晚。

據說他將乘藩之汽船胡蝶丸前來。為的是要締結海援隊之規約。

「竟然是福岡。這下來了個討厭鬼。」

龍馬暗想，卻不形於色，因為怕刺激同志的階級情結。

在龍馬的記憶中，福岡藤次是個身材削瘦的年輕武士，自年少時就很有學問。

龍馬還在故鄉時，有次正與朋友行經播磨橋……

「喂。」

擦身而過的藤次道。他以扇子焦躁地敲著橋的欄杆，同時又道：

「為何不打招呼？」

言下之意是，鄉士之流與上士錯身而過竟一臉若無其事的表情。當時他那細嫩而白皙的臉至今仍深深印在龍馬的眼底。

龍馬友人連忙向他打招呼，龍馬卻仍一臉若無其事的表情走了過去。

事後龍馬問友人那是誰。

「那是在西廣小路擁有屋敷的福岡藤次。」

友人心有不甘道。龍馬只記得這些。

兩人多少有些關係。福岡藤次之家系是家老福岡家的分家，藤次等於是「福岡的田鶴小姐」的遠親。龍馬家，即坂本家依制度是直屬代代皆為土佐藩家老福岡家管轄的「御預鄉士」，故兩人並非毫無關係。說不定藤次還以為「龍馬等於是我家族屬下的家系」呢。

藤次如今是少藩主豐範身邊的御側役，也深獲老藩主寵信，故以藩之官僚來說，雖年紀尚輕但已十分有地位。維新後他代表土佐派到新政府出仕，明治十七年（一八八四）獲封子爵，大正八年（一九一九）以八十五歲之齡過世。

這位福岡第三天就抵達長崎。隨行人員有十人，其中也包括岩崎彌太郎。

「把坂本叫過來。」

他派人去叫，但那人立刻回來報告：

「龍馬說：『有事的話叫他自己過來。』」

「什麼！」

福岡藤次滿臉不悅，但自己的任務是「利用龍馬」，故此時絕不能發怒。

「明天早上我去找他。」

又重新派人去傳話。

身旁某位隨行人員提出忠告：

「他們雖為鄉士，但至今為國事捐軀者眾，多虧他們的功績，土州才能享有今日盛名。如今藩要利用的就是此盛名，說來是有點自私。最好記住這點，還是別刺激他們吧。」

規約會議就在龍馬下榻的長崎豪商小曾根英四郎家的書院風客間召開。

至於席次，想當然是由藩主側近福岡藤次坐在最上席。

旁邊依次坐了成排的上士，就連岩崎彌太郎都坐在上座。彌太郎雖為地下浪人身分，之前剛被後藤象二郎提拔為上士之格，又進一步受拔擢為長崎留守居役。
龍馬等人坐在下座。
此外還有二十八名社中成員密密麻麻排坐於下座。基於「社中全體應為共同命運」之原則，只要有時間的人龍馬就叫他們前來列席。下座的席次也雜然無序。龍馬自己就坐在下座最後排，還一直摸著下巴。
「社中無上下之分。」
這是自結社以來就有的原則。
順帶一提，龍馬統馭社中之法一向以平等為原則，就連財務都採公開法，人事費也平均分配。當然龍馬自己也不例外。像接受薩摩援助而每名隊士每月可獲得三兩二分之餉，龍馬也和大家領一樣的錢。
以封建階級社會中的武士集團而言，這實為異例。同為浪人結社，為維護德川體制下之治安的保守團體新選組雖為同志團體，卻仍以「職等」來統一管理。藉由特殊職等及其強制力來統一管理整個團體，這點或許是參考法國陸軍中隊組織而來的。
龍馬的社中則迴異。
乍看之下似乎是烏合之眾，似乎過於平等。當然沒有身分上的階級之分，也毫無職務上的階級（職等）之分，船長也一定每次分別選出。故眾人並非依序先後排隊入座，而是雜然無序地就座。
龍馬自己也說：
「關於規約案我一無所知，倒是他們比較清楚。」
於是就將以長岡謙吉為中心的立案委員推到前面，自己則退居後排。
福岡藤次自然就是要與長岡等人談判了，但又覺得似乎被坐在所有出席者最後方的龍馬監視著，實在很難進行。
「真傷腦筋。」
藤次好幾次如此嘀咕。因為關鍵人物龍馬的臉藏在人牆後方，實在很難談下去。

「龍馬，你有在聽嗎？」

他曾一度如此大喊。龍馬在人牆後方挖著鼻孔同時「嗯」了一聲。就只是這樣。

長岡是學者，陸奧是剃刀般凌厲的論客，而中島作太郎則具有掌握對方想法進而巧妙引導的才能，故上士方節節敗退。

因此，海援隊之規約除修辭多少有些修正，福岡藤次就被迫照單全收了。

海援隊之規約是以極合乎邏輯之措詞寫成的。以這種文章而言，可說比明治初年時期同類文章更為嶄新。

由五項條約構成。

第一條首先規定隊士資格。「凡以往自本藩（土佐藩）脫藩者、他藩之脫藩者及海外有志之士，皆可入隊。」以脫藩浪人做為入隊資格，可說是為使該隊之獨立性質更加明確。

接著又在第一條載明該隊目的：

「運輸、營利、開拓、投資，及支援本藩為主。」

所謂「營利」是指仲介性之買賣。而所謂「支援本藩」則是指包含討幕之海軍行動。

第二條是：

「凡隊中之事全委由隊長處理，不得有違。若有衝動壞事、引起妄謬之害者，隊長亦得制其生死。」

又另立他項，巧妙地將土佐藩及海援隊之關係明文化：

「不附屬於藩（土佐藩），而暗屬出崎官。」

所謂的出崎官是指土佐藩派至長崎之官吏。

雖說屬出崎官，但出崎官之於海援隊卻無指揮權，而應謂之「關照人」。譬如海援隊在經營上出現赤字時，就應隊長之要求填補（海援隊規約第五條），就只是如此程度之法規上的地位。總之海援隊雖宣稱以「支援本藩」為目的，卻明載著不屬於土佐藩。但又「暗屬出崎官」，這點正巧妙地點出它與土佐藩之間的微妙關係。

以現今之情況，若說全屬土佐藩，那麼對打從以前一直施以援手的越前、薩摩及長州實在說不過去，況且今後仍將維持由這些雄藩擔任「大股東」之經營狀態，故而採如此說法吧。

規約討論結束後，福岡藤次提出關鍵性問題：

「船的事要怎麼辦？」

這事也是五分鐘就解決了。原本以薩摩藩為保證人向大浦阿慶借了一萬二千兩買進大極丸，如今決定就將這條借款轉嫁給土佐藩。

就這樣，與土佐藩之間就完成締約，龜山社中自此改稱「海援隊」。這天，紀州人陸奧陽之助事後幾度對龍馬道：

「心情複雜。」

龍馬立即會意，但又嫌麻煩而保持沉默，可他又實在糾纏不休，於是反問「心情有什麼好複雜的？」

「現在的心境就像長年獨居、強忍著貧困的女人突然找到一個上年紀的丈夫呀。」

「那你到底是感到放心，還是覺得愚蠢呀？」

龍馬如此問。陸奧忍不住大笑。

彌太郎

在此想說說岩崎彌太郎與龍馬重逢的情景。

他和龍馬離奇分手之事已是陳年舊事。那是五年前文久二年（一八六二），龍馬脫藩逃至大坂時的事了。

——恐與吉田東洋暗殺案脫不了關係。

因龍馬有此嫌疑，岩崎彌太郎以藩方之下橫目身分隨後追來。

他並非單獨前來，而是與同僚井上佐一郎一道上大坂，就在大坂兩處藩邸（西長堀及住吉）附近搜查時，佐一郎就遭勤王派之人，即日後人稱「殺手以藏」的岡田以藏等四人在道頓堀河畔的九郎右衛門町暗殺了。

彌太郎很聰明。

「我這等人怎能做這麼愚蠢的工作。」

更何況還有危險。於是就在井上佐一郎被殺前，火速放棄工作返回老家了。

彌太郎和井上佐一郎上大坂沒多久，龍馬就在宇和島橋頭遇到兩人。

井上拔出刀來，岩崎也跟著拔了刀。龍馬見狀忍不住笑道：

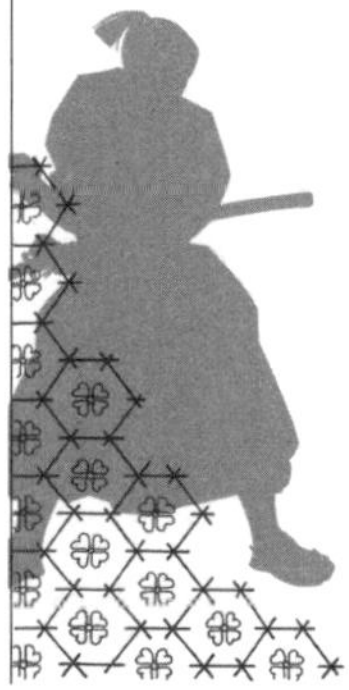

「彌太郎，拔刀了嗎?真勇敢呀！」

後來龍馬擊落井上大刀時，彌太郎就趁黑逃走了。

在那之後便與龍馬失了交集。

彌太郎個性很強。

他有他自己適合的人生。不管是藩方或勤王派，他都開始以他獨特的行事方式保持適當距離。

他逃回領國後便辭去藩吏之職，扔掉佩刀改拿算盤，成了木材商人。以武士立場而言，可說是吃了秤砣鐵了心的轉變。年紀算來是三十歲。

「風水輪流轉。」

文久二年，這位精力充沛到近乎奇怪的彌太郎見到當時京都、大坂的情形，心中如此暗想。他認為將軍、大名等封建制度下的裝飾品將會消滅。若認為風水將輪流轉，一般來說應會轉而投入勤王運動，彌太郎卻洞察到更進一步的時代。

——商人之世即將到來。

在土佐很難做大生意。因為在此藩，舉凡木材、紙張、柴魚、捕鯨、樟腦等重要產業全都由藩壟斷，容許小商人活動的範圍十分有限。

彌太郎首先網羅資金，賄賂藩的產業官員，企圖違反藩專賣法以博取巨額利潤。著眼點很好。

可惜卻進行得不順利，失敗了。結果資金全數花光，最後甚至淪為豪農雇用的臨時工。

但時勢並未讓他永遠沉淪在失意中。

彌太郎重新插上大小佩刀，以藩產業部門小官差之身分登場了。

前文提及高知城下的鏡川畔蓋了棟名為開成館的巨大建築。

此館可謂藩之專賣局。

同時也靠西洋醫術經營學校及醫院，又設有翻譯局，招攬外國教師傳授藩內子弟英語及法語。是所綜合機構。

岩崎彌太郎出勤之處，即為此名為開成館的新設官廳。

此處為藩產業之部門，他卻是地下浪人出身，故只是名不值一提的小官差。

官廳連日都在開會。

「開成館該如何營運。」

這就是每天的議題。畢竟這處官廳是藩企圖以洋式產業藩之型態重生的中心機構。這機構重要已極，但大家都對工作十分陌生，故沒人知道該怎麼做。

結果就是不停開會。

「開會不過是給一群庸奴消磨時間用的。自古以來哪有什麼事是藉著開會成功的？」

此即彌太郎之看法。要創造事物只要一個人的頭腦就成了，即便召集一百個傻瓜，「也只是消磨時間，浪費茶湯，讓廁所集滿庸奴的小便罷了。」彌太郎如此認為。而他認為的「一個人的頭腦」究竟指的是誰呢？

要彌太郎說的話，指的其實就是他自己。他就是如此自負，也相當有抱負。但悲慘的是，他不過是個小官差。

雖能出席會議，卻是應避免發言的卑職。主要不過是個記錄會議內容的記錄員。

「淨說些傻話。」

彌太郎聽著坐在上位的那些上士發言，覺得實在很蠢。

甚至感到屈辱。

「果真不該來做官呀！」

他心想。最無能之人卻僅因上士出身就能居上位，像叫賣豆腐那樣發言，還以為這樣就盡職了。

「如此人世乾脆滅亡算了呀！」

他不禁暗想。但要將之滅亡的應該是龍馬那幫人吧。滅亡後的人世就是該我振翅翱翔之世了，彌太郎心想。他企圖藉著如此想法勉強驅走自己的屈辱感。

某日會議中，上座一個名叫川崎清三郎的肥大漢突然望著末席的彌太郎道：

「怎麼樣？你們大概也有意見吧。現在提出來聽聽吧。」

他搧著扇子緩緩道。那個無能者自大的模樣令彌太郎的憤怒扭曲到異常程度。

彌太郎費了點時間穩住心情，這才拜道：

「屬下惶恐，方才聽到諸位的寶貴意見，對諸位之真知灼見深感佩服。我等卑賤之人不敢多嘴。」

接著便寫了封「因才疏學淺無法勝任」的辭呈，竟就此返回城下租處。

「代代領有百石、甚至二百石厚祿者竟無法與之共商。」

龍馬也曾如此道。

「俸祿一如鳥食。代代祖先都是一路吃鳥食過來的籠中鳥，還能奢望他們會什麼。」

還曾如此道。

指的都是上士。龍馬有點覺得那些作威作福卻無能又毫無氣概之藩貴族「上士」簡直與廢人無異。還曾說：「要成事，非得要在野外長大的鳥不可。」

擔任藩產業部門小官差的岩崎彌太郎，則像被關進籠中與籠鳥共處的窘困野鳥似的。

「還是回鄉下吧。」

他下定決心，於是返回租處整理行李。這時名為山崎昇六的上司來找他。

山崎是藩產業部門的差配役（譯註：負責協調），是彌太郎的上司。雖是上士出身，但多少有點氣概，且是個通情達理之人。最重要的是，他認同這個地下浪人的能力。

「彌太郎，你想清楚。」

他一再勸阻彌太郎，彌太郎卻堅持不聽勸，還說實在辦不到。

「藩廳之類的地方不是我們這種地位卑賤者能夠派

上用場的世界。」

就此返回井口村去了。

不久發生藩政改革，年輕氣盛的後藤象二郎成了仕置家老，藩的人事安排逐漸由門第至上主義切換至能力至上主義。

後來，後藤又推動藩之產業體制，故更加渴求人才。

「我希望延攬岩崎彌太郎。」

他如此與山崎昇六及了解彌太郎的高橋勝右衛門等人商量，但兩人都搖頭。

「彌太郎恐怕不會來。」

他們說，若只是卑職，那個自尊心特強的地下浪人想必不會願意。

因此這事就無疾而終。

而在此時……

發生要將龍馬的龜山社中納入藩內之事，而同時另有不相干之提案，打算在長崎設置藩立的貿易公司。

「土佐商會」。

名稱都決定好了。商會之長就由藩所派遣之長崎留守居役擔任。說到這名「留守居役」，即相當於藩之大使公使，分別派駐於江戶京都及大坂，是從上士中選出的重要職位。

三都之留守居役功能各自不同。江戶的主要是負責與幕府交涉事宜，京都的是針對朝廷關係，大坂的則負責商業相關工作。

長崎當然也必須有精於貿易的有能之吏。

「就派彌太郎去。」

後藤打破三百年來傳統，斷然執行上士階級以外的驚天動地大拔擢。彌太郎終於答應了。

總之，岩崎彌太郎成了長崎留守居役一事，應是土佐藩有史以來破天荒之人事安排吧。

「真不想活太久。」

高知城下已退休的上士們如此道。簡直豈有此理！鄉士和地下浪人竟擔任起藩之重要職位。

不過彌太郎自己對此番飛黃騰達也未感到高興。

他胸懷大志。此大志目前還是一片混沌，連自己也尚未理出個頭緒，但無論如何在封建體制下絕對有志難伸。

「時勢正不斷改變。我得沉住氣。」

他如此叮囑自己。對岩崎彌太郎而言，長崎留守居役無論就任何角度看都不算飛黃騰達。但又想，或許對將來的野心大志會有跳板般的作用。

他滿臉不悅。

在駛往長崎的船上一直如此。這趟赴任的航程是與藩主側近福岡藤次同行。福岡是為了與龍馬締結海援隊規約而前往的。

彌太郎在福岡面前不太說話。福岡十分介意，還傻傻地說：

「岩崎，說說話不要緊的。」

言下之意是，彌太郎自卑賤身分升格為上士，兩人已為同等階級，「不必客套，儘管開口吧」。換句話說是自以為親切的表現。

說到福岡藤次，此人乃藩內年輕上士中首屈一指的優秀人才。維新後不久即與由利公正（三岡八郎）共同起草了名為「國家大事皆由公論決定」之知名的〈五箇條御誓文〉。總之，福岡日後將受龍馬等人之公論主義感化，理應擁有柔軟的思考模式，如今看來似乎連他自己也尚未自土佐牢不可破的階級意識中脫離。

福岡這些話彌太郎只是笑而不答。因對方膚淺而產生的輕蔑之心、自己切身的屈辱感，以及強烈的自尊心，使得岩崎彌太郎的表情總是晦澀不已。

「岩崎，當上留守居役，你一定很高興吧。」

不知第幾天，福岡曾如此問道。

這時岩崎那張舞獅面具般的猙獰臉孔也幾乎發紫。

「我岩崎是活在地球之上的。」

「什麼意思？」
「當個小小留守居役沒什麼好開心的。」
「地球之上」是當時土佐藩的流行語。此年二月十六日，薩摩藩的西鄉吉之助曾乘藩船至高知拜謁老藩主容堂，並駁倒其佐幕主義的國家觀。容堂最後點頭道：「我土佐藩和你薩州相較之下，蒙受德川之恩則更為深厚。但如今時勢已有了轉變，想法也不得不超越一藩一家之情義了。我最近才了解自己是住在地球之上。」而幾乎全盤同意西鄉的說法。

岩崎彌太郎到長崎之後，就住在土佐藩特約旅館財津屋。
彌太郎隨即以駐長崎商務官之身分開始活動。檢視帳簿，也和出入商人懇談，造訪有生意往來的外國商館，與外國人會面。
當然他也多次和前任的後藤象二郎聊過，因而漸漸了解驚人之事實。

「真是浪費。」
指的是後藤。藩方正值財政窘迫之際，後藤卻拿藩費在長崎恣意揮霍。
當然是花在酒和女人上。
「這人真是太不像話了。」
彌太郎十分生氣，更視後藤為非人之妖魔。
在長崎花街丸山若提到「土州家老」，豈止是大財主，簡直就像四處揮著能敲出任何寶物的萬寶槌而恣意揮霍黃金的神似的。說到他，才是年方二十八、九歲的小伙子，究竟是膽大包天呢，還是原本生來就毫無膽識呢？還真教人猜不透。
後藤在長崎及上海隨手買了軍艦及槍砲，但支付的錢頂多只有以樟腦交換得來的三萬兩左右，接下來就只管在丸山奢侈冶遊，不再付錢給外國人。
「要買軍艦。」
他如此對藩請款，然後就到丸山灑錢冶遊。
彌太郎很快將帳簿做了番整理，一看到支出的數字差點昏倒。

購入項目

三十一萬七千九百兩餘　　軍艦汽船七艘
四萬三千二百二十三兩餘　槍械彈藥
五萬五千九百九十八兩餘　絨製品
二千三百一十四兩餘　　圖書醫療器材

共計四十一萬九千四百三十五兩餘

全年經費

四千零七十五兩餘　商館營造費及諸雜費
二千四百五十八兩　官員薪俸及津貼
三千三百五十三兩餘　贈予及宴會費
一千九百三十兩餘　結城及大庭的洋行費

共計一萬一千八百一十六兩餘

此外還有積欠海內外商人的債務約十八萬兩，以及高達五千兩不明用途的支出。

「您究竟打算如何處理呢？」

彌太郎如此質問後藤，後藤只道：「我也不知道。」接著又微笑：

「知道我為何提拔你嗎？」

總之，後藤提拔彌太郎的真正原因就是要他來替自己善後，以免瀆職浪費之事被藩方知道。

「後藤真是胡來呀！」

彌太郎暗想。

彌太郎覺得宴會費較人事費還多出一千兩之多，簡直是胡作非為，於是就把帳簿給後藤看並提出此事。

「怎麼，只用了這麼點錢嗎？」

沒想到對後藤卻只達到如此反效果。

他也有他的理由。

「就是要窮奢極侈地豪遊打出『不愧是大土佐藩』的名聲，這才是最重要的呀。要是出現『土佐藩真吝齋』的風評，就沒法在世上做大事了。」

「但這樣會破產呀！」

「要避免如此不正是你的工作嗎？」

彌太郎拿他沒辦法。

他將後藤的豪遊設為不得不之支出，對其他經費則嚴加控管，簡直是一毛不拔。

這使得彌太郎的風評極差。有此一例。

明治時期有位名叫中江兆民的自由思想家。他翻譯了盧梭的《民約論》，又同板垣退助從事自由黨活動，晚年著有《一年有半》及《續一年有半》等書而對明治時期思想界產生強烈的影響。

他特立獨行的一生，卻是從他被稱為「篤介」的少年時期就如此了。其生家在高知城下的新町，年少時期發生了吉田東洋暗殺案等事件，正是尊王攘夷論最喧鬧之時。但篤介卻說：

「真是膚淺的喧鬧。」

因而不與朋友往來，只是閉門苦讀。

十九歲立志要學人們不太熱中的法語而來到長崎。

最初曾住在海援隊的宿舍吃閒飯，晚年憶起龍馬時曾道：

「當時他很窮，卻超然物外。自己一生遇到的人之中再無那麼讓我印象深刻之人。」

如今兆民突然想到江戶重新讀書，正因旅費而煩惱。到江戶去得二十五兩，他和正好回到長崎的龍馬商量。

「彌太郎正好在管金庫。」

龍馬道。還叫他去向彌太郎借。

彌太郎大喝：「怎麼能拿錢給你這種還不到二十歲的書生！」一副門兒都沒有的表情。

兆民也生氣了：

「你是說我篤介這人還不值二十五兩嗎？我這輩子已不想再見到你了！」

他丟下這句話就離開了。接著去見後藤象二郎，作了一首詩並將借款之旨寓於其中。結果後藤笑笑地拋出二十五兩。

就連兆民那麼毒舌派的人，也仍給後藤不錯的評價。反而是對彌太郎懷恨在心。

彌太郎當然就難出頭了。

彌太郎覺得荒謬的，還不止要為後藤象二郎的浪費行為善後一事。

他根本叫不動下屬。

「地下浪人出身的傢伙還……」

下屬就是持這種態度。因他們雖為下屬，身分卻是上士。

因為這樣，彌太郎雖任長崎留守居役之職，但不過是破例安排的「暫時上士」，絲毫沒有上司應有的分量。

「這樣叫我怎麼做事呀！」

彌太郎是個易怒之人。其他土佐鄉士也與彌太郎抱持相同的憤怒，正因如此憤怒才挺身投入勤王運動的。就顛覆階級社會的角度看，勤王運動也可稱為革命運動。

但彌太郎這人的獨特之處在於，無論再怎麼憤怒也絕不投入運動，始終是個務實之人。

他也公然對後藤道：

「照如此現況，我雖得到難能可貴的提拔，但終究無法實際操作實務。既然做不到，我再怎麼做也是白費工夫。既是白費工夫，那還不如不要做。」

於是不再上臨時辦公處財津屋，還強行自金庫拿錢，開始自己上丸山奢侈冶遊。

他這是開始仿效後藤。

下屬及龍馬海援隊的人自然開始對他猛烈抨擊，彌太郎卻不當一回事。

「殺了彌太郎吧！」

甚至有下屬如此道。

彌太郎真正的意思是：「把我提高到和職位相稱的

身分吧。」但畢竟這種要求自己實在說不出口。

後藤只是苦笑地看著這樣的彌次郎，卻完全無意責備其放蕩及浪費之舉。

反而很高興有了同伴似的，甚至建議：

「彌太郎，長崎女有情有意，包養一個吧。」

當然是挪用公費來包養。

彌太郎還以為他在開玩笑，沒想到後藤是認真的，說完的第二天就把彌太郎叫來。

「你看老松怎麼樣？」

後藤如此道。

彌太郎也不禁大吃一驚。老松本是丸山新築樓包雇的藝伎，後藤為她贖身並正式包養她。

「您是要我接收您的舊貨嗎？」

「女人是不分新舊的，只要洗洗澡，永遠都是嶄新的。」

「嚇了我一大跳呀！」

「哎呀，有什麼好吃驚的。我最近和町區藝伎阿淺正相好。故你若接收老松，等於是幫我一個大忙。」

彌太郎接收了老松。老松後改名青柳，終其一生都未離開彌太郎身邊。

沒多久，彌太郎就因後藤的奔走而獲更改家格，成了與後藤相同的「馬迴格」，統帥下屬的工作因而順利起來。彌太郎真正開始活躍就是始於此時。

提到岩崎彌太郎的工作方式，其實一點都不像這個桀傲不遜之人的作風，竟出人意料地充滿機智。

他的首要工作是設法防止外國人來催債。

其中最大債權者是英國商館館主艾爾特。

剛上任前去打招呼時，艾爾特就沒好臉色。

「土佐毫無信用。後藤也老是說些敷衍的話。總之和土佐之間全是些不愉快的經驗，所以我也不知該相信閣下到什麼程度。」

「嘿，來往之後就知道了呀。」

彌太郎道，且經常請艾爾特到丸山花街盛情款待。但艾爾特就連在酒宴上也照常催債。

「希望您信任在下。」

彌太郎道。欠的錢一定會還，彼此將是長期往來的生意夥伴，催得那麼急也沒什麼用啊。彌太郎一再如此表示。

「雖然付錢付得有些晚，但不管怎麼說土佐也是日本最大藩之一。請相信我。」

「後藤也老是這麼說，這些話即使我已聽過百萬遍但一點也不開心。何況，請恕我失禮，聽說閣下並不是騎士階級出身的。我對閣下個人能力也不放心。」

某日，彌太郎邀艾爾特騎馬遠遊。他說要騎到環長崎港東側之長崎半島的尖端「野母崎」去賞景。

「好啊，可是真的沒問題嗎？」

艾爾特之所以擔心，是因為那一帶禁止外國人前往。由於曾發生生麥事件，難保不會被攘夷派浪人殺掉。

「沒問題的，有我在。」

岩崎彌太郎是想藉此機會向艾爾特誇示自己的膽識。若能讓艾爾特對自己這新上任的長崎留守居役刮目相看，往後各項交涉就輕鬆多了。

兩人並騎出發了。

野母崎岸邊有許多大小島嶼，遠處大陸棚還有五島群島羅列，海景極為優美。

那裡有個幕府崗哨。

「艾爾特爺，請打崗哨前騎過去看看。幕吏想當然一定會大起騷動，但接下來就由我來擺平給你瞧瞧。」

艾爾特生性有些愛開玩笑，於是馬鞭一揮，就朝崗哨前方衝了過去。幕吏自是一陣騷動。

彌太郎緩緩走到幕吏前方。那人是惡質且品行不良的外國人，我正感棘手，你們要依法將他拿下也行，但事後恐將引起幕府和英國之間的嚴重糾紛呀。他如此恐嚇幕吏，眾幕吏面無血色道：「我們會假裝沒看見，你也別再多說了。」

艾爾特自此事件後就深信彌太郎是個膽識非常之人。

不知為何，龍馬就是不喜歡這個岩崎彌太郎。

「怎麼會這樣？」

自己偶爾也會納悶，但連自己都不知道原因。

不過龍馬在諸藩志士之間有「肚量如海」的風評，對人之好惡絕不形諸外。正因有此特點，人們才會近悅遠來，而只要居於龍馬手下，任何人都能自由呼吸，都能自在地發揮各自所長。有此一例。

有個名叫耕藏的越前脫藩浪人。

他姓小谷。提到越前松平家，在德川家系中乃僅次於御三家的家格。也因他出身該藩，自然是個極端的佐幕主義者。

但全體海援隊隊員皆為倒幕者。

「殺了耕藏吧！」

眾人曾如此喧騰。龍馬立刻制止這群人。

「別動耕藏一根寒毛。只要有四、五十人聚集在一起，大概就會有一個持不同主張的人，有也是理所當然。要是連這麼一名異論者都無法同化，我們才該慚愧吧。」

龍馬如此道。

肚量真可謂闊如大海。

還有，他訂定的海援隊要則本身也允許思想自由。在此介紹龍馬所寫之原文：

「開國之道，戰者戰，修行（航海）者修行，做生意者就做生意，必須各自義無反顧打拚。」

海援隊之性質為多面性，有討幕結社、私設海軍、航海學校、海運業務及內外貿易五種面貌。

「諸君就各依己志努力吧。」

這就是龍馬的想法。故喜歡經營商務而討厭戰爭者可不必強迫他打仗，此即龍馬言下之意。

這五種面貌由龍馬整合為一，親自統帥。換言之，可說龍馬自己也有這五種面貌。

因此在個性上肚量特別寬廣，不僅如此，因具有這五種面貌，故在社會上也能包容多數一般人。

奇怪的是，唯獨對彌太郎老是擺出一臉不悅的表情。

「彌太郎。」

他總是如此不加敬語且語氣輕率地稱呼這位藩高官「長崎留守居役」。

彌太郎自然也對他沒有好感。

面對面時彌太郎雖一句都不敢對龍馬說，背地裡卻蹙眉道：

「我跟龍馬所學不同，做的事也不同。我做的是貿易，龍馬做的卻是……」

彌太郎如此道：

「海賊生意。」

兩人一旦碰面，龍馬一心一意就想愚弄彌太郎，而彌太郎也老實縮著頭不敢多吭一聲。

就像蛇與蛙的關係。

伊呂波丸

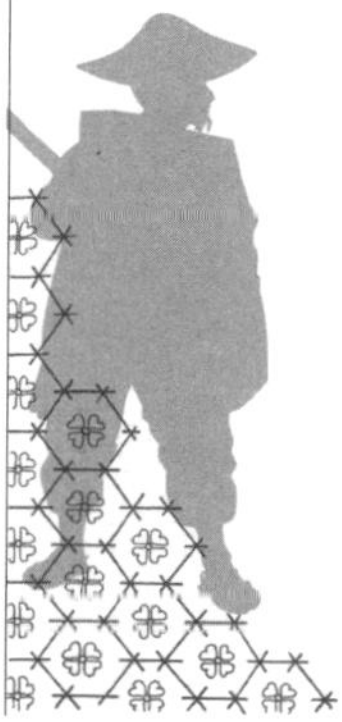

龍馬的生意十分興隆。

像丹後（京都府）的田邊藩，也和他有生意往來。田邊藩是個三萬五千石之領的小藩，藩主為牧野豐前守誠成。連這般小藩也開始遣使至長崎，想透過貿易得利，可見真是時勢所趨吧。

田邊藩派駐長崎之官員，名為松本檢吾。

他一到長崎立即前來拜訪龍馬。大概是因龍馬的海援隊一向給世人「諸藩之武家貿易仲介所」的印象吧，這些小藩外派官員開始滿懷期待地拜訪龍馬。

「知道了，知道了。」

龍馬和這些藩商量，找出能夠賣給外國的物產，又幫他們找到願意買進這些東西的外國商人。

「有這機構實在方便。」

這對小藩而言實在太方便了。

不僅如此，更方便的是，龍馬還提出「那些物產就由我們來運送吧」，連海上運輸工作都攬下來了。小藩方面自然大喜，龍馬這邊也拜此所賜而顯得生意日益興隆。

與丹後田邊藩的松本檢吾簽訂之契約如下：田邊藩收集丹後、丹波及若狹方面之物產，以海援隊之大極丸運至長崎，此外，還要幫田邊藩在長崎採購該藩企求的西洋器械。

有了這些契約，隊上唯一的所屬船大極丸便大大活躍起來。

但一忙起來，就發現船的裝載量不足。

「我要船呀！」

龍馬整天嘀咕。大極丸是艘風帆船，他希望至少也能有艘蒸汽船，並為此絞盡腦汁。

這時，在伊予大洲藩見過的國島六左衛門因商來此。

伊予的大洲藩有六萬石之領，藩主是加藤遠江守泰秋。

「大洲藩也想做貿易嗎？」

龍馬大喜，並與之商談。龍馬自年輕時起就對土佐鄰藩伊予感到親近，在宇和島藩及大洲藩也有許多認識的人。

國島六左衛門即是其中之一，他是大洲少數勤王家之一。

「你看怎麼樣？大洲藩不如乾脆買艘蒸汽船吧。」

龍馬提出這主意。國島吃驚道：

「別胡說八道，大洲藩領可是四面環山呀。何況即使買了蒸汽船也沒人會開呀。」

「開船的事我們會幫忙。」

龍馬熱心建議道。

國島漸漸心生動搖。

畢竟以龍馬當時情況，即便成了海援隊隊長，隊上依然沒有預算。

自然淨想著「穿別人的兜襠布去相撲」這種辦法了。總之，就是靠當經紀人維生。

「好吧。」

不知第幾日，伊予大洲藩士國島六左衛門終於答應了。

「儘管我大洲是個四面環山之藩，但在肱川的河口繫一兩艘蒸汽船應該也不錯吧。」

簽訂這項合約的場所，就在丸山花月的前庭正中央。

這是為提防刺客。龍馬認為在房間會有危險。房間一般都有三面是紙門。龍馬知道，萬一三面紙門突然被刺客拉開闖入，即便是宮本武藏或千葉周作也要束手就擒了。

這點，寬敞的庭院就沒問題了。四面八方一眼即可看穿，因此容易發現人影。防戰的場所也寬敞，打鬥時可做掩護物的樹木或石頭也多。

為何自衛觀念薄弱的龍馬會如此用心良苦呢？因為怕對方代表國島發生危險。

國島六左衛門是大洲藩首屈一指的激進勤王份子，因此被藩中佐幕派視為眼中釘，在領國的城下也已多次遭刺客襲擊。該藩佐幕派也有被派駐到長崎的，那些人恐不知何時將豹變為暗殺者。目前就是如此政情。

「我一直在想，不知有無適合的中古船，於是派人到大浦海岸成排的外國商館去打聽，結果有個叫波德溫的荷蘭人正好有艘價格合適的船。」

「什麼船？」

「當然是蒸汽船。四十五匹馬力，一百六十噸載重量，有點小，不過要在瀨戶內海航行也綽綽有餘了。」

「萬事就拜託你了。」

「先說好，大洲藩為船主，由海援隊包租。租金訂為每次出航五百兩，如何？」

「好。」

船籍就屬於海援隊了。這也是國際慣例，故國島也沒異議。

翌日，龍馬和國島到港邊實際檢視繫留中的蒸汽船。船尾有尊美女雕像，據說是保佑航行安全的守護神。

「這是什麼呀？」

國島問賣家波德溫。

「她是位名叫阿比索的美女。我長久以來都在這位阿比索女神的保佑下航海。」

這外國人說著朝那個阿比索送了個道別的飛吻，然後誇張地做出哭泣的樣子。大概是難分難捨之意吧。

國島不久便返回伊予大洲，卻遭逢不幸。

因「在藩外與討幕派私通」之理由遭佐幕派咎責，最後竟切腹了。龍馬很久以後才得知國島切腹的消息。

蒸汽船到手了，海援隊因而生意更加興隆。

「簡直就如波濤一般呀。」

很少語出慨歎的龍馬此時也不禁充滿感慨。人的命運總有波濤。不久之前，龍馬的龜山社中是既無船隻也沒錢，甚至連水手都想解雇了；如今卻有了一艘風帆船和一艘蒸汽船。幕府及雄藩自然另當別論，但擁有兩艘西洋船的民間團體，恐怕除龍馬的海援隊之外無他了。

「足以稱霸瀨戶內海了。」

龍馬心想。瀨戶內海的運輸船行只有和式船，沒有任何一家業者擁有洋式船。

「伊呂波丸」。

他為船取了這名。

「什麼道理？」

陸奧陽之助問道。

「意思是『事物之起始』。」

龍馬道。無需贅言，習字的第一步就稱為「伊呂波」（譯註：相當於英文的ABC或中文的ㄅㄆㄇ），引申後也稱「重新跨出第一步」為「從伊呂波開始重新做起」。龍馬應是想透過這船打穩海援隊事業之基礎吧。

「這是海賊船吧。」

代藩來看船的岩崎彌太郎以毫不感動的語調道。

彌太郎是藩的長崎留守居役，同時兼任海援隊的會計官。

「你這話是貶損嗎？」

龍馬在岸壁上站定，同時回過身來。

「是讚美。」

「那就好。」

龍馬滿意似地點點頭。他在手帳中寫下如此語錄：「海賊為船軍（海軍）之起始。多加留心，切莫淪於輕浮。」被稱為海賊船，他一點也不介意。

話說這艘船要載的貨物。

什麼都有。

比方說，薩摩託購的新式槍械及彈藥，買齊後就必須送到大坂去。

他日，這些槍械彈藥將在京都政變中大大發揮功能吧。

龍馬決定以這回運輸當做伊呂波丸的處女航。

接著是人事安排。

因未採階級制，每次都得重新決定船長及高級士官。

船長決定由大洲藩士國島六左衛門擔任。當然只是名譽船長，其實他本人已返鄉，根本不在長崎。

因為並無事務長之職務名，龍馬要秘書官長岡謙吉擇字，他便將此職位命名為難寫的「簿籌官」。簿籌官決定由長崎豪商小曾根英四郎擔任。

因龍馬就住在小曾根邸，故交涉工作十分簡單。

「榮幸之至。」

個性沉穩的英四郎道。

領航長為水戶浪士佐柳高次，輪機長則為越前浪士腰越次郎。

龍馬命伊呂波丸的乘組士官穿著西式服裝，深藍底色飾有金線。

是他跑遍長崎市內舊衣舖收集來的，有些是英式的有些是法式的。他請人修改這些衣服，讓大家穿得合身。

「不要啦。」

腰越次郎等人道。

原來的隊服是白裙褲，腰越說穿那個就好。

「穿這較便於行動。」

這種洋服已經不稀奇了。將軍慶喜也曾穿著法國拿破崙三世送的元帥服拍照，不僅如此，幕府步兵至兵卒也都以窄袖洋服為制服，幕府海軍也由自荷返國的榎本武揚設計而制定了士官服。

長州的諸隊（奇兵隊等）也穿著簡單的日本式洋服。薩摩人一向注重打扮，其洋式步兵及砲兵也都穿起完全合身的戎服（軍服）了。

伊呂波丸只有水夫小頭（譯註：水手組長）梅吉以下之人說什麼都不穿洋服，故仍是從前那種水手裝束。

龍馬也例外。

「我無所謂吧。」

明明做出那樣的決定，自己卻一身浪人打扮，依舊穿著棉質的黑色紋服及皺巴巴的小倉裙褲，只是穿了雙靴子。在船上巡視時穿靴子較方便。但若穿洋服，就得扣上鈕釦，這令龍馬十分痛苦。不知為何，龍馬沒法用手指好好把鈕釦給扣上。

船旗也重新制定了。

「紅、白、紅。」

簡潔的設計。這也是龍馬不時掛在嘴邊的「世界的海援隊」隊旗。

幕府船艦的船旗是日之丸。

薩摩藩則與藩主家紋相同，是圓內一「十」字。土佐藩也和藩主家紋一樣是圓內一個三葉柏圖案。諸藩也幾乎都使用藩主家紋。

龍馬等人為熟悉這艘新船，特地到長崎港外練習多日。

龍馬是隊長，不是船長。

為顧及大洲藩士國島六左衛門的面子，名目上是以他為船長，故採由龍馬代理船長職位之形式。

龍馬如今也對蒸汽船十分熟悉了。

不僅如此，關於船隻運行所不可或缺的萬國公法（國際公法），他也成了日本少數具有實際經驗之人。

這是有秘訣的。

龍馬身邊有位英語專家長岡謙吉。這幾個月，他命長岡為自己口頭翻譯萬國公法，並將之牢記在心。他本就習慣凡事先自本質來理解，故領會得很快。

他當船長的能力可說已與專家無異。

伊呂波丸於慶應三年（一八六七）四月十九日駛離長崎港。

目標為大坂。

這回航行目的除了運送槍械彈藥，龍馬也希望讓尚未熟悉的士官多加練習，因此一出航就忙了起來。

「速度再放慢點，以這種速度在港內行船是不成的。」

又要士官們測風速及濕度，忙得不可開交。

駛出港外後，就滑經中之島及伊王島之間，接著要他們將航向調往北方，並將蒸汽機轉為低速，改要他們揚起船帆。

萬里晴空。

船順利破浪前進。

「這是我們的船。」

龍馬一思及此就喜不自勝，他往下跳至最上層甲板。

「大家來唱歌吧！」

說著要大家唱起前夜慶祝出航酒席上自己作詞作曲完成的船歌。

有些人在船桅上，有些人正拉著帆纜，有些人在蒸汽機室。眾人都唱了起來。

今日始航的船，
是學習之初的伊呂波丸。

是首無比單純的歌，但迎著海風唱來，也教人愉快得滿心激動。因為覺得這艘伊呂波丸似乎正朝著日本的黎明破浪前行。

「唱呀！」

龍馬又唱了別的歌詞。

醫生的頭上停著麻雀，
應該要停在樹叢中吧。（譯註：暗喻那是蒙古大夫。）

眾人正經八百地唱著。

龍馬也是一本正經。

第一天就在通過肥前相之浦的同時落幕了。翌日清晨黎明之際，船尾同時響起起床鼓聲，全員將吊床疊好起身後，到船尾的甲板排隊。

這幾乎等同軍艦形式。

穿著金緞服的越前脫藩浪人腰越次郎出列至龍馬面前道：

「全員到齊！」

說著立正敬禮。

接著，船尾便升起紅白紅的海援隊船旗。

「這時，照理說應鳴擊名為『禮式』的西洋大鼓節奏。」

龍馬仰望著冉冉升起的船旗，同時對眾人說明。幕府海軍根據西式做法一向如此，這龍馬曾聽勝提起。

「實在沒有西洋大鼓呀。」

輪機長腰越次郎搖搖頭感觸頗深地道。有樣學樣的貧窮私設海軍並無那種華麗的小道具。

船在第二天駛過下關海峽，進入瀨戶內海。

天氣大致順當。

二十三日夜裡，伊呂波丸依然採東向航線繼續前進。

「看來月亮還是不出來呀。」

龍馬在船長室對長岡謙吉如此道，這時大約晚上八點。

長岡轉頭從圓形船窗往外看了看。天和海都是一片漆黑。

「看來是這樣呀。」

船走在伊予（愛媛縣）的海面。明天破曉應該就能進入大坂灣了吧。

大坂的海援隊辦事處就設在土佐堀的商家薩摩屋，而隊員石田英明、菅野覺兵衛及中島作太郎等人為處理貨品的點交事宜，理應早一步抵達，正等著船的到來。

「繼續吧。」

長岡謙吉打開一本英文書，這是本關於美國議會制度的書籍。

長岡開始翻譯了。

龍馬躺在床上，很有耐心地聽著。長岡的翻譯結結巴巴的，有時連一行文章都得花上很長的時間，即使如此龍馬也毫不厭倦。他希望藉著了解英、美、荷三國的政治體系，摸索出日本新國家的營運型態。

他突然翻身道：

「長岡君，不如試著透過海援隊出書吧。」

這想法不是現在突然想到的，龍馬早就想從事啟蒙方面的出版事業。

海援隊說來是家海上的討幕公司，不該只蓄積武力及財力，也應是個思想的研究中心。因此應出版廣泛提出問題之類的評論書籍吧。

「這主意不錯呀！」

長岡興致勃勃道。

接著兩人就熱切討論此出版計畫。

插句題外話，此計畫不久後就實現了。龍馬口述關於新國家構想的評論，再由長岡撰寫而成了〈藩論〉。此外，長岡自己也針對宗教問題寫了篇名為〈閒愁錄〉的評論。但皆未註明作者，而是以「海援隊藏版」之名目出版。

晚上十點多，龍馬巡視船內又到操舵室去，結果碰到值班士官水戶浪士佐柳高次。

「已經到讚岐的海面了嗎？」

「是，差不多快到觀音寺的海面了。」

「航線呢？」

「朝東，微微偏南。」

「再過半個時辰或一個時辰，就要穿過鹽飽群島了吧？」

「是。」

回答的是鹽飽島出身的水夫小頭梅吉。

自鹽飽群島至小豆島即所謂的多島海，有多處危險的狹長海路，且多暗礁。龍馬就是在擔心這個。

「梅吉，交給你囉。」

「是。這一帶海域是我出生的故鄉，即便是黑夜也絕不會看走眼。」

開始起霧了。

龍馬對這濃霧實在放心不下。

……

龍馬回到船長室，一坐到床上，就將腰間的陸奧守吉行自刀鞘拔出，開始保養。

他本來對刀劍並未特別鍾愛，且一向瞧不起武士那種玩賞物品的興趣。但在船上，或許是因為海風的緣故吧，只要兩三天不保養，刀就生鏽了。

「哦？真難得呀！」

陸奧陽之助進來了。陸奧實在很少看到龍馬如此一本正經的模樣。

「走在路上不必帶這東西的時代應該就快到來了。」

「是這樣嗎？」

「現在也是一樣。這東西與其說是武器，已更像是自己的象徵。拜這大小佩刀所賜，無能的傢伙也能差強人意地完成任務。但如今就行不通啦。」

「因為坂本兄熱切希望讓賣木屐的當上將軍呀。」

陸奧很喜歡龍馬如此思想。

只要有能力，即便是個賣木屐的，也能透過選舉而成為日本的最高行政者。前提是得先將權貴門第的世襲制一一打破。

「如此一來，就是全憑實力的時代了。」

「代代靠俸祿過活的大名旗本及諸藩之士定要反對吧。」

「他們都已經靠俸祿過活三百年了，還想再繼續這樣下去的話就太貪心了。繼續對此戀棧不放的傢伙會受到歷史的懲罰。」

「但恐將陷入混亂吧。」

世襲俸祿這種東西就如同豢養的小鳥，不必自己費力去找食物，自然就有磨碎的鳥飼料送到嘴邊。一旦習於被如此飼養，若突然將牠放出籠外，要牠自己到山野中尋找天然餌食，牠定也完全不知所措吧。

「如今海援隊中……」

陸奧問道：

「有誰是即使拿掉大小佩刀也能有飯吃的呢？」

「大概只有兩個人吧。」

陸奧屏息問道：

「是誰跟誰呢？」

「就你跟我呀。」

龍馬邊保養刀，同時輕描淡寫道。但陸奧卻一輩子忘不了對他而言既像老大又如老師的龍馬這番話。

「你還不睡啊？」

「嗯，士官全醒著哪。因為霧氣實在太濃了呀。」

「情況如何？」

「愈來愈濃了。」

有道是：「海上最可怕之物，一為暴風，二為濃霧。」這是航海中最可怕的敵人。

「舷燈點著吧。」

「沒問題。」

「不，為慎重起見你還是幫我看看。今晚只由一人值班恐怕不行。」

龍馬心裡七上八下。

操舵室中有枚龍馬的錶。

指針指著十一點。這時海面突然隆起，一道巨大黑影正朝著船迎面逼近。

「是島嗎？」

值班士官水戸脫藩浪士佐柳高次詫異地心想。船的航線依然維持在朝東而微微偏南。右舷應該是讚岐的箱崎角才對。這附近應該沒有島。

「是船！」

佐柳心想。若真是船，肯定是艘相當巨大的船。

這時，佐柳大喊「鳴氣笛！」水夫小頭梅吉迅速往旁一跳並用力扯下氣笛的繩子。汽笛並未馬上出聲，但過了一會兒就開始細細鳴叫起來。

操舵手金兵衛是個經驗老到的鹽飽人，對瀨戸內海熟得就像自家廚房一樣。

這個金兵衛一臉蒼白，開始轉著船舵。

顯然是艘船。船桅上的白色檣燈閃閃發光，右舷也看得見綠色的右舷燈。是艘巨船，正以驚人之勢接近。

後來才知道，這艘汽船是紀州德川家傾其財力買進的，叫做明光丸。

英國製的新船，原名巴哈馬號，投以十五萬五千美元的洋貨，才於文久元年（一八六一）成為紀州藩之所有物。一百五十匹馬力，八百八十七噸的載重量，約為伊呂波丸的五倍大。

船長為高柳楠之助，預計這天早上九點到長崎，才從紀州鹽津出航的。

「真是胡來呀！」

伊呂波丸的操舵手金兵衛大喊，同時瘋狂似地轉著船舵。總之，金兵衛看見明光丸在右前方（亦即看見明光丸的右舷燈），故連忙將船舵往左切，試著閃過。但明光丸不知打什麼主意，竟也往右切，且逐漸朝右旋轉。可說是直衝過來。

伊呂波丸因正往左轉，故右舷這邊的船腹整個暴露在對方眼前。而明光丸的船首就朝其右船腹猛然撞上了。

真是猛烈的撞擊。

明光丸的船首壓在伊呂波丸上，撞破蒸汽機室，撞飛煙囪，還把中央船桅從根部撞斷。

「啊！」

龍馬使勁把刀塞進腰帶並從船長室衝出來時，船已嚴重傾斜，海水像瀑布般不停灌進來。

「完蛋了！」

龍馬覺得自己實在倒楣，但也即時展開機敏的行動。

「大家統統跳到對方船上去！」

龍馬在最上層甲板如此大喊。一股莫可奈何的怒氣使得龍馬殺氣騰騰。

輪機長腰越次郎將小船用的小錨拋至明光丸的舷側，開始迅速往上爬。

眾人也有樣學樣。

龍馬因是刀客，身手一如疾風般敏捷且確實無誤。一抓住繩梯就毫不猶豫地從正逐漸傾斜的伊呂波丸凌空躍起，用腳勾住對方的舷側綱，一眨眼就跳至明光丸的甲板上。

甲板上空無一人。

「這是紀州藩的藩船吧。」

他是從放在甲板帳棚上的家紋而做出如此判斷的。

真是教人吃驚，看來明光丸似乎全由操舵手一人負責，船長以下眾人全都在船艙內睡覺。

「哪有這麼荒謬的事呀！」

龍馬在甲板上跑了起來。

突然轉身迅速指揮道：

「水手待在甲板！腰越在舷側這邊監視，仔細記住這船上士官醒來後的一言一行！佐柳高次跟我來！」

那模樣簡直就像西洋海賊船的船長。

事實上龍馬就是抱著那種打算下指令的。因為有一股無以排遣的怒氣。伊呂波丸是好不容易才盼到的希望，卻在一瞬間沉沒了（雖然尚未完全沉沒），上面所載價值高達數萬兩的槍械及其他貨品看來也都已沒入水裡。

「全化為烏有了。」

龍馬並未如此絕望。其不可思議處就在此，他的脊椎就像彈簧做的一般。與其感到絕望，他早已躍到下一步去了。

這下變成海賊了。或許該說，既已到此地步，只好和大紀州藩決一勝負了。

視情況恐怕得訴諸武力，龍馬已有如此心理準備，但他打算先搬出自己最得意的「萬國公法」來壓制對方。

龍馬之船與紀州藩船明光丸這起相撞事件，是日本近代海運史上第一起意外事件。是空前之例。

「定要以國際法解決此事」是讓龍馬從這慘境跳脫出來的新希望。所有日本人應該都不知道什麼萬國公法吧，紀州藩自然也不例外。

想必也不懂什麼海事裁判的概念吧。

促使龍馬瞬間燃起這股幹勁的，就是要以這些知識灌輸、說服並壓制他們，不僅如此還要索賠並為日本的海難事故立「法」的想法。當然，紀州藩若無視萬國公法，那即使訴諸武力也要伸張正義。就連這最壞情況龍馬也都有了心理準備。

龍馬一衝進甲板上的值班士官室，立刻扣住航海日誌。

「佐柳，你在這幫我看好這本日誌！就算有人拿刀押著你，也別給他！我要拿我們的航海日誌來跟他們交換！」

這是為了不讓彼此刪改。

一回到甲板上，發現有三名此船水手出現，正與腰越次郎問答中。

「哪個藩的船？」

腰越如此質問。水手噤口不語，這時士官都還沒出現。

正當如此騷亂之際，又發生更不應該的事。明光丸操舵室的操舵作業又失誤了。

大概是被方才的撞擊嚇到吧，急著將船切換成倒退行進，迅速後退。

原本將兩船繫在一起的纜繩因此斷掉，伊呂波丸上還剩下幾個人。

事故還不僅止於此。後退之後的明光丸不知打什麼主意，竟又再度前進並再度嚴重撞擊伊呂波丸。

「搞、搞什麼呀！」

明光丸甲板上的腰越次郎悲痛地喊道。操船技術實在糟糕透頂。

操舵手名叫長尾元右衛門，曾搭過幕府軍艦咸臨丸，是讚岐鹽飽島漁夫出身的。受雇於紀州藩，並已被列入武士階級。他是個經驗老到之人呀，真不知究竟怎麼回事。

明光丸船長是紀州藩士，是個名為高柳楠之助的中年人。

順帶一提，幕府及諸藩皆因汽船這種新交通工具的出現，以往負責操船的武士及雜役失去作用，於是四處設法網羅並雇用這方面的技術人才。

因此，船長高柳楠之助原本也非紀州藩士，他原是安藤家的醫師之子。

據說他年輕時便立志學習蘭學，拜有名的伊東玄朴為師，學習荷蘭語及醫學，後來到箱館（函館）向西班牙人學了點航海術。姑且不討論醫術，說到航海術，他的經歷還真教人無法放心。

但在這個時代，如此程度者即稱為「熟悉西洋機械者」，十分吃得開。

這時，那些紀州藩士官才終於來到甲板上。

「船長是哪位？」

龍馬道。

「我是。」

高柳以含糊的聲音道。因為他有御三家之家臣的自我意識。紀州、尾張及水戶所謂御三家之武士具有相當於旗本的地位，三百年來一直受到重用。如此意識無論如何一定會先冒出頭吧。

龍馬多半對此大感不悅。他想此時還是道出藩名較為有利，便道：

「我是土佐藩的才谷梅太郎，是方才被閣下之船撞擊而逐漸沉沒的那艘小型蒸汽船船長。」

又進一步道：

「情況十萬火急。閣下身為此船船長，想請問你要如何處理？」

「立刻救人！」

高柳命自己的士官放下小船，要他們前往救援。

「不能光是這樣。船上還有貨品，請將兩船以繩纜連結在一起，以免那艘船沉了。」

「這、這辦不到。」

高柳怕兩艘船一起沉下去。龍馬又一再逼他答應，但高柳都嚴詞拒絕。那面目可憎的模樣，只讓人覺得他是仗著紀州藩貴為德川親藩的威光。

伊呂波丸無法承受第二次撞擊，船身嚴重傾斜，甲板上的小船發出巨響開始滑動，最後全沒入海中。

「要沉了……」

龍馬一臉沉痛地凝望著。這艘滿載著期待的蒸汽船竟然這麼簡單就沉了，這究竟怎麼回事啊！

「我的命運實在太充滿戲劇性了。」

他不得不這麼想。

要說最富戲劇性的，當屬最後留在船上的水夫小頭梅吉和舵手金兵衛竟把汽笛拉繩用力扯著再綁住固定一事。

汽笛大聲咆哮，彷彿是這艘龍馬的愛船正和龍馬訣別似的。

梅吉和金兵衛縱身跳入海中，游往明光丸。

龍馬自舷側探出身去以繩索垂下煤油燈，幫他們照亮繩梯所在的位置。

兩人爬了上來。

梅吉把紅白紅的海援隊旗纏在腹部。

船沉了。

細如鐮刀的月亮懸在讚岐箱根的岬角之上。霧氣依然濃厚。

「你說你是高柳楠之助爺吧？」

龍馬對這艘紀州船的船長道：

「我的船沉了，想跟你討論事情該如何解決。」

「這船是要開往長崎。」

龍馬的船是要開往大坂，正好相反。高柳打算在駛抵長崎之前，雙方在船上協議即可。於是就這麼說了。

「你這想法有誤。」

龍馬道。海難事故必須在事故現場旁解決，此乃國際常識。一向喜歡「國際常識」的龍馬對這類事情瞭如指掌。

「距此最近的海港是備後的鞆（現劃入福山市），把船舵轉向那邊吧。」

「但我有藩命在身。」

高柳道。

紀州藩已決定在長崎新買一艘汽船，卻發生商業糾紛，明光丸就是為解決此事而匆忙前往的。為解決此糾紛，藩之重臣御勘定奉行（譯註：藩財政大臣）茂田一次郎及手下奧御祐筆（譯註：文書官）山本弘太郎、御勝手組頭（譯註：財務官）清水伴右衛門、御仕入頭（譯註：採買官）速水秀十郎等人也都在船上。

船長高柳的心態是，這時非人顯氣勢不可。

「我可不去什麼鞆的。」

正好到甲板上來的御勘定奉行茂田一次郎也從背後道：

「高柳，協商就在船上進行吧。快開船！」

龍馬憤怒不已，他立刻手按刀柄。

「你別淨說些為自己著想的話。這世上可是有萬國公法的，若你們想不遵守此法，我就在這船上把你們殺個精光然後切腹自盡。你考慮清楚再回答。」

龍馬沉著臉如此道。故明光丸的人只得把船首調往鞆的方向。

自古以來鞆就是瀨戶內海最大商港之一，十分繁榮。

此處有家名為枡屋的運輸船行。海援隊簿籌官長崎人小曾根英四郎正好與該行老闆清左衛門熟識，故三十四名隊員全在此住下。

「一定要為船討回公道！」

龍馬向眾人宣告。

就在當天立刻以位於鞆越後町的魚舖「由兵衛」處為談判地點，與明光丸船長高柳楠之助再度會面。

「我希望依法及公論解決此事件。」

龍馬向高柳提出此原則：

「關於這點貴藩應無異議吧。」

「你這話什麼意思？我不懂。」

「這種撞擊事故今後在日本將與日俱增。為開個優良先例，我們別只是雙方私下隨便和解，我的意思就是這樣。一切依照法與公論進行，自始至終都依此原則解決。這你沒異議吧。」

龍馬道。

「我可是紀州德川家之家臣，不管怎麼說，我只服從主君及藩的指示。」

「那你是不服從法及公論囉。」

「身為武士沒這道理。」

「既然如此，那就開戰！」

龍馬讓協商大步脫軌。言下之意是，若加害者高柳只服從藩命，被害者龍馬也只服從藩命，那麼事情便無法解決，最後只好訴諸武力。

「更何況……」

龍馬道：

「你開口閉口都是『藩』，大概忘記自己是船長了吧。船長可是肩負著一切責任的。」

「好吧，那個原則我遵守。」

高柳自暴自棄似地道：

「不過我奉主君之命必須趕時間，無法花太多時間跟你在鞆這裡談判。」
「別再說那些自私自利的話了。把別人的船撞沉，又說急著趕路要先離開，這算什麼？難道德川親藩就能在海上隨意濫殺平民嗎？」
「我是奉主君之命呀。」
「你有沒有設身處地為我著想？失去船隻，同時又失去載運的貨品。這樣你還要推說主命難違、要急著趕路嗎？」
「就是要趕路！」
高柳心想，這時非拿德川親藩之權威來壓他不可了。他這態度使得龍馬愈來愈激動。
「解決之前把船碇泊在鞆！」
龍馬逼迫道，一步也不退讓。
高柳也不退讓。雙方聲音愈來愈大，但龍馬突然找了個適當時機提出妥協方案。
「那麼就到長崎談判吧。但我們船沒了，貨品沒了，金庫也沒了，已是一文不名。你們就暫且拿出一萬兩給我們救急吧。」
高柳大驚道：「這我沒法當場答應！」總之就此離席，回去與明光丸上的藩勘定奉行茂田一次郎商量。

紀州藩方早就看穿了。
「那不是真的土佐藩。」
他指的是龍馬等人的海援隊。那不是土佐藩，只是單純的浪人結社，不過是為求活動方便，才冠上土佐藩名目的便宜之計。
「那些傢伙根本是無賴。」
船上的藩勘定奉行茂田一次郎道。若對方是土佐藩，那麼在藩的外交上就會比較麻煩，既是浪人結社，就沒什麼大不了。
「包個慰問金給他們應該就沒事了。」
「您說得對。」
船長高柳楠之助估計也是如此，傍晚時分就去找龍馬了。

「請收下。」

說著遞上一紙袋的錢：

「這是給你們的即時慰問金。」

裡面大概裝了二十五、六兩吧。來向沉了一艘船並喪失所有船貨的龍馬致意，卻只準備這麼點慰問金。

龍馬原本是要求「談判尚無結果之前不得出航，且必須拿出一萬兩給我們當即時救助金」。

「這什麼意思？」

這下龍馬的臉色也因憤怒而變得鐵青，他只要發起怒來臉色就很可怕。

「高柳君，你這樣還算是武士嗎？到這裡來當這種使者，難道你不覺得羞恥嗎？」

那包慰問金龍馬連碰都不碰，就把高柳趕出去了。

翌日，高柳沒來。換一名名叫成瀨國助的士官來了。

「我們將暫時代墊一萬兩。不過，希望你明確提出返還日期。」

「紀州藩是強盜嗎？」

對方過度自大又沒常識的態度讓龍馬無法置信。

「強盜？這話可不能聽過就算了！」

「要打架嗎？」

龍馬緩緩道：

「成瀨君，就算貴藩的御勘定奉行生來就是強盜個性，但你應該不是吧。所以我要告訴你，什麼叫『代墊一萬兩』？把我的船跟船貨全撞沉了，竟還說是為我代墊，還要我提出明確返還這筆錢的日期。話先說在前頭，難道御三家之一的紀州藩在海上有特權，可隨意濫殺平民不受究責嗎？」

龍馬又道：

「我所說的一萬兩是賠償金的一部分金額，哪來什麼歸還日期？」

「那樣就跟我方的想法完全不同了。」

成瀨國助竟站起身來就此離席。談判完全破裂。

緊接著，龍馬身邊的士官佐柳高次及腰越次郎立即道：

「隊長，請讓我們脫隊。」

兩人都面色鐵青。言下之意是現在就要殺進明光丸去。

「你們要殺進去是吧。」

龍馬在枡屋清左衛門的二樓與佐柳腰越二人對坐而談。

這房間面南。從完全敞開的紙門看出去可望見鞆港的全景，紀州藩船明光丸那厚顏無恥似的巨大船身就橫在那裡。

「那船上有勘定奉行及船長以下約一百人，穩輸的呀。」

「當然。」

水戶人佐柳高次平素是名個性沉穩的年輕人，如今卻變了臉色，判若兩人。

越前人腰越次郎也一樣。佐柳是被撞沉的船之船長，腰越則是輪機長，他們覺得必須對此事件負責，正因如此，也較任何人對紀州藩的態度更覺憤怒。

「當然，我們本就抱著必死之覺悟。」

「這兩人是認真的呀。」

龍馬心想。

「我們不打穩輸的仗！真要幹的話，就要抱著擊潰紀州藩的決心，且必須確實擬妥計畫。」

「可是……」

「就算你們兩個衝到明光丸上殺人，船跟船貨也不會回來。看我的吧。萬一真輸了，到時再拔刀吧。我也會拔刀，不過真要拔刀時，應已擬妥如何將紀州藩徹底擊潰之計畫。」

兩人一臉不服地保持沉默，那表情彷彿是說：

「那種事哪辦得到？」

紀州藩還想包個慰問金就解決，要向這種對象索取幾萬兩的賠償金實在難如登天，不如靠浪人結社

「海援隊」的武力，直接攻破祿高五十五萬五千石的紀州德川家，如何？

「打得贏。」

龍馬篤定道：

「這事就全包在我身上吧！昨天我想了整晚，總算有了勝算。」

正當龍馬如此說時，腰越朝海一望大叫出聲。泊在港內的明光丸的煙囪正開始冒煙，開始燒鍋爐了。

「想逃嗎？」

腰越已準備起身。

「不會吧？」

龍馬橫著近視眼定睛注視港內的明光丸，果真冒著黑煙。

「這般傢伙竟如此不把人放在眼裡嗎？」

一思及此，龍馬也無法再好整以暇安坐不動了。

「佐柳君、腰越君，立刻找艘小船到那船上去監視。紀州方若說要前往長崎，就讓他們去吧。我搭別的船到長崎去，一切就到長崎再說吧。」

「遵命。」

佐柳和腰越衝了出去。

龍馬這時已有一死之覺悟。他給長州支藩長府藩的三吉慎藏寫了封信：

「若有萬一，阿龍就麻煩你了。」

並立即派人緊急送去。

維新後，龍馬獲其傳記作者封給「汗血千里駒」的評語。所謂「汗血」是出自《漢書·武帝紀》，指的是阿拉伯產的名駒，是因該馬會流出鮮紅如血的汗水而衍生出來的詞語。

不過，就說到這裡。

總之天保六年（一八三五）出生、已不再那麼年輕的這個人，竟從此時開始展現他超凡的活動能力，一如其名狂奔千里。

龍馬算來已經三十三歲。十來歲時還近乎痴兒，二十來歲時，模樣也還有些愚鈍。當時認識他的人，一定都覺得現年三十三歲的龍馬判若兩人吧。

不過也有人例外。唯有龍馬盟友武市半平太看好二十出頭的龍馬，說他是：

「關在土佐鄉下可惜之人（不划算之意）。」

武市還為這個思想異於常人的友人作了首極美的詩：

肝膽本雄大，
奇機自湧出。
飛潛有誰識，
偏不恥龍名。

武市如此看好龍馬，但當時即便是龍馬的同伴也說：「這詩太吹捧龍馬了吧？」甚至視之為玩笑。多數鄉黨友人對龍馬的評價都沒那麼高，這也理所當然。多數同志正醉心於天誅之舉時，只有這位天才型刀客熱中於航海術，步調上大抵不符合激盪的時勢，乍看之下只是埋頭在路邊吃草的馱馬。

龍馬一如武市之預言「偏不恥龍名」而活躍起來，是三十歲之後才開始的。

他成了無比活躍的行動家。

他開始展現其活躍能力，就像在日本地圖上四處奔馳似地神出鬼沒。

一逮到正好入鞆港並準備前往大坂的薩摩藩船，就託送兩封長信。一封寄給西鄉吉之助，另一封寄給大坂同志。

海援隊的菅野覺兵衛及高松次郎在大坂處理商務。龍馬寫信是向他們報告伊呂波丸沉沒事件並說明自己決定如何處理。

「詳情也已去信向西鄉報告，故你們也到薩摩邸去看看那封信。我現在要去長崎，就在長崎了結。我看終歸無法不流血解決，萬一紀州和海援隊發生戰爭，就需要輿論的支持。我之所以也寫信去跟西鄉報告就是為此。請諸君在京都、大坂爭取輿論支持。」

接著，開往下關的長州藩船也進港了。龍馬跳上船，在下關下船，並將同樣的意旨告訴長州藩的人，又讓桂小五郎等人立下如此約定：

「了解了。萬一發生戰爭，我藩也絕不會袖手旁觀。」

最後又跳上英國的貨船，緊追明光丸之後抵達長崎。

龍馬於五月十三日抵達長崎港。

一走進小曾根邸，站在土間，就朝屋內把阿龍叫出來。

「萬一我死了，妳就悄悄到長府去投靠三吉慎藏吧。」

他直挺挺站著，冷不防如此道，接著把身上所有的錢全掏出來。

阿龍正大感吃驚之際，龍馬已轉過身去。他的背影急躁地移動著，一眨眼就不知消失到哪兒去了。

「他究竟怎麼回事呀……」

阿龍跳下土間後茫然佇立。龍馬那態度看起來只會讓人以為他瘋了。

但此時若坂本家的乙女姊在場，定能完全了解龍馬如此態度並解釋給阿龍聽吧。以武家傳統，就是有如此典型的做法。比方說無法避免而決定決鬥時，就回家一趟，把妻子叫出來簡短交代一下：

「懂了嗎？往後的事就如此如此……」

然後就出門去了。因為要是待太久說個沒完，就會陷入悲傷場面。

插句題外話，維新後與西鄉一同棄官（陸軍少將）前往鹿兒島的桐野利秋（龍馬時期稱為中村半次郎）也有如此逸聞。桐野當時獨身，與書生們一起住在一棟破舊的旗本宅，但安排了一名心儀的女性住在某町區。

某日他騎馬來此，直接在馬上喊道：

「某某，某某。」

那位女性趕緊衝到門口。桐野自懷中掏出短刀及所有的錢道：

「我要上薩摩去一趟，恐怕不回東京了。」

說完就踢了踢馬腹疾馳而去。正如桐野自己所言，他掀起西南之役，最後真的沒再回去。

龍馬既然要以一介窮浪人之身去找御三家的紀州藩大吵，自然已有丟掉性命的覺悟。他研判敵人理所當然會派刺客偷襲，因此並不住在阿龍所居的小曾根邸。

「萬一遭襲，阿龍會受到連累。」

龍馬心想，故在訴訟進行期間他打算絕不接近。

龍馬住在哪裡，連紀州藩也不知道。

以為他是住在土佐屋，但有時又睡在藩的土佐商會，又有時在丸山的花月過夜。

這話題就此打住。

總之，和紀州藩的第一回談判於十五日舉行了。海援隊派出包括龍馬在內的八人，紀州藩則派出船長高柳楠之助以下共九人。

激辯之後，龍馬首先要對方承認兩點：「明光丸撞過來當時，甲板上並無士官在場。再者，該船曾二度朝伊呂波丸右舷衝撞。」

紀州藩在長崎並無藩邸，故以旅館代之。

旅館位在中島河畔的長久橋頭，一丁（編註：一丁約〇一九公尺）之遙就是海邊了。

與龍馬談判以破裂告終的那夜，一個秘密會議就在這瀰漫著海潮味的旅館展開。

「高柳君，你應該有所覺悟吧？」

藩的勘定奉行茂田一次郎道。這勘定奉行乃是藩之重臣。

「您說覺悟是指？」

船長高柳楠之助道。

「既已抬出紀州家之家名，此戰絕不能輸。」
「小的知道。不過您所謂的覺悟，意思是要小的切腹嗎？」
「要是你切腹就能解決，問題就簡單了。何況到你倉皇切腹那天，恐怕咱們的過錯早已傳遍天下，那就是恥上加恥了。」
茂田一次郎是從一介書記官被拔擢為奧御祐筆組頭及御手筒頭格（譯註：手槍隊長），然後又升至勘定奉行的職位，是藩內首屈一指的才子。
「龍馬等人的社中雖自稱隸屬土佐藩，但據說只是浮浪呀。」
「小的也是如此聽說。」
「膽敢正面與我藩爭執辯論，實在太不知輕重了。」
茂田道。他說得沒錯，即便在三百諸侯中也屬家格最高的紀州家，現在竟規規矩矩地與浪人談判，委實不成體統。
「高柳君，你萬萬不可退縮。我去說服長崎奉行。」

茂田道。只要動用紀州家的威權，長崎奉行應該會被說動吧。
提到長崎奉行，乃九州最高的幕府機關。一旦發生內亂外寇之類的戰爭情勢，甚至會被賦予指揮九州諸侯之權限。
「此外……」
茂田又道：
「對方既是浮浪，就得有其他覺悟。」
「您是指？」
「哎呀，這不能大聲說。」
茂田要其他人退下，特別把高柳叫到自己腿邊道：
「得除掉龍馬。」
這話連高柳都忍不住大吃一驚。
「這是最快的解決方法。但要是被看出是紀州藩之人下的手就不妙了。你想想辦法吧，長崎市內難道沒有可花錢雇用的殺手嗎？」

「想辦法……」
高柳已滿頭大汗。他本是個學者，不適合這類話題。
「我想想看。」
「我也想想。這種事一定要無所不用其極。此外也把在長崎設有藩邸的諸藩，好比說肥前佐賀、筑前福岡、肥前五島、肥前平戶等藩的長崎留守居役都叫到丸山來，請他們支援我藩。」
翌日，龍馬這裡就收到長崎奉行所寫來的差紙(出庭命令書)。
看來是因上述事件。紀州藩憑其德川親藩的威光，已說動長崎最高幕府機關了。
「簡直豈有此理！」
龍馬立刻把那張差紙放到臉上，用力擤了擤鼻涕。所有隊士都嚇得面無血色。頂著海援隊文官頭銜的長岡謙吉看不下去而規勸道：
「龍兄，這樣太無法無天了呀！」
最後決定除了長岡，由岩崎彌太郎以土佐藩代表之身分出庭。
岩崎相貌長得活像舞獅面具，故奉行所的官差似乎光看到他這張臉就認輸了，據說態度竟意外地鄭重。
長岡是個說理高手。他展開沉著而毫無漏洞的答辯，不給奉行所的官差一絲可乘之機。最後最年長的那名與力甚至嘀咕道：
「這就是紀州的不對了。」
岩崎刻不容緩道：
「您這話……」
他問己方可否據實記錄下來。眾官差卻倉皇道：
「方才那是在打哈欠呀！」
這種幽默的掩飾方法是幕末時代官僚的通病。
「原來如此。在長崎就是會出現這種有意思的哈欠啊。」

不愧是岩崎，這話並無生氣的挖苦語氣，只是用力搖著舞獅面具般的頭由衷佩服。那模樣實在過於執拗，長岡甚至扯住他衣袖道：

「岩崎爺，別太過分吧。」

但岩崎依然佩服地嘟囔道：

「長崎的哈欠和土佐的不同，好長啊。」

岩崎的意圖十分明顯。他是希望即使老與力的嘀咕不算正式發言，也能給在座眾人留下深刻印象。只要讓大家印象深刻，就等於是留下記錄了吧。

最後長岡又確認道：

「貴奉行所之立場如何？」

絃外之音是，你們是想仗著幕府權威介入這起海難事件嗎？照理說，幕府之行政方針是，藩與藩之間的爭執只要不攪亂天下治安，幕府就不介入。長岡此時就是想釐清這點。

「不，我們並無他意。只是希望你們兩藩之間的爭執別再加劇而造成料想不到之事態，這才基於職責詢問事由的。」

態度已大幅軟化。

長岡和岩崎離開奉行所，判斷應該沒問題了。認為奉行所今後應不會再偏袒紀州藩而多管閒事。

這點倒是成功了。

有人想殺龍馬，如此風聲傳遍整個長崎。

似乎是長崎市民中傳出來的。在此時代的各都會中，這城市具有一種獨特的風格。

長崎三百年來獨佔外國貿易之利，故市民多富人。即便是小規模的職人也多會學點小曲或流行曲，人人皆喜冶遊，整座城市的氛圍十分閒適。

收入頗豐，加上地屬天領（幕府之領），故不行大名領國那種小家子氣的領民行政。凡事悠哉。

因此，大白天就很多人在街上閒晃，甚至出現描述此有趣現象的當地歌謠〈閒晃閒晃調〉。

說到這些閒暇市民的話題，最近自然是圍繞在紀州藩及海援隊之間的爭執。

民眾分成兩派。

當然偏袒海援隊者占壓倒性多數。畢竟海援隊是浪人結社，以階級而言，只比町人略高，大家自然偏袒他們。

更何況他們規模又小，和紀州藩五十五萬餘石之領相較之下，簡直像顆小米似的。而這粒小米正朝三百諸侯之首的紀州藩叫囂挑釁。看在同情弱者的民眾眼裡，自是大快人心吧。

此地民眾多閒暇而親切，故每天有數不清的人到西濱町的海援隊本部（土佐屋）來聲援：

「請支持下去！」

其中有一人還特來告知：

「好像有些浪人想取坂本大爺性命。」

隊士一問，才知似乎是浪跡至長崎的無賴，並不是熟面孔。還說那些人曾在寄合町的妓院商議此事。名字不清楚，但其中一人衣服上確實綴有細竹龍膽花之家紋。

「細竹龍膽之家紋隨處都有人用。」

龍馬並不以為意。那家紋應該是最多人用的一種吧。

「不過有人想取我性命那是我的事。」

龍馬提出這怪論調，總是獨自走在街上。

如此的某日，海援隊突然來了位穿著講究的武士。是長州的桂小五郎。

「來得正是時候。」

龍馬一走下土間，就拉著桂往街上走，說是要去丸山的花月。

兩人並肩走著，龍馬想到桂也自文久三年八月的禁門之變後就一直是幕府虎視眈眈的搜索目標，想來便覺可笑。這份滑稽感龍馬自身也無法清楚解釋。總之，應該是兩個命在旦夕的好友並肩走在傍晚大街上正準備上花街喝酒，一種俳畫（譯註：充滿俳句風情而灑脫的簡筆畫）般的趣味油然而生所致吧。

花月有間中國式房間，地板鋪著瓦片，天花板、窗戶、燈飾和家具全是中國式，還放著桌椅。

龍馬和桂就坐在裡面。藝伎照例叫的是阿元，她為他們張羅酒菜，但兩人一開始談話，阿元就走到庭院去。她打算以自己的方式提防突如其來的闖入者。

「坂本君別喝太多。」

桂道。桂始終沒拿起酒杯，滴酒未沾，因為怕發生萬一。

「我曉得。」

龍馬道。本來不熟的客人花月絕不接待，況且這家店特別喜歡龍馬，只要龍馬一來，不僅阿元，就連女侍在這方面也為他們特別提防，故要說放心還真可放心。

「跟我說說伊呂波丸事件的後續發展吧。」

桂道。這位長州的指揮者是為了找龍馬商量採購兵器的事，但另外也想了解這艘船的問題。桂已有心理準備，若情況需要，即使必須支持海援隊和紀州藩一戰也在所不惜。

「我可不是口頭上說說而已……」

桂道：

「而是已有心理準備。到時薩摩自然也會以同盟軍之立場出面相挺吧。」

龍馬知道桂心底的想法。第二次幕長戰爭是以長州獲勝告終，幕府方面以將軍家茂過世為由提出和談。後來長州藩不斷買入兵器並整頓軍備，如今甚至已夢想著要在革命戰中獲勝。

他們需要革命戰的開打契機。

若如此，不如就以支援龍馬和紀州藩之間戰爭的形式挑起戰端吧。

紀州藩乃是御三家之一，前將軍家茂也是紀州家出身而繼承本家的。幕府恐怕已有所動靜，一定會出面。到時逮住機會就出兵攻擊。

這想必就是桂的革命戰略。

「長州可急著哪。」

龍馬心想。據他觀察，恐怕不得不焦急，畢竟長州藩的經濟能力有限。

此藩之領為防、長二州，僅三十六萬九千石。的確，在德川執政的三百年間致力開墾，拓展事業，振興造紙、製鹽等工業，據稱已有相當於百萬石之領的實力。但相繼歷經四國艦隊之戰、蛤御門之變及幕長戰爭，已導致國力趨疲，接著又繼續擴大軍備。事到如今若不盡早進行革命戰，該藩恐將因軍備負擔過重而自行滅亡了。

「希望早點賭一賭。」

這就是桂的真正想法。若日子繼續這樣和平，長州這艘船勢必將因載重過重而自行沉沒。

「時勢愈來愈緊張了呀。」

龍馬了解了長州經濟情況及其掙扎，也藉此看穿未來的情勢發展。

紀州藩方面終究在協商上敷衍了事，甚至逃避而不予回應。

龍馬方面派人過去，也老是擺出「負責人不在，明天再來」的態度。

「殺進去！」

隊上的佐柳及腰越再度嚷道，但龍馬硬是阻止他們。

「哪能讓你們殺進去呀。」

龍馬暗想。他希望讓這起本國首起汽船相撞事件成為法治先例而流傳後世，這一直是他熱中的目標。

某日，龍馬親率眾隊士到丸山的花月，叫來阿元及其他十多名熟識的藝伎。

「我作了一首歌。」

說著彈起三味線，開始唱起自己作詞作曲的歌。

藝伎們也覺得好聽而隨之唱和，這首歌立刻就在長崎花街以爆炸之勢流行起來。

船被撞沉的賠償，
不拿錢呀，取其領國。

這是首單純簡潔的歌。總之意思就是，船被撞沉的賠償不拿賠償金，而要取紀州五十五萬五千石之領國。

在長崎，不僅町人，就連諸藩之士也都同情龍馬這方。他們一待華燈初上時刻，就在包廂內要藝伎彈這曲子並隨之唱和。

「『取其領國』。好大的口氣啊。」

很受酒客喜歡的就是這句。一介浪人竟說要「拿下」一路囂張了三百年的紀州德川家。

「怎受得了呀！」

土州人以土州腔如此感嘆。而肥後人也以肥後腔道：

「好氣概呀！」

意思是稱讚他們有男子氣概。想必是說武士很有氣概吧。

如此宣傳連紀州藩也招架不住，輿論顯然一面倒認為是紀州藩不對。

這時土佐參政後藤象二郎也自領國來到長崎。

後藤來找龍馬商量解決之策。

「如何？不如將問題交給藩來解決吧？」

後藤道。龍馬答應了。只要土佐藩出面質疑，紀州藩應該會認真面對吧。

「後藤君，我有一策。」

龍馬提出他的計策。

英國的東洋艦隊如今已駛入長崎港，龍馬說不如拜託該艦隊司令官金恩當臨時裁定者。

「當然不是請他來判決，而是把他當成『參考人』，向他詢問世界共通的理論。」

「有道理。」

後藤立即向紀州藩申請。

紀州藩大驚道：「我方會再討論。」然後暫時打發後藤回去。

其間，紀州藩方面當然並不是只仗著藩之威名。

紀州藩也有紀州藩的正義及想法。

「是伊呂波丸他們不對。」

他們一直如此相信。他們主張，兩船相撞時，伊呂波丸的舷燈沒亮。

又說伊呂波丸是操作輕便的小船。當然是小船應注意運轉並設法避免，故伊呂波丸在這點有所疏失。

不管怎麼說，紀州藩也為挽救自己立場而拚命努力。船長高柳楠之助暗中將兩船之航海日誌、相撞前一刻之情況及相撞後雙方之主張寫成一長篇英文。

以當時日本人的語文能力，要將這些內容寫成英文本身就已是個大工程了。當然更沒有翻譯必備的日英辭典之類東西。

高柳雖會荷蘭語，卻只知道幾個英文單字，這種程度的他竟想嘗試完成此文章。

長崎奉行所的英語通辭（翻譯官）品川某曾協助此項作業，總之他通宵兩晚才完成翻譯，故可謂是項壯舉吧。

這篇英文文章刊載於昭和六年（一九三一）發行的《南紀德川史》第四卷，長達一六頁。雖不算通順，但也不至於詞不達意。

紀州藩將此文章拿給長崎港內的英國軍艦艦長看。換句話說，是為取得「依照萬國慣例此情況孰是孰非」的根據。

但這份努力卻等於做白工，因為英國艦長看完後道：

「可惜情況是對紀州藩不利。」

插句題外話，紀州藩明光丸船長高柳楠之助及士官岡本覺十郎在明治年代後仍頗長壽，明治二十五、六年時曾回顧此事件，並對和歌山的藩史編纂者如此道：

「大概都是超過二十五年前的事了，可能記得不是很清楚。不過，才谷梅太郎……」

他以此名稱呼龍馬。龍馬在處裡此事件時一概使用此化名。

「現在想想，那個才谷梅太郎就是坂本龍馬。正如你所知的，他是討幕論之巨擘。」

因此才會對紀州德川家那樣窮追猛打吧，兩人如此道。兩人對龍馬的印象是：

「應對的言詞及態度都意外地正直而穩重，且多適切。」

但又道：

「他天不怕地不怕，實在很難應付。加上他手下的海援隊志士全是些剽悍而衝動之浮浪，他們對此事件暴怒，動不動就對我方施壓強逼。」

二十多年後回想起來依然無法克制心中的不快。紀州家是門第甚高之大藩，在他們的印象中，龍馬這群人簡直與瘋狗無異。

「若真無計可施，那就只好一死了。自己就和對方同歸於盡。」

有人抱著如此覺悟。

那就是紀州藩明光丸副船長岡本覺十郎。岡本如此決心包含著唯有當時武士才能理解的情感及理由。

「或許除互殺之外別無他法了。」

首先讓人感到忍無可忍的是土佐藩參政後藤象二郎的態度。後藤和紀州藩勘定奉行茂田一次郎最初在聖德寺中會談，談判結束時後藤語氣強硬道：

「貴藩截至目前為止的行為實在太冷酷。今後再不表現出誠意，後果恐不堪設想。請好好記住這點。」

當時坐在末席的岡本已情不自禁手按刀柄，後來被一旁的船長高柳楠之助制止。

接著是那首長崎花街流出來的「取其領國」的歌。這首歌不僅在酒家流行，連在小巷玩耍的孩童都會唱了。

「土州實在太目中無人了。」

岡本覺十郎心想。

再接下來，是因詢問英國艦長的結果對紀州藩不利。

「已經輸了。」

不僅得拿出巨額賠償金，紀州藩名譽也將受損而遭世人嘲笑吧。

岡本覺十郎暗中下定決心。藩之勘定奉行茂田一次郎似乎打算唆使市井浮浪去殺龍馬，他卻覺得：

「那種手段太不乾脆，且又卑鄙。」

要做的話，希望就由自己這個明光丸高級士官光明正大地報上姓名向龍馬挑戰，一刀瞬間解決所有事。他已有如此覺悟。

他將自己的想法告訴一位名叫須山藤左衛門的上司。須山在紀州藩的職名是御仕入頭取，是採購西洋器械的新設相關職位。

「武士之堅持不應制止。」

須山也認為只要殺了龍馬事情就解決了。

但即使岡本殺得了龍馬，岡本也非切腹不可吧。

「無論如何我這條命是保不住了，唯一掛念的只有家鄉的老母了。」

「這事就包在我身上。」

須山點頭道。他將自己的佩刀交給岡本，又道：

「這雖是末刻作匠名的備前刀，但很鋒利。」

岡本自這天起就尾隨龍馬到處跑，終於在第二天晚上，朝正從丸山花月下來的龍馬發動攻擊，可惜立刻就被打倒。

「我既不問你藩名也不問你姓名。」

龍馬衝著倒在石板地上的岡本豁達地笑笑，並就此離去。此後岡本就不曾再企圖襲擊龍馬。

「他有拔刀嗎？」

被龍馬打倒在花月坡下的紀州藩士岡本覺十郎甚至連這都不記得。總之在岡本覺十郎的記憶中，只明確記得自己躲在坡下的柳樹下。

走下坡來的人影只有單獨一人。腳步蹣跚，但看起來並未喝太多酒。

「就是他！」

岡本才這麼想，全身重量卻突然集中到上半身。身體莫名奇妙地重心不穩，同時感到一陣錯亂。

更精確說來，或許是一種心神喪失的狀態吧。接下來就失去記憶了。

應該是岡本拔刀突襲對方才對吧。而就在那一瞬間，他的身體卻飄至半空中，還重重摔在石板路上。

「會被殺！」

一想到這點就想趕緊彈起身體，卻只有血衝上腦門，全身上下都使不上力，連一根手指都動不了。

然而看來對方根本沒壓住岡本的身體。

「我既不問你藩名也不問你姓名。」

話聲極為溫柔，岡本腦海中還迴盪著這句話。

對方離去後岡本才站起來。刀不見了，那是藩重臣須山藤左衛門借給自己的刀。發現這回事時，岡本才驚慌地恢復意識。

他在附近找了找，發現刀掉在遠處的楊梅樹下。

他跑過去撿起來並慌張地朝往來路上四下張望。花月門前有道凝然不動的人影。是女人。看來應該是藝伎。

「被看見了嗎？」

慚愧終於讓他的行動加快速度。

但這時，方才那道人影已有了微小的動作。就如對熟人打招呼似地，微偏著頭並沉下身子，簡單行了個禮。

是阿元。

但岡本並不認識阿元，於是衝下坡去不顧一切跑回旅館。

「失敗了。」

他向須山藤左衛門道。須山頗有大藩重臣氣度地點點頭，接下來什麼話都沒說。

紀州藩覺悟到己方已註定失敗。接下來只剩該如何降低賠償金的問題了。
故正要物色適當的調停人選，這時有個與紀州藩的須山熟識之人，名為小村大介的伊予松山藩人幫忙出了個主意。
「薩摩藩的五代才助為最佳人選。」
趕緊找五代才助交涉，五代答應了，但條件是必須全權委託自己。
薩摩的五代才助當夜即展開調停活動。
「龍馬人在何處？」
他要薩摩藩的人打聽龍馬所在之處，沒想到是在小曾根宅。五代立刻乘轎飛奔過去。
「紀州的人剛來找我。」
五代一見到龍馬便道：
「託我代為調停。如何？土州也委託我吧。」
「紀州藩無計可施了吧。」
龍馬頓時了解。因土州方原本提議請英國的艦隊司令官金恩以參考人身分將問題訴諸公論，紀州方明明已接受卻突然改變方針，改採委託他藩之人調停的形式。
「紀州似乎已承認錯誤。」
五代道：
「他們委託我的工作是協助兩藩推算出適當的賠償金額。你意下如何？交給我來處理嗎？」
「這真為難。」
龍馬道。他和五代是朋友關係，要是和他討論金額多寡問題，往後感情恐將留下疙瘩。
「這事已全權交給後藤象二郎，你去問後藤吧。」
「原來如此，是後藤呀。」
後藤和五代是一起在丸山青樓喝酒的朋友。
五代說「了解」，便拿起佩刀起身，立刻直奔後藤下榻處。
後藤聽五代說明來意後立刻強烈反彈。
「要請英國水師提督當參考人將問題訴諸公論之

事紀州藩已答應，現在卻又勞駕閣下，真是豈有此理！」

五代翌日又來了，但後藤堅持不答應這種調停方式。

後藤可謂天生的討價還價高手。他早已預料，以此情形讓對方愈清楚土佐藩態度極為強硬，賠償金額就愈高。

最後，當五代第四度來訪時，五代也疲憊已極。

「關於土州的要求，我五代才助儘管能力有限也將竭盡所能貫徹到底。故請直言不諱告訴在下吧。」

後藤故作終於軟化的模樣而提出條件：

「首先要紀州藩提出一張致歉文。至於賠償金額就拜託你了，你覺得應該多少？」

五代提出一個數字。從船價及船上貨品之金額來估算的話，八萬三千兩如何？

「哇，比想像的多呀！」

後藤開心地將事情交給五代處理。

以五代的立場而言，這金額是自己提出來的，自然對紀州方堅持要這金額。紀州藩也不得不答應，而由勘定奉行茂田一次郎親自拜訪後藤並簽訂此約。

中岡慎太郎

中岡慎太郎人在京都。

但此時稍早於龍馬伊呂波丸事件，是在慶應二年（一八六六）末。中岡往來薩摩藩邸及公卿屋敷時，得知一個驚人情報。

孝明天皇駕崩了。

「時勢即將改變。」

直覺如利刃般敏銳的他立有此感。天皇是攘夷主義之權威，這點使得天下志士為之感動而奮起，但他卻非討幕論者，這點又令反德川勢力陷入混亂。

不僅非討幕論者，這位天皇反而有意恢復幕威，藉幕府武威重整國內秩序並要求幕府提出強硬的對外政策。他自然憎惡一向參與反幕行動的公卿，而於文久三年（一八六三）八月肅清三條實美等「奸賊」，將朝廷之人事安排切換成佐幕主義。

與這位天皇抱持同樣思想色彩的集團是京都守護職會津藩，會津藩負責管理的新選組也可說是與天皇同系列的思想結社。會津藩及新選組即扮演這位天皇之股肱四處奔走，致力驅逐反幕勢力，其正義之依據即為孝明天皇。

如今這位天皇駕崩了，繼位的是年僅十六歲的少

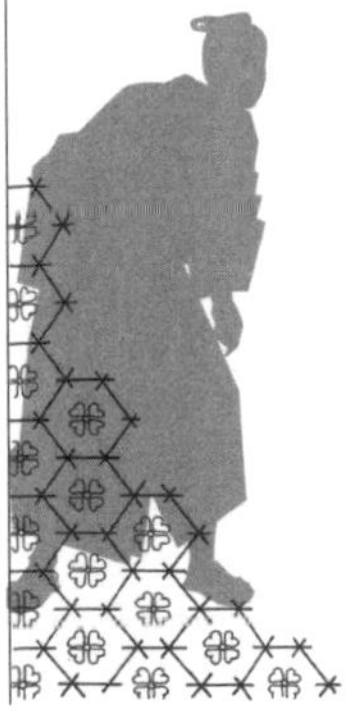

年天皇。

「就趁此時機！」

幕府也這麼想。幕府方也視孝明天皇嫌惡外國之癖為障礙，目前正設法自少年天皇取得早先與法國公使私下約定的兵庫（神戶）開港敕許。

——就趁此時機！

這麼想的還有已成為討幕派浪士之一的中岡慎太郎。中岡對薩、長兩藩而言已是最有力的藩外參謀。

碰巧薩摩的京都外交官西鄉吉之助（隆盛）也於年底自領國出發，赴京都藩邸就任。

「天皇一向最反對兵庫開港。」

中岡對西鄉道。

的確如他所言。已開放的橫濱及長崎距京都都十分遙遠，但兵庫的話，可就宛如京都之咽喉。若是讓外國人在此居留，以中國的前車之鑑，他們恐不知何時會襲擊皇都呀。天皇就是抱持著如此恐懼感。故一直以來幕府雖曾多次嘗試取得兵庫開港的敕許，但終究未獲准。

幕府一心一意希望開港。因原則上幕府可獨占大半的通商之利，故以此利益應能改變幕府的經濟體質。決不能容許如此情況。這是中岡等討幕派之立場。

「當此之際，必須從幕府奪來外交方針之決定權。故正如普魯士之例，我認為國家之最高問題應由朝廷召開諸侯會議解決。」

中岡如此主張，西鄉也表示贊成。

再無其他較「諸侯會議」的構想更令幕末時期之志士興奮的救國方案了。

當然，這並非中岡獨創之案，也不是龍馬或西鄉想出來的，而是他們都曾針對此案討論。而此案之基本材料，其實是出自英國一名年輕人的論文。

這名青年就是英國公使館的通譯官薩道義。薩道義語文能力極強，連日文文書能閱讀無礙，不僅如此，更重要的是他還對情勢具有出色的分析能力。

這位薩道義寫了一份收拾日本混亂的提案書，刊在橫濱發行的《日本時報》。

關於將軍，他寫了如此意旨之文章：「起初諸外國皆以為將軍即為國家元首而幕府也如此宣稱，實際上幕府不過是諸侯之長，卻自稱為日本之君主，實為僭越之舉。」並從歷史法律及現象方面提出論證。

總之，以英國為首之列強正打算與之締結外交關係的將軍並非日本元首，今日外交已呈現一片混亂。薩道義如此闡述並提出結論：「故應改造日本之政治形象。最好是把將軍降至原本的大諸侯地位。此後由擁戴天皇的諸侯聯合組織為支配勢力來處理政治，如此才是最妥善之策。」

寫這篇論文時，薩道義未與其監督者（英國公使）商量就以個人立場發表了。這當然違反公職服務規定，但薩道義在明治之後曾於其回憶錄中如此寫道：「我根本沒把那種事放在心上。」

這篇私人論文被薩道義的日語老師阿波蜂須賀家之家臣沼田寅三郎譯成日文，其抄本自然就此流傳出去，在日本人之間廣受閱覽。

論文標題也不知何時改成〈英國策論〉如此極帶官方色彩的標題。龍馬也讀了，中岡當然也讀過。

至於西鄉，不僅讀過，還曾於泊在兵庫海面的薩摩汽船中與薩道義會面。因薩道義這青年一向覺得西鄉人格具有無窮魅力，故專程前往拜訪。

姑且不論薩道義這篇論文究竟帶來多大影響，「諸侯會議」之案在幕府支持者之間也開始受到認真討論。

幕府已逐漸喪失擔當國政的能力，這點即便是佐幕派也早已承認。

站在討幕派之立場，此時設置「諸侯會議」更是得以吸收反對派的上上之策。

「我先回領國，盡速統一藩論。」

西鄉道，並建議中岡也去鹿兒島。西鄉和中岡開始展開行動。

中岡是個機敏之人，他立即前往大坂，邀一直藏匿在土佐堀薩摩藩邸的長州人井原及清水兩人為伴，一同前往兵庫，正好藉用碇泊於此的薩摩汽船前往大宰府。

因孝明天皇下旨而遭罷官的三條實美等五位公卿，目前就在大宰府閉居中。中岡此行就是為了向他們報告孝明天皇駕崩這項文久年間以來最大政治新聞，並商議今後大事。

西鄉較他們略晚數日，也搭其他船班前往鹿兒島。該腹案他已與同藩的小松帶刀和大久保一藏，以及中岡慎太郎等人先在京都推敲完成了。

雖稱為「諸侯會議」，但也不能要三百諸侯全數到京都集合。那些人充其量不過是大老爺，絕大多數是既無能又無思想，就連救國的政治思想也無，對情勢更一無所知。

不過天下有人稱「四賢侯」的人物。安政年間舉世喧騰的四賢侯是以薩摩的島津齊彬為首，另外還有土佐的山內容堂（豐信）、伊予宇和島的伊達宗城及越前福井的松平春嶽（慶永）。但如今齊彬過世，故由其弟現任薩摩藩主之生父島津久光遞補。

這四位賢侯共同召開會議。

當然是由朝廷主辦，而事前工作西鄉早於出發前就打點妥當。

西鄉一返回鹿兒島，即刻拜謁久光、忠義父子，提出：「要從以往以將軍為中心的政治轉換成由朝廷召集之四賢侯會議政治，如今正是大好時機。若錯失此良機，幕府恐不知將擁幼帝做出什麼勾當來。」

這樣的可能性極高。首先，因為幼帝之攝政為公卿首席佐幕派的二條齊敬，幕府極可能將朝廷當成傀儡利用。

「言之有理。」

就連一向討厭西鄉的島津久光也能充分了解如此重大情勢。

「要執行此會議必須動用武力。」

西鄉道。光提出「四賢侯會議」，朝幕雙方必不認可，必須有足堪增加會議分量的大軍為背景。換句話說，四賢侯必須趕緊率大軍上京。西鄉如此主張。

「這也言之有理！」

久光這句話幾乎是用喊的。風雲已然到來，薩摩藩應該乘勢出動了。

「即刻整備大軍，循海路上京！」

久光道。

接下來必須說服其他三賢。越前的松平春嶽已在京都，故應說服另外的土佐及宇和島即刻採取行動。

「即刻出使！」

久光命令西鄉。西鄉於是乘汽船前往土佐。

西鄉循海路從鹿兒島進入土佐的浦戶灣，在高知城下的散田屋敷拜謁老藩主山內容堂，這日為二月十六日。

此事前文略有提及，但請容筆者在此重複。因為中岡慎太郎在日記中對會談情形描述得極為鮮明。

西鄉朝上座的容堂闡述天下情勢，並說明四賢侯會議之必要性。理解力特強的容堂爽快答應道：

「我贊成。」

容堂是個思想複雜者。他雖以佐幕家為人所知，但那可謂是情感上的佐幕主義，故此時也對西鄉道：

「我對薩州侯之努力不勝尊敬，也認同其意見。但希望他能了解一點，我土佐山內家和薩摩島津家不同，在創業之初多蒙德川家之恩。望能體察此事。」

容堂以一位政治家而言，應已相信救國之道唯有統一全國並尊京都之天皇為首。故假使他生來不是土佐藩主而是地位卑下的武士家次男之輩，恐怕早就成為最激進的勤王主義者了。

「那麼……」

西鄉再度確認道。

容堂有個壞習慣。容堂這位直覺敏銳而賢明過頭的詩人，即使與人共組會議也覺別人愚蠢至極，最後甚至憤而離席並返回領國，過去曾有一兩次如此事例。

「因這回乃是極關鍵之時期，請勿像從前那樣，事情做到一半就返回領國了。」

以西鄉之立場，對大名這樣說實在相當大膽。

但易怒的容堂，卻微笑接受西鄉巧妙而帶點詼諧的說法。

「嗯……」

他神情愉快地點點頭，甚至道：

「我答應你。這回我會抱著化為東山之土的打算，恐怕再也不回土佐來了。」

這位仰慕織田信長的行動主義者，接著便在西鄉還滯留高知期間早一步實行自己的承諾。他對藩內下了上京的總動員令。

西鄉接著又乘船離開土佐灣西航，往西繞了個大圈，駛入同在四國的十萬石伊予宇和島之城下，去拜謁四賢侯之一的伊達宗城。

宗城的臉型較長，甚至有「長面侯」之稱。此外又上了年紀，且個性也非容堂那種多血質類型（譯註：活潑而情緒化），而是屬膽汁質類型（譯註：衝動易怒）。故與土佐情形不同，西鄉在宇和島受到不甚愉快的對待。

關於以上這一段。

總之，〈中岡慎太郎日記〉所載的這一段，似乎是中岡根據西鄉描述而據實寫下的。

伊予宇和島的伊達宗城對薩摩藩所提之四賢侯會議採取極度警戒的態度。

「我才不會被薩摩人騙去呢！」

如此態度十分明顯。這位老爺也是擁有無比賢明及行動力之人，且其洞察力也深知幕府命脈將絕。

這點和薩摩人並無二致。

即使如此，卻無意隨薩摩藩提議起舞，因不知薩摩藩對幕府懷著什麼樣的感情。伊予宇和島的伊達家屬外樣藩，曾是仙台伊達家之一門，但宗城本身卻是從旗本山口家過繼來的養子，算是幕臣出身。他對幕府的情感並不似西鄉，可說是尊王佐幕派，這點與容堂思想一樣。

「土佐的容堂公究竟為何上京呢？」

隨侍在宗城身側的家老松根圖書問西鄉。容堂應該不喜隨薩摩起舞才對呀——松根如此不懷好意的疑惑溢於言表。

西鄉大為不悅。

「這不必多說吧。容堂公是因見到天朝今日危難，認為臣子不得不有所為而上京的。」

他打官腔似地回答。

最後伊達宗城雖決定上京，但和西鄉會面時卻不明說去或不去，故意擺出婆婆刁難媳婦那種態度。與容堂乾脆的應對方式極為不同。

討論結束後就是酒宴。

這場酒宴很怪，叫了許多町區藝伎來侍酒。

「這就是宇和島的習慣。」

宗城笑道。

酒宴上，宗城打趣似地問西鄉：

「吉之助，你在京都有情婦嗎？」

西鄉這時期還沒有稱得上情婦交情的女人，但覺得這問題很無聊，便道：

「有的。」

宗城又纏著進一步問道：

「叫什麼名字？」

面對這愚蠢的問題，西鄉實在不知該如何回答：

「真抱歉，這與您無關，現在還是請您問些相關的問題吧。」

沒想到宗城竟不高興地道：

「你這人就是因為會說這種話，才教人拿你沒輒。」

宗城這話是中岡聽西鄉轉述，後來原封不動寫下來的，故意忠不太明白。

若他的意思是要西鄉「聊些言不及義的話」，那麼，西鄉本就是這方面名人呀。宗城肯定對西鄉這人的理解有誤。

話說中岡慎太郎。

這位不知疲倦為何物的活動家單槍匹馬踏上筑紫路，終於抵達大宰府。

大宰府幽禁著日本最大政治犯——三條實美等五名過激派公卿。

中岡前往三條實美下榻處拜謁五卿，轉達天皇駕崩的消息。

「此事當真?」

上座的實美等人震驚不已，不禁探出身子。

「是真的。」

中岡平伏在地道。感情豐富的實美率先出聲痛哭。

「真教人意外。」

中岡不禁暗想。實美等人是因觸怒佐幕的孝明天皇才被朝廷驅逐而淪落至西國，如今又因幕府之令而幽禁在此大宰府鄉間的，理應對天皇抱持恨意才對。但這五位公卿卻個個掩面哭了起來。

中岡的手記中有如下記載：

「五卿慟哭不已。我也又哭了，因而無法抬頭看。沒多談就退下了。」

五卿哀傷之強烈令人意外，此時也無法討論天皇駕崩後的政治構想。

翌日，中岡再度前往拜謁時，實美果然已稍稍恢復冷靜。

「中岡，」

實美道：

「新帝年紀尚幼。幕府若擁此幼帝掌控朝廷，幕權將持續百年之安泰吧。一思及此，余便按捺不住呀。」

中岡聞言便道：「薩摩藩應已藉此機會於京都進行撤銷幽囚五卿之聖旨的工作，故遲早應會發布赦免令吧。」

實美點點頭道：

「話雖如此，也不可能現在立刻回京吧。工作需要時日，在此期間，萬一幼帝落入幕府之手，那可就回天乏術了。」

「那麼，我等將盡力不讓那樣的事發生。」

中岡接著向實美提出把四賢侯會議當成一種臨時政府的方案。實美聽了開心得拍著大腿道：

「不管怎麼說，在此重大時期余仍為幽囚之身。中岡，余希望你能當余之替身呀。」

換句話說，就是「以我代理人之身分，為我代言，為我奔走」之意。實美說著還拿出自己自幼就帶在身上的護身御守交給中岡。

中岡後來就前往鹿兒島。在鹿兒島和薩摩藩廳商議之後又繞至長崎及大村，然後返回大宰府。

中岡再度前往拜謁三條實美。

「其實有件極其重大之事件想稟報。」

他下定決心似地道。

「什麼事？」

三條實美問道。

「是有關宮內之事。」

中岡道。

三條制止他說下去，因為他知道中岡接下來要說什麼。

中岡是要問，天皇駕崩後的對朝廷工作應委託何人。這是最重要的一件事，但關於此，三條也想不出辦法。

沒有任何人選。如今位居朝廷要職的公卿清一色是佐幕派，毋寧說都是敵人。過激勤王派早被一一撤職了，但他們之中也實無任何人具有回天大業所必須的朝廷工作能力。

「公卿皆蠢物啊。」

三條實美忍不住長嘆。但若無公卿，就無法進行對朝廷的工作。

「您說，若交給前右近衛中將岩倉具視卿呢？」

中岡盡量維持平靜的表情道。這可是個非同小可的名字。

幕末時期之初，他曾以朝廷佐幕派之策士而活躍一時。

岩倉在安政時期支持井伊大老的強行開國政策，曾為幕府及朝廷之融合而奔走，最後甚至成了推動皇妹和宮下嫁將軍家茂之運動的核心人物。

因此招來志士不滿，而成了他們口中「身為公卿卻將皇妹出賣給幕府的奸賊」。井伊在櫻田門外被殺後，岩倉也成為過激志士的目標，還差點遭暗殺。

他後來奉聖旨退隱至京都之北的岩倉村，目前應正過著窮困的生活。

中岡言下之意是想拉這位岩倉出來。

「這人不是大奸人嗎？」

三條忍不住提高音量。

中岡點頭道：

「的確聽說如此。不僅如此，文久年間，小的也曾想暗殺岩倉。」

「那為何如今又要找他？」

三條已幾乎面無血色，可見岩倉的評價有多糟。

但中岡到鹿兒島去時出現如此話題。

「苦無有能之公卿。」

就是關於此事。要說有能，就只剩惡名昭彰的岩倉村那位隱居者了……

「那個岩倉嗎？」

大久保一藏道：

「有個秘密傳聞，聽說他對幾年前的錯誤已有悔悟，如今幾乎是唯一心懷回天之志的公卿。暗中拜訪岩倉村的水戶脫藩浪士香川敬三、江戶儒者大橋順藏及肥後脫藩浪士德田隼人等都這麼說。」

「毒藥正可當藥用。」

中岡心中也贊同。因此中岡如今才會勸大宰府的三條和洛北岩倉村的具視結盟。

中岡對三條實美的請求是：

「希望您寫封信對岩倉卿表示願與之締結友好關係。」

就是這件事。

「小的將把這信放在懷中，上京到洛北的岩倉卿退隱之所，去見岩倉卿。」

「見了又如何？」

「先去見他，親眼親耳確認其識見、熱情及誠意如何。」

「然後呢？」

「是，這樣以後，也就是說若果真如此，小的就想將您的信交給他，完成三條卿與岩倉卿之密盟工作。」

總之，言下之意是想試探這人，試探完再由中岡以三條之代理人身分，代為結成過激派份子三條與天才型策士岩倉之秘密同盟。

中岡慎太郎很會看人。他對人物之評語在志士間也很出名，大家甚至認為只要是中岡看得上眼的人即可視為一流之士。

「既然你說這是為了回天大業，余亦無異議。就交給你了。」

三條壓下情緒道，同時起身寫信給他最痛恨的政敵。

「余西竄後百事不如意，卿應好好輔助中興之業。余也將共同協助。」

此即信之內容。他握筆的手不住微微顫抖，這或許是此公卿之個性使然吧。他本就是個性強又情緒激動之人，有些女性特質。

中岡拜領那封信，將之撚成條狀並縫進襯衣衣領中，然後戴上愛用的韮山笠自大宰府出發了。

途中在下關下船，和正好在此的龍馬到料亭長太樓痛飲。此時中岡聽說與他長年一起奮鬥的同志高杉晉作病危。他得的是肺結核，據說只能等死了。

以高杉個性，即使病得這麼重一定也要為藩內政變及幕長戰爭的作戰指揮奔忙，且其間也不會戒酒，而勉強硬撐。

和龍馬共飲時，中岡露出祈求上天保佑高杉似的表情喃喃低語：

「這世上要是沒有你，長州早就完全兩樣了吧。」

說著流下淚並吸著鼻子。

中岡接著向龍馬透露促成三條與岩倉合作的工作。

「三條卿答應了嗎？」

龍馬不禁瞪大眼睛。

龍馬已實際體會到，透過薩長秘密同盟，歷史已朝維新大大跨出第一步。而第二步應該就是三條與岩倉合作一事吧。

依龍馬所見，如今已不能光靠三條實美那種純情激昂的朝廷中人來改造朝廷。他們不可或缺是在革命初期，如今，岩倉這種卓越的策士才是真正必不可少。

中岡慎太郎潛入京都，時為慶應三年四月。

整座京都市內都有會津藩士及新選組手持亮晃晃的長槍巡邏。

從伏見一進入京都，就在大佛前被新選組巡察隊的某人盤查。

「哪個藩的？」

新選組隊士問道。

中岡的沉著已是有口皆碑。他定睛凝視對方之後只簡短地回答：

「薩。」

因為說得太多可能會露出土佐腔。

「敢問姓名是？」

新選組本是浪人結社，但因屬幕府機關京都守護職管理，在法律上公然擁有警察權。他們的盤問自然非答不可。

「石川清之助。」

這是中岡常用的化名。

「打哪兒來，要上哪兒去？」
「大坂。現要去薩邸。」
「哪個薩邸？」
「二本松。」
他緩緩邁出步子。新選組多少還有點懷疑，但公然宣稱是薩摩藩士的人是殺不得的。
在祇園石階下方，中岡也受到見迴組的盤查。見迴組和新選組不同，成員原則上是選自幕臣子弟，故態度極為強橫，隊的統管力也不似新選組那般井井有條。
「你哪藩的？」
是以如此語氣並揚著下巴問的。
「薩。」
這時中岡的回答還是盡量簡短。此時期，即便是幕府也對薩摩藩敬畏有加，故此藩名就像護身符般靈驗。
「失陪。」
中岡說著就走開了。老實說他有脫離虎口的感覺。
「還不能死啊。」
中岡心懷回天密謀，除非此密謀開花結果並大大扭轉歷史，否則自己死也不瞑目。
「高杉就無所謂。」
這種時候他老是這麼想。高杉晉作已離死不遠，在中岡看來，高杉已完成歷史的使命，故感覺就算死了也能安心升天。
「而我才剛要起步。」
中岡心想。他雖於文久三年自土佐脫藩以來一直過著櫛風沐雨的生活，但如今才剛要去催生自己構想的新歷史。
從京都市區往北走，不一會兒就到了二本松的薩摩藩邸。
「是我。」
中岡如此向門衛打招呼，然後迅速走進門內。
在此住了一夜，和藩邸的人商量潛入岩倉村的手段，但聽說岩倉村也有幕吏警戒，反較市內麻煩。

其間中岡究竟是如何潛入岩倉村的，詳細說來多少有些繁瑣。

是有方法的。

「有位名叫前田雅樂的仁兄。」

薩摩藩士高崎佐太郎道。前田雅樂是個在皇宮執勤的武士。

他與岩倉具視有來往，岩倉具視在京都有事時，一直把前田雅樂家當成連絡所。當然，岩倉是受先帝降罪之身，故無法親自到京都來。岩倉有個忠僕叫與三，這年輕人是岩倉村的農民之子，他總是充當密使暗中造訪前田家。

「只要與三來就能取得聯絡。」

高崎說著就帶中岡去找前田雅樂說明此旨，沒想到就是這麼幸運，頭上綁著布巾、農民模樣的與三正好從後門摸了進來。

「真是太幸運了。」

中岡內心雀躍不已，心想這定是神助，自己胸中秘策或許可藉此而成為扭轉時勢之鑰。

「與三，拜託你了。」

中岡求他為自己帶路。

「小的試試。」

與三繃著臉道。萬一事跡敗露這年輕人肯定也沒命。

翌日傍晚，中岡趁天色昏暗，走出了二本松的薩摩藩邸。

離開京都走到田中村時，夕陽餘暉落盡，只得靠星光前進。

路是鄉野小徑。他穿著草鞋勉強摸索著腳下前進，卻不敢點亮提燈。中岡怕刺客或許就跟在後頭。

「土佐的星星比這要大一點。」

中岡有些遺憾地仰望天空。京都的星星較小，是因此地與南方的故鄉相較之下濕度較高吧。中岡突然想起故鄉的老父和妻子。

經過森林特多的上賀茂村，走進松崎村再穿過此村後，有段上坡路。

這段坡道名為狐坂。

此名也曾出現在古歌中，即便現在據說也一如其名，經常有狐出現。來到坡道這裡就是岩倉村了。

中岡在坡道半途坐下，拿出竹筒喝起水來。

「大爺。」

一條人影爬了過來。是與三。

「這一路上還順利嗎？」

「嗯。」

幕府在岩倉具視借住的農民家稍遠處隔著路設了監視所，命幾名會津藩士在此值班。與三變賣岩倉的小刀買酒請那些人喝，他說如今正酒酣耳熱。

中岡在與三的帶路下進入岩倉村。這是座丘陵環抱的奇特村落，但或許此村將成為今後維新回天之樞紐。

岩倉具視退隱之所的北側是片旱田。南側面對著村道，有扇破舊的便門，成排杉樹籬後就是比叡山。佔地比想像中大，應多達四百坪。

宅子屬地四周以紅土牆圍起，四處都有崩塌之處，一部分是成排的杉樹籬。

中岡像狗一樣從這樹籬爬了進去。

房子很小。

本是附近農民蓋來當隱居之所的，只有三間分別是六疊、四疊半及三疊榻榻米大的房間。三疊大的那間是僕人與三睡的，六疊大的那間似乎就是主人岩倉的起居室。

「這就是前中將的家嗎？」

中岡心想，儘管他是受先帝降旨懲罰的罪人之身，這也……中岡心生憐憫。

幸好土地很大，故聽說岩倉自己會翻土種些蔬菜。

幾乎沒什麼收入。原本的家祿是一百五十石，實際收入只有四成。就這麼點收入，京都的家人要吃，還要維持這隱居所的開銷，實在辛苦。

岩倉愛喝酒，每天要喝三次，每次各五勺酒。據與三所言，下酒菜通常是豆腐。

似乎也喜歡魚。

但沒有餘錢每天買鮮魚，故與三有時會在河裡釣魚。偶爾兒子周丸和八代丸兩兄弟會從京都到此流放地看他，來了就整天到河邊釣魚，設法讓父親吃得豐盛些。

中岡昨天在前田雅樂家見到與三時，就聽說了岩倉的日常生活。

為防岩倉遭刺客偷襲，太陽一下山就嚴鎖門戶。但某個夏夜，正當與三幫他按摩時，兩人都突覺昏沉，最後主從二人竟疊在一起沉沉睡去。

——然後呢？

中岡問道。接下來就不省人事了。說是凌晨一點多，兩人突然醒來，連忙分頭把門窗關妥。

有時也會起風。文久三年九月的某個午後，突然來了場暴風雨。這房子是蓋成四面通風的，故岩倉和與三都很緊張。

門窗及隔間紙門都被吹掉，岩倉和與三在室內瘋狂地衝來衝去，忙著用手壓住文件，接著用腳，最後整個身體趴在文件上壓住。因為怕遺失秘密文件。

「原來如此。似乎真是鄉野生活。」

中岡心想。

說到鄉野生活，岩倉怕打雷的程度簡直接近病態。如此有膽識之人竟怕打雷，或許應稱為可愛。但每逢打雷，與三似乎就得忙著照料他了。他說他得趕緊掛起蚊帳，把岩倉拋進裡面再以棉被蓋住，等雷聲停止。

「這邊請。」

穿過杉樹籬的與三，邁開腳步走進黑暗之中。

走到房子附近時，發現遮雨窗全關得緊緊的，大概是為了避開在村道對面值班的會津藩士監視吧。

屋裡似乎也未點燈，門縫都是暗的。

「御所大人，御所大人。」

與三把嘴貼在門縫道。「御所大人」是京都人對公卿的敬稱。

「我來開。」

屋裡傳來小聲回答，的確是岩倉的聲音無誤。

一會兒，門打開一條小縫，開至約三尺寬時，屋裡的黑影以沙啞的聲音問道：

「是土州的中岡慎太郎吧？」

中岡跪坐在地上，低頭道：

「在下是土州的中岡慎太郎。」

他以小聲但又頗有自己特色的明朗聲音自我介紹。

「久仰大名。快進來吧。」

「聽說是怪物……」

中岡暗想：

「但聲音倒是很親切。」

中岡走進屋裡，把大刀放在走廊上，然後走進四疊半大的房間。

這時與三又重新把門關上，岩倉則以打火石點燃行燈。

「那裡太窄了，到這間來吧。」

岩倉招手叫中岡到自己那間六疊大的起居間。

「這……」

理應避免。面對貴人應隔著門檻在隔壁房間等著被問話，這才是應有禮節。

「我是流罪之人。何況這房子就像樵夫的小屋，特准你同席。」

岩倉以往就像個賭場老大，是位不守常規的公卿，卻對禮節十分吹毛求疵。而如今岩倉竟如此道。有了上座與下座之分，對談時音量自然會提高，岩倉就是怕如此會洩漏機密。

「那麼請恕小的僭越。」

中岡走進六疊大的房間。連壁龕都塞滿書籍。

「是個愛讀書之人嗎？」

他心想，卻聽過不一樣的傳聞。

岩倉二十歲前曾在皇宮的講堂與其他公卿子弟一同學習。有一回正好是伏原宣明的《春秋左傳》的課，上課中他竟抓著同輩的中御門經之道：

——來下將棋吧。

說著從懷中掏出手做的紙棋盤並攤了開來。中御門是認真的學生，他嚇得面無血色責備道：「現在老師正在講課。你為何不聽講？」。岩倉嘲笑道：「《春秋》的大意我已經懂了，那種東西只要知道大意就行了，就算記住其餘那些死板的字句解釋又能怎麼樣？還不如來下將棋鬥智。」

他就是這種個性。總之不是愛讀書之人。

「相貌不凡。」

中岡出神地望著岩倉。

光頭。細長而單眼皮的雙眼炯炯有神，大嘴嘴角下彎，像人面蟹似的。年齡大約四十二、三歲。

「這人是公卿嗎？」

中岡甚至如此懷疑。岩倉這長相與他的出身階級實在相差甚遠。

這相貌太奇特了。並不是說這種相貌很稀奇，而是不適合扮演公卿或大名，比較適合賭徒或江湖藝人的老大。

事實上，岩倉曾把房子的一部分租給賭徒，讓他們經營賭場，靠抽頭度日。這事中岡聽說過。

「來得正好。」

岩倉展顏笑道。

岩倉對中岡這名字及其事蹟知之甚詳。因為水戶脫藩浪人香川敬三及土佐的大橋甚三等人一直暗中到此處找退隱的岩倉，向他報告天下情勢及有為之士的動靜。

「今晚我想和你聊個通宵。」

岩倉起身到廚房去，一會兒提著酒壺和茶杯進來。與三隨後拿了鱿魚乾進來。

「聽說土佐人酒量好，你的酒量如何？」

「沒什麼酒量。」

中岡苦笑道。若說酒量，龍馬和中岡都比不上其他同鄉。

「聽說喝酒都有酒癖。還聽說，薩人喜與歌伎同樂，長人愛瞪眼吟詩，土人則是口沫橫飛辯論。」

「因為沒拿手才藝呀。」

中岡更不得不苦笑了。土佐自古以來一直被稱為鬼國，未接受京都文化洗禮，甚至被認為或許鬼比人更適合居住於此。

「語言應該也是原因之一吧。」

岩倉道。岩倉對土佐話十分精通。土佐話發音清晰，且很少像京坂地方那種意思不明的情緒用語。這點可謂唯一便於井井有條說明內容的方言。

「土佐論客特別多，或許就是因為這緣故。」

岩倉道。

接下來是時務的話題。岩倉提出明確的奪取政權論及推翻德川氏論。

「安政以前我也是主張佐幕論。因幕府既擁有日本之政權武權，那麼就只有協助幕府保護我國不受外夷欺侮。但如今情勢轉變，幕府已喪失如此能力，其存在反而逐漸成為日本生存之障礙。除非捨棄幕府，否則我國就只有滅亡一途了。」

岩倉詳細舉例說明如此要旨。

「那就像虛張聲勢的狗一樣。」

岩倉道：

「我蟄居在此岩倉村的數年間，把自己的一點想法寫成文章，幾度寄給京都朝廷的有志之士。」

他所謂的「想法」是指收拾時局之策。岩倉拿其中兩三篇給中岡看，每篇都充滿令人眼前一亮的獨到見解，論旨也相當明快。

「原來世上有這麼了不起的人。」

中岡不得不重新審視岩倉的光頭相貌。

論文之論旨固然讓中岡佩服，但他最感佩服的一點是，岩倉在此蟄居期間也未停下頭腦及神經的活動。光是此事就足以讓中岡認為岩倉絕非尋常之人。

「換做平常人，必厭世韜晦，只知一味感嘆。要不就是徹底悔悟，從此不問世事了吧。總之，他似乎是個靜不下來的人。」

如此坐立不安的行動派個性，正是今日風雲所需。

「您每天都只想著這些事嗎？」

「有時心情也會萎靡。陰鬱頹喪來襲時，那種悶悶不樂的感覺若非有過如此蟄居生活經驗者是無法了解的。十天就有這麼一回，甚至曾想一死了之。」

「那時您都是如何拯救自己呢？」

「沒法可想。不過……」

岩倉把手伸到背後，從成疊的書籍上拿出一本線裝書。

《都氣能雄久志》（譯註：日文音為「黃楊木製小梳子」之意）

封面以萬葉假名（譯註：借漢字表音之日文）題著如此標題。是岩倉親自為自己編纂的詩歌選集，收錄的全是他人的作品。

作者全是已故之人，個個都是為國犧牲的勤王志士。

「就讀這些詩，以澆我胸中塊壘。」

岩倉道。所謂「塊壘」就是成堆的石頭。古代中國人說男子胸中皆有塊壘，又說，男人喝酒就是為了澆卻這些塊壘，應該也可解釋成抑鬱之心情吧。

中岡訝異的是，那些已故志士之名全是與岩倉持相反立場的所謂過激志士。寺田屋騷動中戰死的薩人有馬新七、已故的天誅組成員藤本鐵石、蛤御門之變的真木和泉及久坂玄瑞等，只是快速翻閱就看到三十多人的名字。

「此卿之至誠無須懷疑。」

中岡如此判斷，故聊到一半就切入正題，請他與蟄居大宰府的三條實美合作，同時呈上三條的親筆信。

岩倉讀後雙眼泛淚道：

「之前已有薩長聯盟之秘事，如今三條卿和我又要攜手合作。如此，天下事無異已成呀！」

席上並非只是討論正事。

岩倉若對說理的話題感到疲累，就改聊無傷大雅的鄉間話題，使得平素很少笑的中岡也忍不住爆笑。

「鄉下是鄉下，也有其趣味之處。」

岩倉道。在岩倉這種有資格上殿的高官眼裡，無知蒙昧的庶民生活反而具有妙不可言之樂趣。

「此處再過去一點有座名為花園村的村落，住著一個名叫九兵衛的老農，那傢伙耳背很嚴重。」

花園村的九兵衛是岩倉幼時的乳母之夫。勤王派刺客想到這岩倉村退隱所來取岩倉性命的那段時間，岩倉曾一時躲在花園村九兵衛家。

「那時實在很無聊呀。」

岩倉道。為了打發時間，成天都跟在九兵衛身邊。

「九兵衛雖上了年紀卻仍十分忙碌，每天都到曬穀場去撚繩。我就蹲在九兵衛身旁，跟他聊上一整天。」

「原來如此。」

原來岩倉曾孤單到不得不和這種人閒話家常呀。不過九兵衛這老人打從岩倉出生就識得他了，故對岩倉而言，是最能暢所欲言的對象。

「九兵衛沒讀過書，且是個頑固的農民，卻歷盡風霜，故其長者風範甚至較公卿及大名等更具穩重之風。或許該說他更具威嚴吧。」

「原來如此。」

「有一次，我照例在撚繩的九兵衛身邊跟他說話，在庭院嬉戲的五、六隻雞正好啼報了正午之時。」

當時九兵衛緩緩轉過頭去望著那群雞。

「物換星移，物事也與往昔愈來愈不同啦！」

他夾雜著漢語喃喃道。「物什麼？」岩倉趕緊豎起耳朵。

「我們年輕的時候，雞報時一定都會發出『咕咕咕』的聲音。但現在那些雞都只張嘴而不發出聲音。」

原來九兵衛是忘記自己耳背聽不見的事了。
「原來如此。」
中岡大笑。頑固的九兵衛身影栩栩如生，彷彿就在眼前。
「庶人中也有了不起的人。」
岩倉也高聲大笑：
「我也領悟到，世上有很多人都是以如此態度考量各種事情。我若繼續過著那樣的公卿生活，恐怕永遠不會知道這點吧。在這流放地的生活實在對自己很有益處。」
岩倉也邊聊天邊觀察中岡的為人。
「看來是個剛直之士。」
一開始他就從中岡的相貌了解到這點，接著卻又慢慢發現並不只是這樣。中岡對時勢具有敏銳的感覺且個性果斷，不僅如此，還能迅速理解岩倉所言，而即時回應並巧妙地展開其他討論。岩倉對此十分欣賞，心想：
「此人值得共事。」
岩倉心念一動，便把從未告訴他人的極密秘事告訴中岡。
岩倉並非泛泛之輩。前文已提過，他在蟄居期間不斷寫下自己的意見，並請周遭之人代為傳遞。
說到岩倉所託之人，朝廷中人就是中御門經之。經之和岩倉是竹馬之友，此事前文已提過。
經之是個凡庸的公卿，唯一可取之處就是誠實，但這位公卿卻對這幼時玩伴岩倉無上敬畏，只要是岩倉所言，必言聽計從。
而經之只要接到遠從洛北岩倉村傳來的訊息，就依該指令在朝廷中行動。
此時卻發生孝明天皇駕崩的重大事態。岩倉接獲此報大感悲嘆，但同時也認為自己復出政壇之日已到來。
「我若不重返朝廷，將無法拯救天下之混亂。」

岩倉心中湧出如此強烈的想法，給中御門經之寫了好幾封密函。僕人與三也多次潛入京都。

岩倉第一根成功釘入的楔子，是設置幼帝輔佐人「大傅」之職。

朝廷的最高官是關白。若天皇為成人，只要有關白就夠了，但若為幼帝，就必須有一位監護人似的人隨時在身邊輔佐帝業。此即岩倉之意見。

「若連這位監護人角色的公卿都納入我方陣營，朝廷之事就能一切如意了。」

岩倉一定是這麼想吧。因為只要這位扮演監護人角色者拉起幼帝之手蓋下御璽，敕書就立時完成了。即便是「討幕」的敕書也能瞬間完成吧。

按下此意不表，岩倉只以極正面之理論，對篤實的中御門經之說明「大傅」之必要性，並道：

「閉門思過的前大納言中山忠能卿最適合此職位。除他之外再無其他人選。」

中山忠能即為幼帝（明治天皇）之外祖父。忠能之女慶子生下幼帝，而幼帝自尚稱為祐宮之幼兒期開始直到最近，一直都住在中山邸接受養育。

應該很適任吧。岩倉和中山忠能並無交情，但他相信賣忠能這個人情，自己就可能復職。

事情果如岩倉所想的，忠能將在幼帝身邊服侍。

所謂革命，就某些角度看，可說是種巨大陰謀。對發起方而言必須有神一般的陰謀之才。

「岩倉具視卿就是如此人才。」

這位光頭公卿具有超乎中岡想像的謀才。感覺他似乎渾身是膽。

日本自大化革新以來，政治及社會的大變革都是藉由取得天皇敕命以尋求新勢力之安定。同時將敵人當成「朝敵」討伐的例子也不勝枚舉。

因此，企圖回天者除不斷營造回天所必須之情勢及提升軍力外，另一方面也必須控制朝廷。為的就是取得敕命，好將敵人扣以朝敵之名征討。

源賴朝也是如此，他取得太上皇之詔書而出兵攻打平家。

豐臣秀吉藉由登上關白寶座而取得日本統治者資格，德川家康也藉由獲封征夷大將軍成為日本統治者。江戶中期之政治哲學家新井白石主張將軍才是皇帝，然而要登上此「皇帝」寶座卻必須取得京都天皇之認可。

但以幕末的情勢，討幕派要取得朝廷的承諾卻近乎不可能。

因為日本史上，朝廷的敕命總是發給武力較盛的一方。源平爭亂時，賴朝之勢力在京都評價過低時，平家就成為官軍；而當平家軍力趨弱，源氏就成為官軍。

眼前情況就不同了。

三百諸侯中，倒幕派之藩僅薩、長二藩。

德川幕府之執政能力雖已衰退，軍事力卻依然頗具威容，是國際公認之日本政府。即使不藉助三百諸侯之援，幕府之領也號稱四百萬石，由此看來實為薩、摩兩藩之實力所不及。

以此實力比看來，朝廷中佐幕派公卿占壓倒性多數也是理所當然，他們總是依附強大的那方。

這點實在有困難。

——不知公卿們會不會支持微弱的倒幕派？

困難就在此。不過要是無論如何都不能獲得他們的支持，那麼自安政年間以來，歷史上陸續橫屍的志士之靈即無法升天，維新回天之夢想也無法實現。

「對此，我已有一策。」

岩倉目光炯炯地朝中岡點頭，好讓他放心。

「朝廷方面就交給我一人。但我本身若不重返朝廷，實在很難自由發揮。」

他說，事實上這方面的計策也正在進行。岩倉要友人中御門經之活動，使那些受先帝下旨懲罰而閉門思過的眾多公卿重返朝廷。據說他們對幕後的岩倉十分感恩，最近岩倉本身也開始有望獲赦。

京都大街

龍馬人在長崎。

中岡則在情勢緊張的京都。在此先介紹一下中岡慎太郎在京都風雲中的行動。

「中岡有些能力是我所沒有的。」

龍馬經常這麼說，指的是具體而微的政治運動。比方說，龍馬看破土佐藩，完全無意與土佐藩之上士認真交往，但中岡就不是如此了。他反而積極推動土佐藩，以一介村長出身之身分卻也前往拜謁老藩主容堂，又設法接近老藩主寵信的年輕優秀官僚以改變他們的想法，為他們的熱情指出全新的方向。這點就是龍馬做不到的。中岡慎太郎是所謂天生的務實革命家，他才是屬於這稀有類型吧。

容堂側近的年輕優秀官僚幾乎全被中岡感化，開始視中岡如老師般。雖因土佐藩對身分觀念特別固執，這些上士依然輕率而不加敬稱地喊他「中岡」，態度卻顯然十分敬畏且待他一如兄長。這群人的核心人物是乾（板垣）退助、小笠原唯八、福岡藤次（孝弟）、谷守部（干城）及寺村左膳這五名勤王份子。中岡一直想透過他們推動二十四萬石的土佐藩。

為何要推動呢？中岡的最終目的只有一個，始終

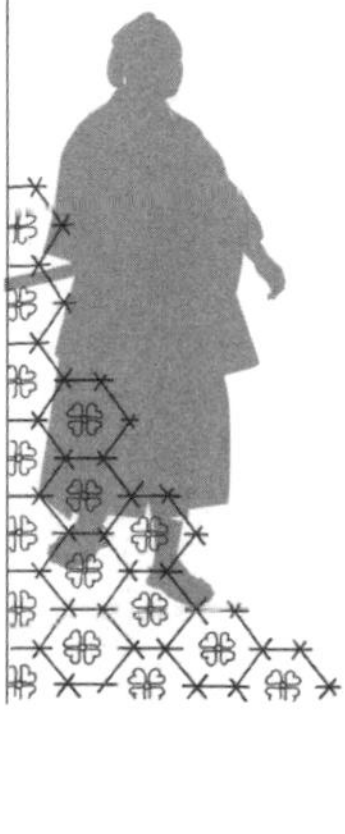

堅持流血革命方式的中岡，是為了讓土佐藩也和薩、長兩藩一起站在討幕前線。

向岩倉告辭後，目前階段最讓中岡擔心的就是「四賢侯會議」。

此時期，薩摩藩的島津久光已親率引以為傲的六大隊洋式步兵及一隊洋式砲兵，拉著砲車浩浩蕩蕩進京了。

越前侯松平春嶽人在京都，就連態度曖昧不清的伊予宇和島伊達宗城也已進京。

容堂還沒到。

「依然是個麻煩人物啊。」

中岡焦急不已。

也許堪稱幕末頭號詩文作家的容堂很早就懷有勤王思想，但並未及討幕之程度。因土佐山內家的成立多蒙家康恩澤。

故京都志士背地裡都說容堂：

「醉則勤王，醒則佐幕。」

自然無法預測他在四賢侯會議中會有何種言行舉止。

「姑且不管他了，我還有必須進行之事。」

那就是組成在野革命軍一事，亦即和龍馬約定的陸援隊。

中岡自岩倉村返回京都後便忙得不可開交。

上薩摩藩邸見西鄉，一五一十說出自己對岩倉的印象，並與西鄉商議今後的方策。接著到土佐藩邸見小笠原唯八等人，針對容堂公之事共議。

其間曾數度在街上與新選組及會津藩之巡邏隊擦身而過。他們作夢也想不到這個膚色黝黑、劍眉高揚、身手似乎相當矯健的武士，最後竟會成為改變歷史走向之人。

連日來天氣陰晴不定，但中岡自岩倉村回京後的第三天就放晴了。

其間，中岡一直為了見某重要人物而一再書信往返，對方終於回信：

——那事我答應。今日過午在東山的翠紅館見面吧。要注意別被人跟蹤了。

故中岡早上就離開二本松的薩摩藩邸。此處應位於現在今出川的同志社大學校園內吧。

中岡走過皇宮的蛤御門前，從河原町往南走到四條，再自此東折。

東山青翠的山巒綿延在眼前，山麓下祇園社的紅色門樓較平常更顯豔麗。

中岡此行之要事，就是為了向那位「重要人物」商借私設討幕軍陸援隊之成立資金。

「回天之業究竟何時才能成功呢？」

一思及此，即便具有如此縝密計畫能力的中岡也忍不住茫然自失地感嘆起來。

德川幕府是威權擴及日本列島各個角落長達三百年的政權。這三百年來，對日本人而言，幕府就是天、就是地。

「而我卻要將它推翻。」

中岡心想，這就是要憑臂力將天地整個顛覆過來的工作了。

「辦得到嗎？」

如此疑念總是縈繞心頭。卻不得不做。

中岡離開二本松一小時後，來到祇園社南門的坡道。此時突然變天，下起足以濺起水花的大雨來。

南門前有家素有交情的小茶店，人稱二軒茶屋。此店以味噌串烤豆腐特別美味而名聞遐邇。

「您就在這躲雨吧。」

茶店老闆雖如此招呼，但中岡只借了把傘就離開了。從那裡要走向通往清水的小路時，風雨大到連傘骨都吹彎了。中岡冒著風雨繼續前進，還吟了一首和歌：

冒著不停歇的雨，同志們，
是匆忙趕著渡河吧？

若非趕路應不至於淋濕，然而卻與同志們冒雨渡河而去。這就是稱為「男兒夙願」的胸襟。

中岡的目的地翠紅館位於東山半山腰，建在可俯瞰京都街景的景勝之地，是座極大的茶室風建築，寬闊庭院中的林泉尤其美麗。

翠紅館是西本願寺住持的別墅。此幕末時期，東本願寺屬佐幕派，西本願寺則屬勤王派。故西本願寺雖已受幕府監視，仍不斷提供資金給志士並提供此密會場所。

中岡截至目前為止已多次在翠紅館與薩、長、土眾志士密會。龍馬和桂小五郎也都曾走進此翠紅館。

插句題外話，對中岡等人而言充滿回憶的這棟建築在維新後換了主人，成為兵庫縣素封家的澤野定七氏所有，二次世界大戰後又移至大坂料亭老闆之手，如今成了旅館。

建築物幾乎原貌盡失，只餘庭院內略高的巨石上那座名為送陽亭的建築當成維新史蹟保存著。

中岡穿過清水產寧坂，站在翠紅館門前。

再順著門前斜坡往上爬就是東山三十六峰之一「靈山」。中岡死後就葬在俯瞰京都的這座靈山，此時的他當然不可能知道。

「是我。」

中岡道同時拍了拍門。不一會兒小門打開，中岡於是走進邸內。一進門就是壯闊的林泉風景。

走上此林泉之中的斜坡，然後被領至送陽亭。

那人早已備酒等著。

「好久不見啦！」

那位梳著油亮的諸大夫髻、年約四十的雄偉武士道。服裝極講究，給人的印象就像個祿高萬石的大藩家老。

這位人物也是志士。但即便同為志士，也少有人知道這位人物之名。

「我就是進行檯面下的工作。」

他總是如此道。名字是板倉筑前介。正如「筑前介」這官名所示，他是仕於公卿的武士，主家是醍醐家。

他本是比叡山近江側山麓的坂本之鄉士，很早就熱中勤王運動，是安政年間志士梁川星巖、梅田雲濱的朋友，算來遠較中岡資深。與板倉本身同時代的同志幾乎都過世了，說來是初期勤王運動時代的倖存者吧。

後來一直或明或暗幫助長州人，但文久三年被幕吏逮捕入獄，最近才好不容易出獄。

老家是坂本地方首屈一指的富豪。家裡的錢幾乎都因在京的活動花光了，但似乎還有能力資助中岡的計畫。

「我已備妥一千三百兩。」

板倉若無其事道。

中岡慎太郎仔細評估情勢，並迅速著手進行。

他早就派遣緊急飛腳通知住在江戶藩邸的乾退助，告訴他目前情勢，並要他盡速上京來。

「不知容堂公一旦上京，將於四賢侯會議中說出什麼話來。」

他就是怕這個。有勇氣對容堂提出勸諫者，勤王派的上士中就只有乾退助了。

中岡和乾退助之間的往來，是始於文久三年的秋天。

文久三年八月長州勢力沒落後，中岡曾暫時返回土佐。當時，京都的過激勤王派氣勢衰退，大和那邊天誅組又在幕軍包圍下全軍覆沒，可說是勤王派最慘澹的一年。

脫藩者中岡暗中返回土佐，企圖與同志東山再起，但某日卻聽到一則傳聞。

「上士乾退助似乎提出了挺不錯的意見。」

這位乾退助，是與後藤象二郎同受容堂無比寵信的年輕官僚。

「乾退助？」

中岡大為吃驚。因事實上他曾揚言要殺佐幕派的乾退助，在京都時期甚至還曾對退助緊迫釘人。

「他若加入我方陣營，那就像為我軍添加千軍之勢呀。」

中岡也對同志如此道。乾這人一身俠氣且無私欲，只要認為是正義之事，即便赴湯蹈火在所不辭，他就是如此個性。這點即便是敵營的中岡也對他評價甚高。

「找個時間去試探他心意。」

中岡雖是脫藩而暗中歸來之身，卻大膽已極地造訪高知城下中島町的退助家。

退助的乾家雖僅三百石家祿，卻代代生活富裕，房子也與小藩家老宅邸差不多大。

中岡一到，乾就領他到自己的書齋，把佩刀拉至身邊與他對坐。

「天下情勢不利勤王黨。我土佐藩廳對我們也如防賊一般的態度。閣下對此有何看法？」

中岡道，他是想引退助說出自己的意見。退助沒作聲。他個子雖小筋肉卻頗結實，看來行動十分敏捷。

「開講之前……」

退助道：

「有件事情得先解決，不先解決的話，就無法開誠佈公地暢談。」

「無法開誠佈公？」

「沒錯，是今年年初的事。我在京都時，你是不是想殺我？」

「不，沒那種事。」

中岡面不改色道。退助大喝一聲：

「難道中岡慎太郎不是男子漢嗎！」

中岡被退助之氣勢震住，便說：「真敗給你了，沒錯就是那樣。」退助點頭微笑道：「那麼我們可以開始談論天下大事了。」

乾退助此後便待一介村長鄉士出身的中岡如兄長般。

退助愈來愈激進。同僚後藤、小笠原及福岡等優秀官僚也已染上勤王思想，卻都不如退助強烈。

「應以武力推翻幕府！」

此即其主張。與中岡如出一轍。

老藩主容堂開始對自己身旁年輕側近的過激化感到棘手。

充滿熱情、才華洋溢而出眾的容堂，本就經常把這些年輕上士叫到跟前來，告訴他們：

「我要讓你們成為英雄。」

並以導師自居，在他們身上施以容堂式的英雄教育。以封建時代藩主而言，如此態度可謂罕見。

他們都很年輕。

自然漸漸開始持有英雄氣概。當今時勢，擁有英雄氣概就會和回天之熱情連結。

「你們都太激進了。」

容堂曾如此以傳教的語氣長嘆道。而激進份子之中又以退助為最。

「老藩主，您若真為我日本擔憂，就應盡速出兵討伐幕府。與其百般議論，不如一聲眼前最必要的槍聲。」

他曾如此大膽進言。

容堂大為震怒。但即使震怒也不似一般藩主那樣，而是以抓住退助前襟似的氣勢展開辯論。只要一辯論，總是容堂較合乎道理且道理還兼具學識，故一定是退助辯輸。

「怎麼樣？退助，改變心意嗎！」

容堂嚴厲喝道。退助卻昂然自負地揚起頭道：

「匹夫之志不可奪！」

他堅不屈服。這句話的意思是，即便身分卑賤之人，也不能強奪其胸懷之大志。

「退助，你是匹夫嗎？你是要仿效鄉士那些匹夫嗎！你可是上士呀！」

容堂經常如此斥責他。

也多次施以懲罰。但容堂一向欣賞退助剛毅有骨氣的個性，故並未施以過重之罰，只怕他若繼續待在領國或京都，思想會愈來愈激進，最後便下了藩命要他去江戶。

退助在江戶學習以洋式騎兵為主的洋式戰術。這位年輕人日後在戊辰戰爭時親率官軍東山道軍，以最優秀野戰司令官之姿大顯身手，其根基即奠定於此時。

此時中岡要將退助從江戶叫來。

「退助仍不過是一介土佐之士，非趁此機會向天下志士廣為介紹，使他名聞諸藩不可。」

中岡如此盤算。

乾退助夜以繼日循東海道上京。

其間中岡慎太郎就在京都志士間四處吹噓：

「土佐有個名為乾退助之人。有勇氣扯掉悍馬容堂公之韁繩者，唯獨此人。如今他正一路急速進京，他抵達之後，還請諸位多關照多指導。」

乾退助即後來的自由黨總理板垣退助，據說他晚年對側近道：「自己今天能人模人樣地活在這世上，全拜坂本及中岡所賜。」但龍馬和退助並無太多直接關係，反倒是中岡慎太郎較為密切，退助能躍至風雲表面之基礎，可說就是中岡為他奠定的。

薩摩的西鄉等人似乎也對素未謀面的退助充滿期待。因為西鄉最擔心的就是土佐的情勢。

「薩、長、土若不團結起來，天下事恐難成。」

他如此判斷。二十四萬石的土佐不僅兵馬特強，軍制也正急速洋式化。此雄藩是否願加入革命陣營，應足以嚴重影響歷史動向。

關於這點，身為土佐人的中岡更感迫切。

「咱們土佐鄉士死於風雲之中的，遠較薩、長兩州來得多。但藩本身卻仍持佐幕立場而因循苟且。如今已是光憑孤劍浪士完全發揮不了作用、而必須讓藩也參與其中之時了！」

多少能改變此藩動向之希望，全繫於乾退助身上。

「乾爺是如此了得之人物嗎？」

就連西鄉這時也抱著待救心情，等著這位名為乾退助的青年出場。

「沒錯。我甚至覺得『精悍』這詞簡直就像為他而創。其器量之大、可謂天生將才。」

「唉，仔細想想，自文久年間以來，閣下的土州也死了不少人才呀。如今只剩下坂本龍馬、中岡慎太郎……」

西鄉長嘆一口氣。

「以及那位乾退助嗎？」

他喃喃道。

乾退助的出場形式可謂太幸運了吧。從能力看，的確是位出色的軍事人才。維新後陸海軍已由薩、長領先，故這位有維新戰爭最大名將之稱的乾退助，也只能當政治家了。堪稱一代梟雄的退助並無政治家之才幹，最後下野，延續龍馬之思想體系而成為自由民權運動總帥，但充其量也只留下前文提及的那句「即使板垣會死，自由也不死」的名言讓後世傳頌而已，到頭來並未做出什麼大不了的事業。

中岡已看透：

「退助並無政治才能。」

但也看出日後發起討幕軍時，其軍事司令官之才幹實為任何薩、長之士所無。他就是研判退助為最適合人選，才將他拉至革命陣營來的。

土佐老藩主容堂騎馬親率藩兵抵達京都時為五月一日。

此時容堂已四十一歲。雖貴為大名卻不乘轎，出巡時總是騎馬。

他騎著愛駒「千載」。

不僅是位馬術高手，仰慕織田信長的他本身也總是模仿戰國風雲中的那些武將。

馬上英姿颯爽。身高約五尺六寸，膚色白皙、目光銳利且眼底綻放著異彩，他似乎也頗為自負，無論怎麼看都具英雄氣勢。

他對服裝的品味十分執著。

大小佩刀刀柄是白色的。刀鞘是上過亮光漆的黑紅褚色，刻意使之與白色刀柄呈對比。裙褲他總是偏愛色，質地則是絲緞。仔細看可以發現絲緞上還織著家紋當成底紋。上身穿的是黑色的羽二重。

外褂是黑魚子（譯註：織有魚卵圖案的黑絹）布料，他把外褂下襬盡量捲起，騎在馬上。

容堂要循海路離開領國時，召來眾家老，把自己對薩摩西鄉說過的同樣一句話告訴他們。

「這回上京，我是抱著化為東山之土的覺悟。」

但接下來的話，就和他對西鄉說的有些出入了。

「或許將爆發戰爭。此戰不知是針對幕府還是薩摩，得去看情況才知道。」

容堂一進京便據東山的妙法院為住處，首先差人給長崎的後藤象二郎送去緊急通知。

「即刻上京。」

就是如此命令書。除後藤之外已無任何人具有處理諸藩外交事宜能力。後藤接獲此命令，也驚於京都情勢之混亂，連方針、對策都沒擬定，就要求龍馬與他同行。龍馬即將以主角身分在京都舞台登場而造成時勢大逆轉，但這些得等到這部長篇小說後文再描述。

容堂又進一步在東山妙法院召見自己寵信的兩名年輕高級官僚，即小笠原唯八及福岡藤次。

「我之所以帶你二人進京，可不是為了讓你們在此任意從事政治活動。」

他首先如此叮囑。容堂已知此二人最近因受鄉士中岡慎太郎的薰陶，政治立場已強烈左傾。

「土佐首腦由我一人擔當就夠了。土佐藩之方針就由我來斟酌，由我來推動。薩、長那種由下級武士主導全藩的情形，絕不容許發生在土佐藩。」

容堂就是如此態度。

「只和薩摩接觸。指定跟薩藩接觸的應接掛，其他一概別插手。」

容堂似乎已隱約發現薩摩藩企圖藉此四賢侯會議策動政變。他就是為得知其動向才如此叮囑的。

四賢侯會議之會前會於五月四日在越前藩的京都藩邸召開。

容堂也出席了。

乾退助尚未抵達京都。

「聽說重點人物容堂公都已進京了呀！」

中岡慎太郎焦急不已。情急之下只得透過容堂公側近的小笠原唯八去影響容堂了。

小笠原唯八。

這名字已在本部小說中幾度出現。他和退助一樣已勤王化，且是容堂寵信的年輕官僚之一。

容堂在選擇側近時，總是把個性明快設為第一條件。這點，小笠原和退助頗為相似。

後來明治元年（一八六八）戊辰戰爭時，他當上官軍的諸道軍監，在板垣退助手下參與進攻會津的若松城。最後激戰之日，逼近城門時，他為了激勵兵士，一再要他們合唱土佐的夜來調，還自己帶頭唱起並拽著砲車，可惜在城門下遭步槍子彈擊中右腹而殉戰。這天，就在稍遠處，素有長矛名人之稱的親弟弟謙吉也戰死了。

小笠原唯八和中岡經常密會，共商對付容堂之策。

問題之一是，必須除去一向被先帝與幕府視為敵人的長州藩之罪。依中岡看來，除非讓長州重獲自由並駐軍京都，否則無法在京都進行革命。關於這點，薩摩也持相同意見。僅靠薩摩　藩是無法成就天下事的。

赦免長州侯毛利父子一事，是這回中岡對四賢侯會議所期待的最大課題。

容堂抵達東山妙法院後，晚上稍微輕鬆一點時，小笠原就向容堂提起這事。

「我知道了。」

容堂以土佐話道。容堂這人不僅會說江戶大名旗本專用語，也會說土佐的土話，有時喝醉了還會說幾句他從自己欣賞的江戶俠客相模屋政五郎那裡聽來的庶民腔。

「您知道了？」

「我知道了。」

容堂咯咯笑道：

「我知道你是受鄉士之輩的過激份子灌輸的。」

小笠原因而接不下話。

容堂進京前後選了幾個人，命他們暗中進行諜報活動，特別加強查探薩摩藩的真正心意圖。他手中已握有相關資料。

「薩摩藩已有異心。」

容堂已看穿這點。他研判薩摩藩打算巧妙操縱四賢侯會議，以將事態導向討幕方向。如今薩摩的重要手段之一，應該是長州獲赦並遣藩兵上京吧。只要討幕急先鋒長州來了，情況將如何逆轉是極顯而易見的。

容堂從土佐高知出發之前，曾召見一個名為坂井三十郎的側近。

「薩摩有位名叫大久保一藏（利通）的厲害策士，你到他身邊查探查探。」

說著給他大筆錢並要他先上京都。容堂對薩摩藩就是感到如此可疑。

關於大久保，當時有個傳聞。

是有關兵庫開港問題。幕府在外國脅迫下一直有意開放兵庫港，但先帝孝明天皇卻道：

「兵庫港和橫濱、長崎不同，它與京都近在咫尺，若有碧眼紅髮之醜夷住在如此海港，對皇祖皇宗也是大不敬。」

因而堅持不下敕許。孝明天皇是位極端的神道家這點，以及他是名從宗教觀點出發的攘夷論者一事，前文都已提過。他稱外國人為「醜夷」，打從心底認為讓他們居住會玷污國土。

因此，幕府夾在他與外國之間極難做人。如今孝明天皇過世了。

故幕府想趁這回的四賢侯會議提出此問題，並設法得到幼帝降下敕許。這已成為此次會議的重要議題之一。

然而薩摩藩一直以來都堅決反對兵庫開港。

越前侯、宇和島侯及容堂對此問題都是抱著如此態度：

「雖然先帝遺志如此，但既是時勢所趨，也莫可奈何。」

此三人本就是積極的開國論者，以他們個人立場反而希望兵庫開港。

薩摩藩自薩英戰爭以來就揚棄單純的攘夷主義，藩的方針更積極採取與外國合作的態度。特別與英國暗中通商，兩國交情已頗深厚。前些日子龍馬一直積極參與薩摩藩的通商活動，此事讀者諸君也都知道。

因此薩摩藩反對的並非開國政策本身，而是反對幕府開國。

兵庫開港也是如此，開港的結果，錢只會流向幕府，諸藩一點好處也得不到。只有幕府藉通商自肥，萬一讓幕府過肥，就無法推翻了。這就是薩摩藩的擔憂。

因此，薩摩一再堅決反對。

「這是違背先帝遺志。」

另一目標也是希望透過反對，以便將幕府逼入窘境。

有傳聞道，某日大久保與英國高官密會時，曾揚言：「兵庫開港之事也只要拜託我藩，定能立刻為你取得敕許。」

姑且不論真偽，此傳聞也傳入容堂之耳。容堂之所以對薩摩藩懷有高度戒心，一方面也因為此傳聞。

容堂可謂俠義之人。

到此時期，容堂已非政治家，亦非思想家。

「幕府實在可憐已極。」

他已變得只注重人情義理。故對欺負幕府且似乎正企圖顛覆幕府的薩摩藩，與其說是憎惡，不如說是如此心情：

「要是我不出面懲罰他們，誰來懲罰他們？」

說來就像是幡隨院長兵衛（譯註：江戶時代之俠客）那種任俠精神。

說到任俠精神，說來有些離題，但容堂特別喜歡俠客，維新後也經常讓欣賞的俠客自由進出自己位在東京淺草橋場的宅邸。因他酗酒多年，故才四十六歲就中風倒下並就此過世。據說病逝當時，原本一直守在病榻前的相模屋政五郎也退到別的房間打算殉死，被後藤象二郎即時阻止。但能讓政五郎有此心意，可見容堂應是天生就有任俠精神吧。

總之，他忍住沒說出「薩賊究竟想搞什麼鬼」的狠話，而於四日出席了在越前藩邸舉行的四賢侯會議之會前討論。此四人又於兩天後，連袂前往二條攝政關白之宅邸報告討論結果。

關於長州問題是說「從寬處分」，並未如中岡及大久保所希望的說出「赦免長州之罪，讓藩主親率藩兵上京」。這點讓在京志士十分失望。他們失望了，容堂卻很滿意。

關於兵庫問題也未採大久保及中岡事前運作之案，而是依幕府希望發下敕許。

這段期間，四位大名幾乎每天都會合，但四人中唯獨薩摩的島津久光似乎行動特別怪異，他有時未與其他三人一起行動。

「隅州（久光）有些怪吧？」

容堂甚至公然道。唯獨薩摩還趁夜找公卿關說，就連在會議席上，也唯有久光屢次離席到別的房間去。大久保就在那裡待命，根本就在暗中操縱。

某次四人連袂前往二條城時，其他三人不約而同道：

「難得上二條城來，老中就在城內，去請個安吧。」

唯獨島津久光堅持不答應，只是抱著火盆坐著不動。

「這傢伙！」

容堂心裡一定如此不悅吧。他突然抓住久光後領，硬拖住他道：「喂，走啦！」久光嚷著「做什麼呀！」並拚死抵抗，但力氣終究不敵容堂。

後來容堂使勁把久光拋開，久光因此咕咚一聲倒下。容堂對薩摩的不滿情緒竟已達此地步。

容堂有宿疾。

高血壓和牙痛。牙痛尤其嚴重，每幾個月就發作一次，且症狀都極劇烈。

御醫戶塚文海道：

「是齟齲。」

大概是某種牙床疾病吧。這回在京都也發作了。

臉痛得幾乎要裂開。在二條城中使勁推開島津久光的莽撞之舉，恐怕部分是因這不舒服的感覺所致吧。

進京十天左右還好好的，後來就多半關在東山妙法院深處。

發高燒，連將頭抬離枕頭都很困難。御醫戶塚文海要側近謝絕一切訪客，也對容堂說：

「請您盡量少說話。」

這是為防止消耗體力，故建議他別說話。這位剛毅好強的大老爺也不敵高燒和劇痛，有時甚至還發出呻吟。

乾退助進京時，容堂正處於如此狀態。

「老藩主，生病了嗎？」

他大吃一驚，問了病狀才知以這狀態終究沒法拜謁容堂，更不可能扭轉其想法或提出諫言。

退助為了等他病況好轉，就在僅隔一紙門的待命專用房間靜候。他一連等了三天，幾乎都沒睡。

第三天夜裡，容堂小聲問戶塚文海道：

「紙門後面那人不會是退助吧？」

文海回答：「正是。」容堂道：

「我派退助那傢伙駐在江戶，他竟未獲得允許就上京都來，一定有逼不得已的理由吧。就叫他隔著紙門說吧。」

文海將此旨轉達給退助。退助便隔著紙門平伏為禮道：

「屬下惶恐，老藩主不支持薩、長，而以薩、長為敵，此舉大錯矣。」

他如此直言，並詳細剖析眼前之時勢。

「退助雖屢為主上訓斥，但今仍與過激之士有所往來。一言以蔽之，正如老藩主所懷疑的，薩、長確有意顛覆天下，改由京都朝廷治世。臣估此事應會成功。」

容堂一語不發。退助又膝行至紙門邊，以幾乎將嘴貼在門縫的姿勢道：

「主上若今不痛下決心，他日恐將繫馬於島津（薩）及毛利（長）之軍門。」

「繫馬於軍門」是指投降求和之意。退助說了如此大膽的話，容堂卻只是沉默不語。退助最後連隻字片語的回應都沒能得到，只得退下。

容堂的病很難痊癒，終於說出「我要回領國」的話來。這時，自長崎被召至京都的後藤象二郎尚未抵達。側近的小笠原唯八大驚之下，連忙規勸道：

「您若現在丟下會議返回領國，對朝廷及他藩都過意不去，世人也不知將有何看法。」

——土佐的容堂照例又開始任性而為了。

世人一定會這麼說吧。只要事情一糾結起來，容堂就發脾氣甚至立刻離席退場。他這壞習慣世人十分清楚。

尤其這回到高知城下拜訪的薩摩藩專使西鄉吉之助還針對容堂此惡習特別叮嚀：

「望您莫如從前，事情未完成即返鄉。」

當時容堂還明白表示：

「沒問題。這回我將抱著化為東山之土之覺悟上京。」

兩人之間的對話也早在諸藩士之間傳開了。

——果然還是那副德性呀。容堂終究不過是個愛說大話的人呀。

世人定要如此嘲諷吧。小笠原唯八就是擔心如此，這可是攸關容堂的名譽呀。

「我要回去！」

容堂執意不聽勸告。一方面也因為生病。但更重要的原因是，繼續留在京都將會遭討幕派的薩摩藩玩弄甚至利用，最後不得不被拖去參加討幕行動。容堂早看穿這點了。

「薩摩在朝廷的主控力比我想像的還強。」

容堂如此判斷。這時容堂並不知隱居在岩倉村的岩倉具視之存在，更不知他已成為薩摩藩幕後黑手並不斷對朝廷施以縱橫之策。與其說是薩摩藩地下工作天衣無縫，不如說是策士岩倉具視本領超群。

如今二條攝政關白及幼帝之大傅中山忠能都已受到岩倉的隱形操控，「討幕敕命」之類的突發狀況隨時可能降臨在容堂頭上，眼前情勢就是如此。薩摩實現由朝廷主辦四賢侯會議的真正目標就在此。萬一幼帝真下了敕命，容堂就沒法抵抗了。若抵抗便將淪為朝敵，落入一如當年足利尊氏留下萬世賊名般的下場吧。

「唯有返回領國一途了。」

病中的容堂暗想。二十七日容堂便領著藩兵，一陣風似地離開京都。

諸藩志士嘲笑此舉為「薄志弱行」，很快就讓以下這種歌在京都酒樓流行起來：

> 昨晚看見啦，看見啦。
> 就在五條橋，

清楚看見，

柏（容堂之家紋）之尾。

容堂離去，同時大勢也隨之而去了。

那天夜裡中岡從今出川走到河原町通，正要上土佐藩邸。

「大勢已去了嗎？」

他仰望星星忍不住嘆息。容堂既已脫逃，萬事休矣。

由朝廷召開的這場四賢侯會議，就是中岡寄予所有希望的革命之夢。

他與西鄉、大久保以及隱身幕後的岩倉具視等人之密策是，趁此會議進行中向朝廷進行關說，希望達成頒佈「應討伐德川氏」敕命的目的。此四藩若是奉敕命行事，那麼全日本大半的藩想必都會與他們站在同一陣線吧。中岡等人就是如此判斷。

然而容堂卻轉身逃跑了。

「不愧是英明之君。」

中岡雖視容堂為敵，但也不得不大大佩服其精準的逃脫之舉。四賢侯會議必須是四藩四人齊到場乃為合法。少了容堂，成為三賢侯，法理上就站不住腳了。容堂早已看清這點。

不僅如此，對企圖顛覆天下的薩、長而言，雄藩土佐的加入實為必要，而容堂抽身後，剩下的越前福井及伊予宇和島兩藩就了無魅力，而此二藩也完全提不起勁來與薩、長合作了。

「被大魚給溜了。」

有如此想法的不只中岡，所有討幕派志士皆如此認為。

「對了，被容堂公斷然拒絕的乾退助不知有何想法？」

中岡想找退助商量，於是就在這天夜裡，拚了命疾步走在新選組巡察隊不知何時會出現的京都大街上。

終於走進河原町的土佐藩邸，他說要找乾退助，聽說他在同志毛利恭助的房間。

「啊，中岡。」

退助一見到中岡就瞪大雙眼，接著垂下頭：

「真對不住。我即將切腹，我打算寫遺書，然後切腹，以喚醒老藩主。我已決定如此。」

事實上他似乎打算就在今夜切腹，現在就是來向毛利借房間當做切腹場所的。

「這傢伙是當真要切腹。」

中岡如此判斷，於是喝道：

「像退助這樣死了又有何用？活著才是我土佐之希望乾退助呀！你就當自己今夜已死吧，既然有此打算，一定還有辦法。」

「有嗎？」

退助抬起頭來。退助預定近期內將成為藩的洋式部隊指揮官。萬一真要討幕，他就能背叛藩，將所有藩兵全帶到京都來呀，不是嗎？

兩人商議後如此決定，得立刻找西鄉密談。

革命可謂是人們想得出來的最大陰謀。

如今事態已進入此陰謀階段。陰謀持續在京都進行著。

核心工作人員不過少數幾人。

公卿　岩倉具視

薩州　西鄉吉之助

薩州　大久保一藏

土州　中岡愼太郎

土州　板垣退助

只有他們幾人參加。其他即便是同志也未獲告知，且即使知情也全已委任他們，如關在防、長二州的長州人及幽禁於大宰府的三條實美等。

他們已打算著手親筆寫下日本最偉大之史劇。

有主題。

那就是勤王倒幕。

基於此強烈理念，一切陰謀在他們眼裡都成了正義。

主謀者之一岩倉具視依然身在洛北岩倉村的退隱處。先帝所下之懲命總算解除，卻又說：「仍需暫時謹言慎行。」故不許他定居京都市內，只准往返於岩倉村與京都之間。

「只能在市內住一晚。」

這就是條件。

岩倉即使到京都市內，也竭盡所能戒備佐幕刺客偷襲。

最近岩倉村的監視工作由幕府別手組的若林龜三郎以下八人擔任，他們常駐於岩倉村，對岩倉的日常監視毫不鬆懈。

「得避開他們耳目。」

這就是岩倉平常最費心的。

要上京都時，也只說「到鄰村去走走就回來」，並以散步裝束出門。僕人與三早已躲在半途山頂上的茂林中。

岩倉衝進茂林中變裝，穿上黑色紋服及仙台平的裙褲，再插上大小佩刀，打扮成武士模樣，最後再蒙上山岡頭巾。

某日一進入京都，薩摩藩武功高手便和往常一樣不知從何處竄出，若無其事地護衛著他前進。

岩倉走進大久保一藏之私邸。大久保此時在剛轉進市內石藥師通的寺町東租了間獨立的大民房，就以此為策源地。

大久保立刻把岩倉請到窄小的茶室。

「四賢侯會議已因容堂公遁走而失敗，但留下來的乾退助卻深以主君之冥頑不靈為恥，說好京都一旦起事，他將獨斷挪用藩之槍械並率領藩兵及鄉士團立即進京與薩、長會合。今夜將正式締結薩土秘密同盟。」

他開門見山便道。兩人接著又一同討論了各方情報。

世人稱為薩土秘密會議的集會，就在位於二本松的薩摩藩家老小松帶刀私邸舉行。

場所是在此邸的離屋。壁龕懸著寫有一行禪語卷軸。

中岡慎太郎首先向西鄉介紹乾退助。

退助立刻劈頭道：

「我土州因循……」

接著就說不下去了。「因循」是當時的流行語之一，意思是思想保守、一味守舊且無勇氣進一步拓展時勢之狀態。

「……容堂公之聲譽實在不佳。如今再等藩論統一，日本恐怕就滅亡了。在下，回土佐。」

退助如此道，卻結結巴巴的很不流暢。他本就是個口拙之人。

「退助，用土佐話說吧。」

一旁的中岡實在看不下去了。

「好。」

退助點點頭，接著便以土佐話激動地說了起來。總之就是自己要返回土佐，召集義軍，伺機行動。請給我一個月時間準備。

「一旦京都傳來急報，我便即刻自土佐出發，率大軍上京。到時就充當薩、長之先鋒消滅幕府吧！」

「若此話……」

退助再次道：

「為虛言，我退助絕不敢再活著見諸位。又，萬一舉兵時發生我土州兵未到之狀況，那麼請先確認在下是生是死。若發現退助還在土佐且活著，那麼即使延遲幾日也必大舉上京，請諸位如此記住。故千萬別因土州兵沒來而延遲舉兵。」

「……」

西鄉是個容易感動之人。他瞪大雙眼，泛著淚靜聽，過了一會兒才點頭道：

「在下恭聽了睽違已久、深具武士風範之語。有道是『武士一諾千金』，果真如此。請容不肖之徒吉之助與您共襄義舉。」

接著彼此並未多交談，退助就與中岡一起離開二本松邸。根據此時的約定，日後薩、長在鳥羽伏見與幕軍交戰時，乾退助立即親率土佐軍自高知出發，陸續降服四國諸藩同時進入大坂再上京，接著就此以東山道鎮撫軍之名自三條大橋出發。

乾隨後就像追趕容堂似地返回土佐。

中岡隨即前往大坂，以前文提及那筆向板倉筑前介借來之資金買進三百挺新式後裝型的步兵槍，再折回京都，舉行在京土州志士之集會。

「返回領國協助退助之義舉。」

此即該集會之主旨，同時兼為送別會。

明保野亭就位在爬上清水產寧坂之處。在龍馬與田鶴小姐重逢之橋段已出現過。

中岡慎太郎為即將返回土佐準備舉兵的同志舉辦的送別會就辦在此料亭二樓。

太陽下山約莫半個時辰，同志們就三三兩兩前來集合。

「大家都順利到了吧?」

最後一人出現時，中岡才鬆了一口氣。夜晚的京都路上，以新選組為首，還有幕府的見迴組及別手組、會津藩兵、桑名藩兵等，排成隊伍在路上走來走去。光是要避開他們耳目走到這裡來就已困難重重。已是如此情勢。

與會的主要人物是以上士谷守部及毛利恭助為首，其他還有樋口武(真吉)、島村壽之助、池地退藏及森新太郎等。

該討論的事項都討論完後，就開始上酒菜。

負責在酒席上款待的，是一向為土州系勤王志士做不少事的祇園俠伎阿蘭。

「我來跳舞。」

說著站起身來的是最年長的樋口武。他是土佐幡多郡中村的鄉士，刀術是筑後柳川大石進的高徒，學問是跟江戶的安積艮齋學的，洋式砲術則是隨信州的佐久間象山學習，是個多才多藝之人。作詩則是他最拿手的。

這時他也拔出刀來，吟起自己即興作的詩。他低聲吟誦並緩緩起舞。

送別東山下，
含情杯酒中。
何唯期晚節，
先著祖鞭功。

聽到這首詩，多愁善感的中岡也不禁垂下頭，抖著肩膀哭了起來。在座眾人見中岡如此皆噤聲而神情肅穆。

「終於走到這一步了。」

如此感動使中岡胸口發熱。自文久年間以來眾多同志成了死屍，中岡穿梭在槍林彈雨中好不容易倖存至今，終於撐到舉兵討幕之夙願即將實現的前夕。

「諸君！」

中岡突然舉起酒杯：

「能倖存至今真好，但接著大家應該都會沒命吧。只要咱們也犧牲性命，日本的好日子必將到來！」

他哭著乾了杯。

「我來緩和一下氣氛。」

藝伎阿蘭心中定是這樣想吧。她取來筆硯和紙張並挪到房間中央，技巧熟練地畫了一朵菊花。

「讓菊花盛開吧。」

畫中應該包含如此意思吧。眾人就在畫紙上的留白處，各自寫下即興之詩、和歌或俳句。中岡心裡不知想到什麼，只寫了亡友高杉晉作那首五言絕句之遺作，就把筆放下了。

窗外是皎潔的月亮。

船中八策

長崎方面，此時龍馬正因伊呂波丸事件而與紀州藩大吵。

「非把這問題解決不可！」

他氣到變了臉色並鎮日埋首處理，但關於京都風雲激變的情形，也從中岡的來信及前來長崎的薩、長之士口中多少聽到一些。

就在這節骨眼上，某日傍晚，參政後藤象二郎冒雨來到龍馬商務辦公處長崎西濱町的土佐屋。

「大事不好了。」

後藤一走進土間就小聲道。龍馬正埋首在土間一隅的辦公桌。他望著後藤，依然坐在椅子上。

「究竟什麼事？」

龍馬還是蓬頭垢面。他雙眼微微射出光芒，兩鬢蓬亂，那模樣怎麼看都像個刀術道場的粗暴師範代。

後藤坐到椅子上。

「大老爺（容堂）捎來召見狀了。」

他才說完，腦筋一向轉得特別快的龍馬立刻知道是為了前文提及的四賢侯會議。

「是這樣沒錯吧。」

龍馬道。

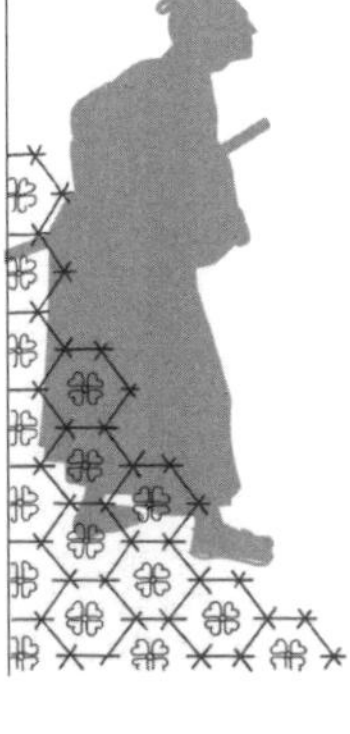

「你真清楚。他要我上京去。」

「京都局勢似乎很不穩定。」

「多不穩定？」

「恐怕會發生戰爭吧，我認為薩摩已有那樣的打算。以德川氏為朝敵，奉敕命進行討伐，這就是他們的目標。」

「不知哪一方會贏呀。」

「這可難說囉。」

龍馬環臂道。他雖為討幕派巨擘之一，在土佐高級官僚面前卻說得好像事不關己。

「目前看來應該是一半一半吧。」

龍馬道。指的是薩長對德川氏的勝負預測。

「是這樣嗎？」

「不，情勢說不定對薩、長稍微有利。現在和文久年間長州全盛時期不同，這回是由薩摩人掌握主導權。不過薩摩人並不像長州人那樣依理行事。」

相對於長州人的理想主義，薩摩人是徹底的現實主義。以現實眼光判斷現實條件，精打細算後若認為「會贏」，才會以猛獸奮起之勢採取行動。既然薩摩人已決定採取行動，必有相當有利之條件。

龍馬早看穿這點。薩、長幕後黑手岩倉具視一直對朝廷暗中活動，現已進行到即將「取得幼帝所發之討幕敕命」的階段。龍馬此時對這類新情報尚一無所知，卻完全想像得到如此情況。

「但即便是薩、長聯手，若要與德川氏對決，武力上恐怕還是辦不到吧。無論如何還需要多一藩相助，那就是土佐藩。唯有薩、長、土聯手才可能推翻幕府。土佐將會成為敵我雙方都亟欲拉攏目標吧。」

「不管怎麼說……」

後藤象二郎把扇子放在桌上，低下頭道：

「拜託你了。喏，龍馬和我一起上京去吧！」

在後藤來說是拚了命相求。風雲已開始在京都肆虐，要妥善處理此狀況所需的智慧及謀略，即便自詡為大策士的後藤也不具備。

「這就像將棋中無解之死棋。」

後藤道。

後藤稱此為「無解之死棋」，形容得還真貼切。以土佐藩之立場，對此風雲之驟變該如何是好已束手無策了。

薩、長兩藩將退出德川幕府所屬的諸侯之列，而成為天皇直屬之藩。此後將討伐幕府並建立新政府。

土佐藩的立場如何？

土佐藩之老藩主山內容堂在思想上本是否定幕府的勤王論者。但當上藩主之後，他就從人情義理之角度道：

「德川家對我山內家有大恩。」

故一向反較德川家之親藩或譜代大名採取更強烈的擁幕立場。思想是勤王而行動卻是佐幕——就是如此立場。

實在矛盾。

相反的兩樣東西同時擠在容堂腹裡，容堂就這樣活在風雲之中。自然天下志士也對他充滿期待，相反地，幕府也視他為絕佳保鏢而充滿信賴。

「不成呀。」

龍馬直視著後藤象二郎，同時將手伸出懷中撫著下巴。

「哦？」

後藤抬起臉來。

「就是這樣啊，後藤。若在風雲初期那樣的做法還行得通。二十四萬石之主容堂公同時受雙方喜愛，感到很高興。」

「嗯。」

「就像同時擁有兩個情夫的女人，起初只要能討兩個情夫歡心即可，但兩個情夫對她的熱情會逐漸升高，最後都要逼她結婚時，那怎麼辦？」

「沒法可想。」

「恐怕得上吊之類的，死路一條了吧？」

「要這樣對老藩主說……」

後藤到底是仕置家老（參政）之身分，故立刻惶恐得脹紅了臉。

「後藤呀，要知道，百態的人生之中，再無較此更難解之問題了呀。」

龍馬心情愈來愈暢快。仔細想想，上佐藩以此不可思議之雙刃刀不知害死多少以武市半平太為首的友人知己。

「現在總算了解了吧！」

他真想如此大吼。倨傲如後藤之人竟也在自己眼前垂著頭，就像被奉行所揪出來的小惡棍似的。

接著後藤又把從京都藩邸傳來的各種消息告訴龍馬。

龍馬一一點頭聆聽。

「我都知道了。總之給我一個晚上考慮吧，若決定要去，我明晨四點應該就會出現在夕顏丸上。」

龍馬道。夕顏丸是容堂派來的土佐藩船，已下錨於長崎港，就等著後藤上船。

後藤說著從椅子上站了起來，抓著桌子兩邊湊近龍馬的臉道：

「龍馬，最後一句話。」

「我知道你對土佐藩一向冷淡，也知道你滿腦子都是日本而沒有土佐藩。你是鄉士，鄉士定有鄉士的情緒。但一生只要一次就好，請你出點力將藩自危難中解救出來吧。」

「如果有辦法救的話呀。」

龍馬也站起身來。

後藤走過土間，冒雨走了出去。

不久，龍馬也走出土佐屋。

他以衣袖覆在提燈之上，沒撐傘就衝到石板路上。途中遇見陸奧陽之助。

「隊長，您要上哪裡去？」

「啊，你來得正好。港內的夕顏丸也許要上京去，所以明天清晨四點你就上夕顏丸。」

「就我一人嗎？」

「不是只有你，還有長岡謙吉，其他人就留在長崎照顧業務。我還想交代一下其他業務，所以要菅野覺兵衛幫我通知大家，明晨三點到土佐屋集合。今晚那些人似乎都在丸山玩樂。」

「上京一事已經確定了嗎？」

「還不知道。」

「有什麼事呢？」

「陸奧呀，那些都還不知道。靠一人之力就要攔住洪水讓它往別處流，這種事是人類辦得到的嗎？」

龍馬冒著風雨又往前跑去。

終於來到小曾根宅，一進門就聽見屋內傳來月琴聲。

應該是阿龍吧，她最近很熱中學月琴。

龍馬從廚房走進屋內，不一會兒月琴的聲音就停了，阿龍也走了出來。

「哎呀，渾身衣服都濕啦。」

「快幫我弄乾。有熱水嗎？」

龍馬邊走邊一一脫下衣服，滿地亂扔，然後泡進澡盆。

「阿龍也來泡吧。」

「我先把這疊好。」

阿龍道，但龍馬一反常態，不依她。阿龍只得在浴室門口脫掉衣服，也泡進澡盆。

龍馬「唰」地跳出澡盆，就這樣走了出去。

「什麼嘛，這人真是的。」

阿龍忍不住輕笑。還以為他是要一起泡才進來的，沒想到他似乎根本沒這意思。

大約過了四半刻（三十分鐘），龍馬開始嚼著魚乾、喝起酒來。他平常睡前不喝酒的。

「阿龍，喝一點。」

龍馬把酒杯遞過去。因為是以碗蓋代替酒杯，故分量挺多的。

「這麼多！」

她雖如此道，仍乖乖接過酒杯。阿龍自幼學過單人舞蹈，故姿勢優雅已極。她接過酒杯後將背脊打直，並將雙肘像男人般英氣十足地抬起，然後緩緩乾了杯。她雪白的喉嚨微微蠕動著。

「啊，好苦！」

「難得妳這麼聽話。」

龍馬一臉不可思議地望著阿龍。換成平常，龍馬即使要她喝，她也會搖頭嗔道「不要」，且不管怎麼勸，她就是不喝。

「因為我害怕。」

「怕我嗎？我表情那麼可怕嗎？」

龍馬使勁搓著自己的臉頰：

「大概是因為我生性冷淡吧。」

「可是，今天比平常還嚇人。」

阿龍以不敢正視般的表情望著龍馬。

「這樣嗎？」

與後藤分道揚鑣後，就聚精會神想辦法，似乎連面孔都變了。

「有什麼讓您操心的嗎？」

「是啊。」

就是因為這樣，才想喝點酒放鬆一下緊繃的思緒。

「今天是幾日？」

「九日。」

「十四日是高杉的忌日。我不在，妳就上寺町的寺院去幫我祭拜吧。」

兩個月前四月十四日，高杉晉作因宿疾結核病加重，才滿二十七歲八個月就年紀輕輕地過世了。臨終情形及辭世之歌，龍馬都從來到長崎的幾位長州人口中聽說了。

「若上天未使高杉出生在此人世間，長州現在不知要變成什麼模樣。今日天下情勢有一半是高杉打造出來的。」

龍馬之所以經常想起高杉是因他老想著，要是換成那個變幻莫測、韜略縱橫的高杉晉作碰到眼前這事態，不知會採取什麼手段。

「辭世時也頗有他自己的風格。」

高杉病況一惡化，就撫著幼子東一的頭道：

「好好記住爹爹的長相。」

又取過筆來，吟出辭世之歌的上句：

「讓無趣之人世變得有趣……」

正當他苦思下句時，照顧他的野村望東尼詠道：

「值得住否，乃取決於心。」

高杉點頭道：「真有意思……」說完便靜靜與世長辭。這就是高杉臨終的情形。

龍馬神情茫然地連喝了幾杯。

高杉生前，有一次和龍馬及長州夥伴一起在下關的酒館喝酒時，話題偶然聊到：

「天下太平後要如何過日子？」

席上有桂小五郎及井上聞多等人，伊藤俊輔及山縣狂介等人也遠遠坐在下座，全是日後成為維新政府高官並躋身華族的人。

「我呀……」

龍馬當場道：

「就要拋下大小佩刀，速速逃離日本，乘船過著周遊各地的日子。」

「我要做什麼呢？」

高杉歪著頭道。沒想到龍馬立刻接著道：

「你就寫寫俗謠過日子吧。」

龍馬接著彈起三味線，高杉也唱起自作的俗謠，一時熱鬧不已。

「這歌真不賴呀。」

打那時起龍馬就一直很佩服高杉作俗謠的才華。雖只是喝酒時唱的流行歌曲，但句句彷彿都鏗然迴盪著高杉的精神格調，真是棒極了。

「想到才說要去祭拜，今晚就來唱唱高杉的歌吧。」

龍馬要阿龍取來三味線。

「時間晚了，小聲一點。」

龍馬把阿龍的膝蓋拉近當枕頭翻身躺下。他是打算邊唱歌邊思索收拾風雲的辦法。

「唱〈三千世界〉吧。」

龍馬道。

殺盡三千世界的烏鴉，
想和你睡懶覺。

阿龍的大腿很溫暖，龍馬想就這樣睡去，但要是接受後藤的請求，別說是睡懶覺了，恐怕天還沒亮就得衝上夕顏丸前往京都吧。

人中之最是武士，
氣概之最是高山彥九郎。
京都的三條橋上，
伏地遙拜皇宮，
滴落的淚成了加茂川水。

「高山彥九郎是什麼樣的人呀？」

「是個奇特之人。」

早在我出生四、五十年前就死了的人，龍馬道。勤王運動之先驅，當時就被視為奇人。他周遊諸國遊說，後因慨歎世局而在九州的久留米切腹身亡。龍馬之所以說他是個奇特之人，或許是因龍馬也把自己包括在內，才會用「奇特」這種說法來形容男人的熱情吧。

不畏辛苦，
只望辛苦有價值。

「阿龍，妳一定心有戚戚焉。」

枕在阿龍大腿上的龍馬咯咯笑，並快速轉過頭去。

就這樣吧！把三升的酒樽撤到一旁，
自暴自棄地蒙住頭。

龍馬喝完後皺著臉道。
「怪了，這酒像水呀。」
阿龍拿起酒杯親自含了一口冷酒送到龍馬唇上。
龍馬說：「酒！」

龍馬唱完後是一片窒息般的寂靜，沉默了好半晌。
「您在想什麼呀？」
阿龍按捺不住而大聲問道。
「想女人呀。」
「咦？想阿元嗎？」
阿龍的大腿突然變得僵硬。傳聞龍馬最近很迷戀町藝伎阿元，這事阿龍也聽說了。
「是這樣嗎？」
「不是她。」

「那麼，難道是您又有了新歡？還是在想目前人在大宰府的田鶴小姐呢？」
「都不是。」
龍馬彈跳起身望著阿龍道：
「阿龍，現在這裡有個女人。」
「什麼樣的女人？」
「卻有兩個男人。」
「哎呀，除了您之外，還有誰呀？」
「真傷腦筋呀！」
龍馬提起前述的一婦二夫論，亦即土佐藩山內容堂的情況。
「什麼嘛，原來是比喻呀。」
「阿龍，要是妳被逼到這種窘境，妳會怎麼辦？」
「死呀！」
她毫不猶豫地說。
「果然會一死了之呀。」
「就只能這樣了呀，不是嗎？」

「果然容堂公也只有死路一條。」

龍馬咯咯笑了起來。龍馬雖可憐老藩主，但也忍不住認為這是他操弄時勢應得的報應。

——死了也好呀。

他再度想起自己告訴後藤的那些話。那對容堂雖殘忍，但武市半平太也是因容堂才死的，如此應該算是罪有應得吧。

「不知有多少土州豪傑被那位老藩主的勤王、佐幕雙刃刀害死呀。」

「死吧！死吧！是這樣嗎？」

龍馬摸著下巴思索著。

「容堂公就壞在他身處此風雲之中卻左右搖擺不定。這筆帳現在非償還不可了。」

在京都以薩、長軍師身分活躍中的中岡愼太郎定要容堂還清帳款吧。

「中岡的話一定會這麼做，中岡就是如此精明能幹。」

中岡是個徹底的流血革命論者，最近也寫了與此相關之文章，要同志們傳閱。其論旨清晰且行文極其平易近人，是近來罕見的令人稱快之文。

革命必須有根基穩固的政治工作，卻也不是光如此就能成事，最後戰爭還是不可或缺。應該在烽煙中扭轉歷史——中岡很早就一直抱持如此主張。如今他一定正設法將時勢導向他認為的最終階段吧。

這堪稱中岡愼太郎完美無缺的成功。

而被此情勢所逼的，與其說是首當其衝的幕府，不如說是像容堂那種心存觀望之人。

龍馬就這樣枕著阿龍的大腿睡著了。

「哎呀，睡著了……」

阿龍湊近凝視龍馬的臉。他的睡臉非常天真，感覺不太可能在作夢。

阿龍悄悄把腿挪開，然後幫龍馬蓋上棉被。

「他究竟在想什麼呢？」

真教人摸不清。這小曾根屋敷他平常三天也回來不到一次，其他時間都住在事務所土佐屋，要不就一直住在龜山的海援隊宿舍，根本不回來。有時似乎是住在丸山的阿元那裡。

「真想嫁個普通男人。」

女人總有如此想法。阿龍也這麼想。龍馬這種男人雖有意思，但結了婚卻發現他根本不像是個能滿足女人想法的人。

阿龍心底一隅經常經常想著這件事。話雖如此，卻也無做重大決定的打算。

阿龍鋪好自己的被褥，就著行燈的亮光讀著當時流行的言情小說，但一會兒就把那本小說蓋在臉上睡了。

任行燈的火繼續亮著，一會兒燈油燒完，自然就會熄了吧。

阿龍老是這樣。

——太不節儉了。

龍馬並未如此責怪阿龍，但對她如此邋遢的舉止心裡似乎也覺不太優雅。

土佐藩之監察、又是領國上士中罕見之勤王主義者佐佐木三四郎（後改名高行，獲封侯爵）來到長崎時，曾私下對陸奧陽之助道：

「那就是龍馬身邊出名的阿龍嗎？」

當「是個美人，但善惡難辨」的風評輾轉傳入龍馬耳中時，龍馬笑道：

「阿龍有其他女人所無的優點。人們諸多愚行中最蠢的就是要求他人完美，阿龍的確是名奇特女子，但唯有我知道她的長處。」

「因為你對她深深著迷呀。」

告訴龍馬這段評語的是後藤。當後藤如此調侃時，龍馬道：

「不深深著迷怎能做得了事。」

龍馬言下之意是，若非易對事物深深著迷之個性，就難辦成世上諸事。

龍馬半夜突然醒來。

行燈還亮著。

「已經兩點了嗎？」

龍馬從懷中取出懷錶來看，並側耳傾聽屋外的聲響。看來風雨停了。

「照這樣看，船應該會出航吧。」

一想到這點就迫不及待想上京都。雖然去了也無收拾風雲之勝算，但他想盡可能試試。

龍馬坐到阿龍枕邊，在那本言情小說的封面上寫了留言：

在那裡若發生萬一，
你就到長府投靠三吉慎藏。
上京去。

三吉慎藏屬長州藩支藩長府藩，龍馬為薩長聯盟奔走時曾與他一同投宿於寺田屋，一同受幕吏夜襲。

……

龍馬眾多同志中就屬三吉慎藏最了解阿龍。

「這樣就行了。」

龍馬丟下筆，簡單整裝，就此走出小曾根宅。

外頭依然一片漆黑。

「就這樣上京嗎？」

他仰頭望著天空。西方的東海方向正群星閃耀。

「沒有好辦法嗎？」

龍馬的高腳木屐喀啦喀啦踩在幽暗的石板路上，一路往西走去。

有個辦法。

這辦法是後藤來拜託他時靈光一閃想到的，但究竟能不能實現，他一直多方考量。

「大政奉還」。

就是這方法。

亦即開口要將軍交出政權。

這可謂驚天動地之法。

若將軍慶喜放棄家康以來十五代共計三百年之政

權，並宣布要「奉還給朝廷」，此舉將使薩、長流血革命派已然揮起的大刀不知該砍往何處吧。

趁此之際一舉在京都成立以天皇為中心之新政府，此政府就施以賢侯及志士及公卿之合議制。

「就不知慶喜會不會交出政權了。」

因為就在同一瞬間，幕府將消滅，德川家也降至單純之諸侯的地位。慶喜究竟會不會選擇這條否定自己的道路呢？

「要人類自己發動推翻自己的革命是近乎不可能的。將軍會不會主動將自己貶至非將軍之位呢？」

以人之常情看來恐怕不會。

即使慶喜個人有此意，周遭的幕府官僚恐怕也不會准許吧。

「不過……」

龍馬反覆思索。

要將日本從革命戰火中解救出來，就只有這方法了。

再者，要使家康以來的德川家名繼續流傳於日本後世，也是除此之外別無他法。而要一舉解決土佐老藩主山內容堂兩面為難之苦，也唯有此法。

的確是如戲法一般。

技術上也的確有困難，但能夠一舉解決上述三個難題的，恐怕就只有這方法了。

龍馬一抵達土佐屋，菅野覺兵衛等人全擠了上來。

「我要上京去。」

龍馬站在土間如此道，其中的第一人稱是以土佐話說的：

「成功與否不得而知，但以眼前情勢若置之不理，日本也恐發生一如法國革命戰爭或美國南北戰爭之類的戰爭，慘禍將波及農民、町人，婦女、小兒屍體恐將堆滿路旁。」

龍馬簡單從實說出自己打算提出之策。

最年輕的中島作太郎（信行）詫異道：

「坂本兄，這和您之前的說法完全不同呀。您以前不是說無論如何都要在煙硝中擊垮德川，且難免多少發生一點戰禍嗎？」

「仔細想想，我以前實在是血氣方剛呀。」

龍馬摸著下巴道。

「狡猾！」

「對對，狡猾。」

「而且難免要被指責為食言漢、變說漢甚至騙子。」

「在所難免吧。」

龍馬一臉難過。正因如此，自昨晚以來心裡才會一直感到苦澀。

「坂本兄，您曾說過，一旦發生討幕戰爭，海援隊就化為海軍朝江戶出航，難道這是騙人的嗎？」

「一切要看慶喜。慶喜若不聽我的意見，那就請諸君在船上堆滿砲彈，自長崎出發。」

「……」

眾人陷入沉默。

但年輕的作太郎似乎仍怒氣未消：

「若不訴諸戰爭是無法完成回天大業的呀！自古以來之歷史即為明證。坂本兄，您是要背叛您長期同志薩、長兩藩嗎？」

一語道中痛處。薩、長之首腦部徹頭徹尾皆為主戰論者。一向本著兜頭朝德川政權及與其同陣線之大名猛灑洋式兵器之砲彈、使他們化為屍體後再樹立新政權的想法。然而……

龍馬此奇策若實踐了，薩、長即失去敵人，刀刃都不知該往何處劈落而將成為丑角。可說是個可怕之策。

「薩、長會很可憐。但我一向並不是為了建立薩長新政權而努力。」

「咦？」

作太郎都搞不清了。這麼說來是為了擁護德川幕府嗎？他正想如此大喊時……

「是為了日本人呀。」

龍馬沉聲道。以此為革命正義之起點是他獨特的想法，而此想法自他受勝海舟薰陶後，這幾年來已在胸中長成大樹了。

「坂本兄，您將成為孤兒。」

「我早有此覺悟。」

龍馬從土佐屋後門乘上小船。六名隊士為他操槳。這時中島作太郎突然衝了過來，從河岸的石階跳上小船。

「讓我也划吧。」

說著抓起一支船槳。

龍馬在船尾掌舵。

「出發！」

六支船槳應聲同時攪動中島川之川水。

太陽尚未升起。

川口崗哨的燈只是自黑暗中透出微微亮光。

「坂本兄，方才真對不住。」

中島作太郎向後仰著邊划槳邊道。

「為什麼？」

「因為我說坂本兄將成為時勢之孤兒。稱您為孤兒實在太過分了。」

「一點也不過分啊。」

龍馬迎著夜風道：

「這是男子漢之夙願吧。」

他指的是成為時勢之孤兒。目前時勢已開始流往薩摩方，乘此勢要成大事或許痛快，但不顧此時勢之流向而堅持孤立於風雲中並提倡正義，反而更需要勇氣。

「真是個怪人。」

年輕的作太郎心想。

之前龍馬徹頭徹尾都與薩、長站在同一陣線。不僅站在同一陣線，讓原本水火不容的薩、長聯手而形成討幕之巨大勢力的也是龍馬，說來算是薩長同盟之領袖呀，不是嗎？

而他竟然到了即將討幕之階段，卻突然打算自此勢力中抽身，想站到別處去。

「可以再問您一次嗎？」

作太郎停下槳問道。

「嗯。」

「您那麼討厭流血嗎？以前坂本兄曾說回天之業除戰爭之外別無他法。正因如此您才建議薩、長陸續買進洋式兵器。又進一步充實海援隊，並主張循海路進攻江戶。最後甚至還說要煽動天主教徒。坂本兄究竟為何改變這些方針呢？」

「並未改變。」

龍馬道：

「回天之業最後恐無法不透過軍事力量完成。我心裡是這麼想的。但若萬一能夠避免，那麼就得先進行此策。」

「但我認為慶喜將軍不會乖乖將大政奉還。」

「慶喜若愚蠢便會堅持不肯。果真如此，我打算以慶喜為朝敵，由我來敲響第一聲戰鼓並發起慶喜討伐軍。」

「那可是會流血呀！」

「那時自然免不了有些犧牲。」

「不過……」

中島作太郎想提出心中最後疑問，於是將船槳放回去並將屁股坐正。

「不過什麼？」

龍馬看著中島作太郎道。

「真的可以問嗎？」

「當然。」

「那我就問了。坂本兄早就對土佐藩失去信心了，就是這點……」

龍馬的魅力所在就是這點，作太郎本想如此說的。作太郎等土佐藩士對母藩之恨意極深，正因如此而覺得一向堅持站在「不與土佐往來」之立場的龍馬充滿魅力，就這樣集結在他手下，奉他為領袖一路奮鬥至今的。

「不過，您現在的避免戰爭策略，是基於拯救土佐而想出來的吧？」

「以結果來說應該會是這樣吧。此策若成功，土佐藩必可得救，甚至一躍而超過薩、長，並登上風雲之主座。」

「為、為什麼要如此為土佐藩設想？」

「不是為土佐藩打算呀。」

龍馬道：

「我並不是薩、長的掌櫃，也不是土佐藩的走狗。我是以這六十州之中的一個單純的日本人自居。我的立場就只是如此。」

「所以呢？」

「你這腦袋真難懂。」

龍馬伸手朝作太郎的鬢角戳了一下：

「你跟我都待在長崎，幾乎每天都與英國商館員有所往來。故較其他人，亦即薩摩的西鄉或長州的桂等人別具不同角度。」

龍馬一時沉默。

薩摩人很早以前就開始接近英國人，而長州人也透過龍馬居中介紹而與英國人有了密切的往來。故薩、長都有意靠英國在背後撐腰。

「剛開始我的確如此主張並鼓勵他們如此，但現在他們的關係卻已過於密切。」

萬一起了內亂，最開心的就是以英國為首的列強了。龍馬如此判斷並開始害怕起來。

幕府已與法國合作，無論軍事上或經濟上都受法國援助。拿破崙三世在歐洲政壇乃是響噹噹的權謀術士，他援助幕府的真正目的是要把日本殖民地化，此企圖洞若觀火。

正因如此龍馬才會鼓吹：

「早日消滅幕府！」

但薩、長卻似乎與英國過度親密了。往後薩、長若推翻幕府，英國不知會有何行動。

「總之，要是讓薩、長靠戰爭得勝，唯有英國得利，將是壞事。若不靠戰爭而一舉完成回天之業，那麼英、法都要忍不住愕然。透過日本人以日本人之手就能獨立完成革命，就連德川慶喜也要讓他參加此革命，讓他成為革命功臣。如此一來，英、法都將同感驚愕而無法趁隙搞鬼吧。」

小船出海了。

「夕顏丸在哪裡？」

船首之人問道。因為天色依然漆黑一片，看不見泊在港內的船影。

「夷島的燈籠在哪裡？」

近視眼的龍馬環視著漆黑的港內努力搜尋。

「是那個吧？」

眼力好的作太郎舉起手指著。

「把那盞夷島燈籠視為正北繼續划過去，應該就能碰到夕顏丸的舷側。」

「好。」

眾人又開始划。

不久，土佐藩藩船夕顏丸的右舷燈就隱約可見。

此夕顏丸是後藤象二郎到上海去的時候，在當地向一個名為喬登・麥迪遜的英系商會買來的汽船，最初叫做秀林號。

終於抵達舷側，中島作太郎仰頭使勁喊道：

「坂本龍馬到了！」

甲板士官應聲答道：

「啊，等您很久了。現在就把梯子和煤油提燈放下去。」

一會兒甲板上就有人衝來衝去，接著傳來喀啦喀啦的聲音，繩梯逐漸降下。

龍馬把繩梯抓過來，右腳踩了上去。

「坂本兄！」

中島作太郎緊緊抱住龍馬。

「作弟，放開我。」

「我向您賠罪，剛才竟然講話那麼衝。」

年輕的作太郎似乎因為看見即將獨自如巨石般投入京都風雲的自己首領之姿，受到戲劇性的感動，而緊抱著龍馬哭泣。

「我們會依坂本兄的命令行事，若您叫我們死，我們隨時都願意死。您上京後請保重！」

「作，這樣很噁心。」

龍馬像說書人模仿豪傑時那樣放聲大笑。

「我要去了。」

龍馬把手伸到頭上，使勁抓住繩梯，開始利落地往上爬。

這時吉兆般的太陽升空了。那戲劇性效果甚至讓從小船抬頭看的眾人都「啊」地說不出話來。龍馬就沐浴在陽光中一路攀登。隊士們一直鴉雀無聲地望著龍馬。

龍馬跳上甲板。

「嘿呀，坂本！」

後藤衝上前來：

「真是感激。我還以為你不會來呢！」

「有點遲到。」

龍馬走在甲板上時接受了船長土佐藩上士由比畦三郎點頭致意。到這時期，海軍前輩龍馬的名聲早已傳遍藩內了。

「我想先睡一下。」

龍馬向後藤陪罪並走進船艙。

早他一步上船的海援隊文官長岡謙吉和陸奧陽之助兩人也進到這艙房來。

「仔細聽清楚我接下來要說的話。」

龍馬在床上盤著腿，開始詳細說起前述的大政奉還之策。

長岡和陸奧兩人平常就聽龍馬說過各種事情，故很快就理解了。

「有道理，要拯救京都的混沌唯有此法了。」

「順利的話就能一舉完成回天之業了。」

「沒錯！」

長岡拿著鉛筆邊做筆記邊點頭。卻有些不安，不知能不能順利進行。

「凡事都要看時機。此案若在幾個月之前提出，恐怕只會招來世人的嘲笑。若晚幾個月提出，那時已烽煙四起，一切都猶如雨後送傘。唯有現在才是此案發光之時機。」

「正是。正因是奇策而特別容易腐壞。那麼，此案是坂本兄獨創的嗎？」

「不是啦！」

龍馬笑了出來。

此案其實是早在三年前，從堪稱日本最偉大批評家的兩位人物那裡聽來的。但畢竟三年前前將軍家茂仍在世，故連龍馬本人也覺得不可能實現。將軍自動將政權奉還給天皇，這應該是無法想像之事吧。

批評是頭腦的工作，找出適合進行之時機則是靠執行者的直覺吧。龍馬到三年後的今天才從記憶的抽屜中拿出當時聽到的話來。

「是哪位的創見呢？」

「勝和大。」

就是勝海舟和大久保一翁。有趣的是，這兩位都是幕臣。

勝及大久保這兩個天才頭腦自文久年間就看出：

「德川幕府壽命不久了。」

靠幕府機構已無法妥善管理天下，正因兩人皆為幕府官僚而更能親身體會。

「將來此矛盾將更形擴大，最後幕府本身將瓦解而德川家也將滅亡。德川家將成為朝敵，將軍被殺而子孫也遭根絕。即使幕府滅亡也能保住將軍之命並求得德川家安全的方法只有一個：德川家拋出原本掌握之政權，自己親手摧毀幕府。」

勝及大久保曾對兩人最疼愛的危險思想家龍馬如

此道。龍馬當時只是當成說笑。

而這場玩笑話如今卻得到適當時機而有了強大的生命力，現正企圖轉動歷史。

「你二人先去向後藤仔細說明此策。我要睡到傍晚，睡醒會去找後藤。」

船沐浴在晨光中，逐漸駛出港外。

龍馬醒來時，船窗已映著暮色。

「是安滿岳嗎？」

憑著映在船窗的山容記憶，龍馬知道船正駛過平戶島的東岸。

有風。看來是順風。未利用風勢而讓蒸汽機發出巨響，可見是極想加快速度進京吧。

枕邊放著一罈葡萄酒。

——祝你神清氣爽地醒來。

大概是後藤象二郎如此為自己用心準備的吧。

「真是優厚到令人做噁的待遇。」

藩全體竟如此向一介鄉士表達好意，這應該是前所未有之事吧。與其說是好意，更近於諂媚。

龍馬將紅色的酒倒進玻璃杯，對著虛空舉杯道：

「敬乙女大姊。」

他如此向遠在故鄉的姊姊致敬。

「坂本家那個會尿床的鼻涕蟲如今已變得這麼可靠。這也是拜妳薰陶所賜呀。」

「嘖！」

要是乙女聽到，定要因龍馬如此沾沾自喜的自大模樣而咂舌吧。但身為龍馬的家庭教師，她不可能不高興吧。

喝了幾杯才下床，並拿起佩刀陸奧守吉行。

這時後藤遣派的人進房來傳話。說是，醒來的話就請移駕。

龍馬走出房間。

「陸奧、長岡，在嗎？」

他朝鄰室喊道。兩人應聲走了出來。

「這午覺睡得真久呀。」

陸奧一臉不高興。因為他說他們備了筆硯，一直在鄰室等龍馬睡醒。

後藤似乎也自剛才就一直等在船長室。

「那傢伙還真可憐呀。」

龍馬轉得脖子喀啦喀啦響，同時道：

「我剛剛有點累，累的時候想法難免沮喪，充分睡飽的話自信便猛然湧出。拜這一覺之賜，我已有自信必能使計畫成功。」

「那當然會成功呀！」

陸奧陽之助宗光——這位日後被稱為「不世出之外務大臣」的年輕人，懶洋洋道。

龍馬進了後藤房間。只有這房間是鋪著全新的榻榻米。

後藤一看見龍馬便道：

「我聽他們說了，天下事已成！」

說著拍了下大腿：

「拜此所賜，土佐藩也將得救，德川家也將得救，還能一舉創立新政府。真是個妙案呀！」

「你高興得太早了。」

「也對，一切得等到了京都再說。」

後藤本想叫人備酒，但被龍馬制止了。還有事要商量。

「將軍奉還大政，京都朝廷接受。光這樣一點用也沒有。」

龍馬道。

「有道理。」

說得誇張一點，京都朝廷自源平時代就是這副德性，從未掌握過什麼政權。

途中到了南北朝時，後醍醐天皇曾一時恢復政權，但也如泡沫般迅速消失了。

其後由足利氏取得政權，接著是織田、豐臣時代，然後進入德川時期。

「天皇只要專心研究學問及歌道即可。」

這是家康加諸京都朝廷的最嚴格制約。

光這樣就造成今日後果。公卿約有二百多人，卻都未實際處理過政事。

也無應有之機構。朝廷是專門負責禮儀之機構，並非政治機關。

「明天開始改由朝廷執政。」

即便這麼說，嚇壞的應該也是朝廷本身吧。

「必須制定配套之法。」

龍馬道。光是把大政奉還之案投諸天下，也太不親切了吧。

「你還真周到呀。」

後藤深感佩服。說到龍馬總讓人覺得不拘小節，故後藤似乎覺得很意外。

「這是理所當然的呀，不是嗎？」

龍馬指著桌上的懷錶：

「就算要送人錶，也得把使用方法告訴他。」

「有道理。」

「有八策。」

龍馬道。

海援隊文官長岡謙吉攤開一張大紙，並備妥毛筆準備做筆記。

「我要說了唷。」

龍馬對長岡示意，然後望著船窗開始說起：

「第一策。使其將天下政權奉還朝廷，政令應由朝廷發布。」

這一條應該是龍馬為歷史寫下的最偉大文字吧。

……

「第二策。設上下議政局，置議員，使其參與國家萬事，國家萬事應由公議決定。」

此項可說決斷地將新日本規定為民主政體。插句題外話，維新政府在革命後一時仍為獨裁政體，明治二十三年（一八九〇）後由貴族院及眾議院組成的帝國議會才正式成立。

「第三策。招攬有才能之公卿、諸侯及天下人才為顧問並賜予官爵，原本有名無實之官應撤職。

「第四策。與外國之交際應廣納眾議，並重新訂定至妥之規約（新條約）。

「第五策。將自古以來之律令加以折衷，應重新選定永世之大典。

「第六策。應擴張海軍。

「第七策。應置親兵，命其守衛皇都。

「第八策。金銀物貨應與外國平均並制定其法。」

後藤大為驚嘆。

「龍馬，你在哪悟到這些智慧的？」

「智慧嗎？」

即思想之意。

龍馬苦笑。即使把這幾年來的苦心告訴後藤這種鄉下家老，他也無法理解。

「很多啦。」

難怪後藤會如此驚訝。自嘉永年間以來，天下志士便如雲般湧出。

他們幾乎全是出自神國思想的攘夷主義者，提到西洋就將之貶為夷狄。

其中薩摩是在與英國交戰後，而長州則在與四國艦隊交戰後即迅速洋式化，薩、長兩藩率先捨棄單純的攘夷思想。

他們成了討幕勢力。話雖如此，卻未周全考慮推翻幕府後該如何處理政體。

「遵奉京都朝廷。」

有如此意見。

「遵奉朝廷並立毛利將軍。」

直到某時期似乎都還有人如此主張。毛利指的就是長州藩主。

事實上，薩摩的西鄉吉之助等人觀察文久三年至翌年元治元年的長州藩動靜，都斷定：

「必然如此。」

既然會如此揣測他人內心想法，薩摩的西鄉內心也不能說沒有「島津將軍」的幻想吧。

「我藩（薩摩藩）再渾渾噩噩下去就要被長州害慘了。首先非在軍事上擊潰長州不可。」

他寫了封如此大意的信寄回領國。毛利將軍或島津將軍？西鄉此時期應該存有如此幻想吧。這反而不似戰國時代那種野望，而是恰當的天下國家之正義。換句話說，是因德川將軍受外國欺侮，故只要己藩取而代之，擁京都朝廷改立「島津將軍」，就能有力抵禦外國。此想法就是出自如此自信。

結果卻和「薩摩藩取得政權」無異。

事實上這並非笑話。據說薩摩的島津久光在進入明治時代後還曾問左右之人：

「我到底什麼時候才能當上將軍？」

定是因左右之人至少曾對久光說過類似的話吧。

基於如此原因，討幕運動最大台柱西鄉也未多考慮「推翻幕府後該行何種政體」之類的問題。因西鄉並無革命後之構想，故維新後對政府不滿，竟就此返回領國，挑起士族主義並發動叛變。而就連此反叛軍也無明確之政體主張。

西鄉也是如此。

筆者認為，其他為討幕運動而奔走的人也都無明確的革命後新日本形象。

這點可說只有龍馬是個遙遙領先的異例吧。只有他對此深入考慮。

「就以擁有天皇的民主政體繼續經營。」

此即「船中八策」之基調。

「你在哪悟到這些智慧的？」

後藤會如此驚訝也是理所當然的吧。

而龍馬也不得不回答：

「很多啦。」

龍馬最初是個單純的攘夷論者，但被勝海舟駁倒而成了開化論者。

但勤王運動之同志多為神國思想家，龍馬便推說「有些事我不對不明事理的傢伙說」，而很少將自己這個真正用意告訴他藩同志。若是說了，龍馬恐怕早被同志當成「洋臭者」殺了吧。因雖同為勤王倒幕運動的同志，色調卻各不相同。

總之龍馬認識勝之後，就對外國所謂的憲法極感興趣。從前在江戶刀術修業結束而返回領國時，曾到高知城下一所小小蘭學塾瞧瞧。

老師正把荷蘭政體的相關課文翻成日文。

龍馬明明不懂荷蘭文卻突然道：

「老師，您那邊譯錯了，所以，請重新看一遍吧。」

老師很不高興，但仍仔細重新審視文章結構，沒想到真被龍馬說中了。

並不是龍馬對語言學特別懂，而是因他早以直覺參透荷蘭憲法之本質，故心想「憲法上應該不可能有這種事」而提出質疑。

可見他對各國憲法多有興趣。也對勝之友人，如幕臣大久保一翁和肥後人橫井小楠等人，近乎糾纏地問個不停。

尤其幾乎等於長駐在長崎之後，更是只要碰到各國領事或商人就詳細追問。

「貴國是如何情形？」

其中最讓龍馬覺得魅力無窮的，是上下議院之議會制度。

「除此之外無他了。」

龍馬經常這麼想。

所以他才在此船中八策中提出的。另外也因為：

「若提出此議會制度，也能避免薩長政權之危機。」

龍馬目前就怕薩、長之人質問：

「不是計畫打造薩長聯合幕府嗎？」

若讓他們這麼做，諸藩之士多年來的血就白流了。

現在筆者書桌上有一本書。

《坂本龍馬與明治維新》（譯者平尾道雄、濱田龜吉）。作者是普林斯頓大學的日本史教授詹森（Marius Jansen）氏。

「坂本的草案中……」

詹森氏如此評論此船中八策：

「已大量包含在往後二十年間將風靡日本的近代諸觀念。一掃老朽而愚劣之諸般制度，合理地重新編制統治型態及商業組織，並創設國防軍隊。（中略）這是希望不需訴諸武力就能顛覆幕府的方策。

「明治維新之綱領幾乎完全包含在龍馬此綱領中。其用語直接影響了一八六八年的『御誓文』，且此公約也成為一八七四年板垣及後藤開始推動民選議院設立運動時的請願論據。」

……

現在將焦點移回夕顏丸。

十日穿過下關海峽。

翌日十一日黎明前正要通過岩見島時，左舷突受撞擊。

「觸礁了！」

龍馬倏地彈跳起身，摸黑走到甲板上。

船依然繼續前進。

船長由比畦三郎也衝上甲板來並下令檢查船身，但並無任何地方進水。

「大概是撞到鯨魚之類的吧。」

大家就當做是這樣。

天亮之後關掉蒸汽機仔細檢查，才發現左舷腹有個大傷痕。

「原來是觸到暗礁。」

龍馬對船長如此道。

「原來如此，並不是撞到鯨魚呀。」

「是因離島過近呀。」

土佐藩的海軍技術尚在起步階段，一向採取最原始的邊看陸地邊航海的沿岸航海法。因此一旦入夜後看不見陸地，就很難前進了。

「要是真撞上去，恐怕早就沉了吧。」

「我已經受夠沉船了。」
龍馬道。都已經沉了兩艘船，還失去池內藏太那麼令人惋惜的同志。
「靠機械（測量儀器）讓船前進不就成了？」
「那個嘛……」
船長把海圖拿給龍馬看。
龍馬看那張海圖實在粗糙，忍不住笑了出來。
「靠這種海圖，不管有什麼機械也發揮不了任何作用吧。」
「是呀。」
船長也只能笑笑。
「給你海援隊的圖吧。英國的測量船畫出來的，故還算精密。」
夕顏丸又繼續東航，十二日平安進入兵庫港。
龍馬在兵庫上岸，接著循陸路前往大坂。
龍馬一行人一進入大坂，隨即住進西長堀的土佐藩邸。
「稀客來啦！」
藩邸之人，甚至連僕役長見龍馬到來都感到十分詫異。
事實上真的是稀客。龍馬原來若在大坂停留，一向住在薩摩藩邸或是薩摩藩專用的薩摩屋，從不住在土佐藩邸。
「龍馬呀，藩邸的人就像什麼珍禽異獸到來似的，談論不休呢。」
後藤調侃道：
「為何之前都不住藩邸呢？」
「我好歹也有我的骨氣！」
土佐藩從未重視過龍馬。不僅如此，這個母藩有一段時間還將龍馬當成暗殺吉田東洋的凶手，且要追究他的脫藩之罪而不斷派警吏尾隨盯梢。
但現在情況整個翻轉了。
土佐藩仕置家老後藤象二郎簡直是把龍馬奉為客

座大師似的，藩邸之人自然也鄭重接待龍馬。

這話題就說到這裡。

後藤及龍馬一行是特地帶著密策來見容堂的，不料……

「哎呀，老藩主他……」

藩邸的官差竟說出令人錯愕的話：

「他已經回領國去了。」

「這樣嗎？」

後藤頓時一臉洩氣。

——速速上京！

自己可是因容堂下了如此急命才來的呀。

「四賢侯會議怎麼樣了？聽說老藩主當初曾說這回是抱著化為東山之土的決心才上京來的，不是嗎？」

「的確如此。」

大坂留守居役點頭道：

「當初的確是下定如此決心，但滯留京都期間卻痼疾復發……」

「不高興了嗎？」

是任性的老毛病嗎？後藤的語氣聽起來似乎想直接這麼問。

「不，是牙齒方面的老毛病。」

問了事情的來龍去脈，容堂的確是生了病，但一方面似乎也可說是因他發現再繼續留在京都恐被捲入薩摩藩的倒幕戰術之中。

「轉身逃回故鄉了呀。」

龍馬一向觀察力敏銳，故已察覺容堂近乎落荒而逃的返鄉行動是為此。

這夜龍馬與後藤同房討論。

「後藤君，你立刻回土佐，回去說服容堂公。我就此上京說服薩摩藩的伙伴，說服他們贊成大政奉還，以奠定基礎。」

「得分頭進行了呀。」

「只要說服容堂公並統一全藩意見，再化為火球投入風雲之中，即便是薩、長也不敢小覷吧。」

後藤象二郎搭上原本下錨於大坂天保山海面的藩船空蟬丸。順帶一提，土佐藩之蒸汽船全都取了源自《源氏物語》的和名。

船立即起錨，二十四小時連續航行駛入高知城下的浦戶港。

從浦戶再策馬疾馳。

「大家動作快點！」

他如此催促隨行眾武士。來到可望見高知城天守閣那一帶時，又揮鞭策馬。

「快跑！」

必須盡早向容堂提出龍馬的大政奉還之策。目前還算好時機，拖得愈晚，對土佐藩而言愈趕不上風雲。

終於進入城下。此時太陽已下山，萬家燈火。

這天容堂人在散田屋敷。這裡是容堂的隱居屋敷，位在潮江川岸，隔水遙望筆山，是城下風景最秀麗之處。

是日天氣十分悶熱。

容堂自日落前就一直望著庭院，要人在青苔上鋪上毛毯，邊納涼邊用晚膳。

依然要人為他在大杯中斟滿酒，太陽都下山了也不停杯。

兩名侍女在容堂背後不停揮動團扇驅趕蚊子。

「退助這小子似乎正有所行動。」

容堂老想著這事。乾退助返鄉後，思想上就變成和已故的武市半平太同樣立場，暗中一直和下級藩士有所聯繫。這事也傳入容堂耳中了。

「退助應該和薩摩也互通過聲氣吧。」

容堂為此苦惱，但並不打算像當時對付武市半平太那樣加以彈壓。時勢已不可同日而語，最重要的是，退助可是比誰都受容堂寵信的寵臣。

這時牆外傳來馬蹄聲。一會兒近侍急步來報：

「後藤象二郎爺剛返來，請求立刻拜謁老藩主。」

容堂放下酒杯。

「領他到這裡來。」

隨即要人點亮周圍的石燈籠，靜候自己最信賴的仕置家老。

過了一會兒後藤穿著肩衣出現了，他在碎石地上平伏為禮。

「墊著那條毛毯吧。」

容堂道。

後藤依言上前，向容堂報告大政奉還一案，容堂立刻揚起眉毛拍著大腿道：

「象二郎，這真是好主意啊！」

他幾乎是大喊著說的。真是教人意想不到之策。

容堂激動地晃著身體道：

「拯救天下之策除此之外無他，我要把這當成藩論！」

後藤大獲褒賞。他終究沒對容堂說出這偉大提案是誰想出來的，容堂是維新後才得知的。

容堂欣喜若狂。

這位淵博之士對西洋傳說中「斯芬克斯之謎」的故事內容知之甚詳。

「幸好後藤解開斯芬克斯的謎題了！」

他對近侍如此道。

所謂的斯芬克斯是希臘神話中一名女妖，胸部以上為女性，下半身則是帶翼的獅子體型。

這怪獸蹲踞在底比斯郊外的一塊岩石上，要過往的行人猜謎，並毫不容情地殺死解不開謎底的人。

某日，英雄伊底帕斯也來到此地。

「這位旅人呀……」

斯芬克斯接著問了他一道謎題：

「早上四隻腳，中午兩隻腳，晚上三隻腳，這是什麼怪物？」

所有旅人都因解不開這唯一的謎題而感到絕望，終究被這女妖給吃了。

伊底帕斯當下就答出來了。

「那就是人類呀。」
就在這一瞬間斯芬克斯從岩石上躍起，縱身投海而亡。
「就是這樣的故事呀！」
容堂如此告訴近侍：
「聽起來沒什麼，但常人卻很難了解，要像後藤這樣的人才解得出來。後藤象二郎可說是比希臘英雄伊底帕斯還了不起的英雄。」
容堂對自己提拔的這個年輕宰相出人意表的才能滿意極了。
「就因為是後藤象二郎才辦得到。我當初起用象二郎時，藩的門閥大老們還說什麼：『他不過是帶屋町的淘氣小鬼』，不是嗎？」
事實上受容堂青睞而提拔的後藤象二郎與乾退助兩人小時候在城下的武家屋敷，真的是首屈一指的淘氣鬼，一直是附近的棘手人物。
發現這兩人「有過人之處」而率先起用他們的，是被勤王派鄉士暗殺的參政吉田東洋，而進一步徹底賦予重職的則是容堂。
由這點看來，容堂可謂能發覺手下才能之天才。他對此也相當自豪，平素常道：
「我與織田右府無異。」
右府指的就是信長。信長懂得發覺他人才能，這點在歷史上實為罕見之天才。比方說他就從卒伍之間發掘了秀吉，並陸續提拔他。
如今容堂也自詡為「今之信長」。
但容堂還是有不及信長之處。信長不拘出身階級而拔擢提草鞋之賤職出身的藤吉郎秀吉，並命他為軍團司令官，然而容堂卻無視龍馬之存在。
即使後藤據實告訴他「此案是鄉士坂本權平之弟龍馬想出來的」，容堂定也無視龍馬存在吧。以容堂的秩序觀念，一概不喜鄉士論政。
（第七卷完）

日本館・潮 J0256

龍馬行七

作者……司馬遼太郎
譯者……李美惠
主編……吳倩怡
特約編輯……陳錦輝、陳巧宜
行政編輯……高竹馨
美術編輯……吉松薛爾
封面繪圖……林繪
發行人……王榮文
出版發行……遠流出版事業股份有限公司
104005 台北市中山北路一段十一號十三樓
電話……(02) 2571-0297
傳真……(02) 2571-0197
郵政劃撥……0189456-1
著作權顧問……蕭雄淋律師
初版一刷……二〇一二年十月一日
初版三刷……二〇二二年十一月十六日
售價三〇〇元

ISBN 978-957-32-7051-5

國家圖書館出版品預行編目（CIP）資料

龍馬行 / 司馬遼太郎作 ; 李美惠譯. — 初版.
— 臺北市 : 遠流, 2012.10-
冊 ;　公分. —（日本館.歷史潮;J0256）
ISBN 978-957-32-6888-8(第1冊 : 平裝)
ISBN 978-957-32-6914-4(第2冊 : 平裝)
ISBN 978-957-32-6945-8(第3冊 : 平裝)
ISBN 978-957-32-6983-0(第4冊 : 平裝)
ISBN 978-957-32-7001-0(第5冊 : 平裝)
ISBN 978-957-32-7018-8(第6冊 : 平裝)
ISBN 978-957-32-7051-5(第7冊 : 平裝)

861.57　　100021093

遠流博識網
http://www.ylib.com
www.ebook.com.tw
e-mail: ylib@ylib.com